Zu diesem Buch

Kommissar Mannhardt ist der organisierten Kriminalität auf der Spur. Da werden marode Betriebe der ehemaligen DDR aufgekauft und als Geldwaschanlagen benutzt. Die Runge-Chemie in Oranienburg ist so ein Fall. Sie soll von der Treuhand an die Havelland Investment GmbH verkauft werden, die fest in der Hand der Mafia ist – so vermutet Mannhardt. Noch sind die Besitzverhältnisse bei der Runge-Chemie ungeklärt, der reibungslose Verkauf nicht möglich. Deswegen scheint die Havelland nicht zum Zuge zu kommen. Doch da taucht plötzlich der totgeglaubte Besitzer auf und ist zum Verkauf bereit. Mannhardt ist sicher, daß es sich um einen Strohmann der Mafia handelt und will den Mann enttarnen.

Doch ihm stehen noch ein paar böse Überraschungen bevor...

-ky, mit richtigem Namen Dr. Horst Bosetzky, ist Professor für Soziologie in Berlin. Er gehört zu den wichtigsten deutschen Kriminalromanautoren. In seinen Büchern verbindet er eine spannende Handlung mit einer genauen Beschreibung der deutschen Wirklichkeit.

Als einer der wenigen deutschen Autoren fand er auch internationale Anerkennung: Für «Kein Reihenhaus für Robin Hood» erhielt er den französischen Kritikerpreis für den besten ausländischen Kriminalroman. 1992 wurde er mit dem Glauser, dem Preis der deutschen Kriminalromanautoren, für sein Gesamtwerk ausgezeichnet.

In der Reihe rororo thriller sind lieferbar: Blut will der Dämon (Nr. 3091), Da hilft nur noch beten (Nr. 2883), Ein Deal zuviel (Nr. 3065), Feuer für den Großen Drachen (Nr. 2672), Friedrich der Große rettet Oberkommissar Mannhardt (Nr. 2725), Ich lege Rosen auf mein Grab (Nr. 2841), Ich wollte, es wäre Nacht (Nr. 2951), Kein Reihenhaus für Robin Hood (Nr. 2575), Nieswand kennt Tag und Stunde (Nr. 2979), Ein Toter führt Regie (Nr. 2312), Von Beileidsbesuchen bitten wir abzusehen (Nr. 2250), Einer von uns beiden (Nr. 2244), Einer will's gewesen sein (Nr. 2441), die Kurzgeschichtenbände Catzoa (Nr. 3091), Mit einem Bein im Knast (Nr. 2565) und Mitunter mörderisch (Nr. 2383) sowie zusammen mit Steffen Mohr: Schau nicht hin, schau nicht her (Nr. 2943).

Als Dreierband erschienen Zu einem Mord gehören zwei, Es reicht doch, wenn nur einer stirbt, Die Klette (diesen Roman schrieb -ky zusammen mit Peter Heinrich) (Bd. Nr. 3157).

-ky

Unfaßbar für uns alle

Rowohlt

rororo thriller
Herausgegeben von Bernd Jost

Originalausgabe
Veröffentlicht im Rowohlt Taschenbuch Verlag GmbH,
Reinbek bei Hamburg, Juli 1995

Umschlagfoto dpa
Umschlagtypographie Peter Wippermann / Susanne Müller
Satz Bembo (Linotronic 500)
Gesamtherstellung Clausen & Bosse, Leck
Printed in Germany
990-ISBN 3 499 43174 2

Die Hauptpersonen

Waldemar v. Woerzke	hat anscheinend mehrere Leben
Joan v. Woerzke	bringt Männerphantasien auf Hochtouren
Luise Tschupsch	trauert einer alten Liebe hinterher
Ludger Tschupsch	kam sehr hoch und fiel sehr tief
Wolfram Schwermer	blendet alle mit seiner Souveränität
Harry Zinna	hat Altlasten auf seinem Grundstück
Hermann Hackenow	ist der ideale Verdächtige
Friedhelm Rott	glänzt in der Rolle als Bordellbesitzer
Hans-Jürgen Mannhardt Yaiza Teetzmann Volker Vogeley	versuchen einer alten Geschichte auf die Spur zu kommen

Nichts ist sehr wahrscheinlich, aber ganz
auszuschließen ist auch nichts. Jede Spekulation
kann ein Volltreffer sein.

Gisela Friedrichsen (Der Spiegel, 6/1994)

Vorwort oder
Eine Erklärung in eigener Sache

Seit über zwanzig Jahren bin ich sozusagen der Biograph meines Berliner Freundes Roland K. gewesen und habe unter meinem Kürzel -ky seine spektakulärsten Fälle und sein übriges Leben in Romanform festgehalten. ‹Kao›, so sein Spitzname – eine Mischung aus der Verballhornung seines Namens und den Begriffen Chaos und k.o. –, ist ‹praktizierender Kriminalbeamter›, und um seine Polizeilaufbahn nicht zu gefährden, tritt er bei mir – ein wenig verfremdet schon – als Hans-Jürgen Mannhardt auf. Es beginnt 1971 in Berlin, nachdem er mir von einem Unternehmer berichtet hatte, der seine marode Firma dadurch zu retten versucht, daß er einen Bankraub begeht («Zu einem Mord gehören zwei»). Weiter geht es mit dem, was die Welt wie auch ihn bewegt: Mit Mobbing im Betrieb («Ein Toter führt Regie»), mit einer verbrecherischen Sekte («Einer will's gewesen sein») und mit der Jagd auf Ausländer («Feuer für den Großen Drachen»). Folgt 1985 seine Vertreibung aus der sog. Hauptstadt, nachdem er im Affekt versucht hatte, einen tyrannischen Vorgesetzten zu erschlagen («Friedrich der Große rettet Oberkommissar Mannhardt»), und es kommt seine Zeit in Bramme («Nieswand kennt Tag und Stunde»). Dann 1988 Rückkehr nach Berlin, wo er sich nicht nur um ein entführtes Prominentenbaby zu sorgen hat («Da hilft nur noch beten»), sondern auch als Dozent im Fach Kriminalistik wirken darf. Es folgen die einmalige Kooperation mit der MUK der DDR («Schau nicht hin, schau nicht her»), Irritationen in der Zeit nach der Wende («Ein Deal zuviel» und «Von oben herab») und ein abermaliger Platzverweis: Er wird zum Aufbau eines modernen Polizeiapparates in ein neues Bundesland geschickt, nach Oranienburg, einer brandenburgischen Kreisstadt vor den Toren Berlins, und wirkt nun hier als «Polizeimissionar» («Blut will der Dämon», «Mit dem Tod auf Du und Du» und «Der Satansbraten»). In O-Burg hat er viel Muße und beschließt, selber einmal alles aufzuschreiben, was ihm so widerfährt. Er braucht eine Weile dafür, denn zwischendurch muß er wieder in Berlin aushelfen, wo man den Großen Lauschangriff gestartet hat und einen Senatsbaurat vor die S-Bahn stößt («Fendt hört mit»). Endlich ist Roland K. nun fertig. Der Bitte, seinen Text ein wenig zu überarbeiten und dann unter meinem Kürzel bei Rowohlt zu veröffentlichen, kann ich mich selbstverständlich nicht verschließen. Aus naheliegenden Gründen bleibt Roland K. aber auch in diesem Falle – beim nun schon fünfzehnten Roman mit ihm (abgesehen einmal von seinen Auftritten in diversen Hörspielen und Kurzgeschichten) – beim Pseudonym Hans-Jürgen Mannhardt.

Horst Bosetzky — Berlin, im Herbst 1994

1. Szene
Massengräber des Speziallagers Nr. 7

Ich starrte auf die weiße Tafel, die auf einem der vielen märkischen Findlinge lag, und schluckte.

Hier liegen die sterblichen Überreste vieler
Internierter und Gefangener des Speziallagers Nr. 7,
das das NKWD 1945–1950 in Sachsenhausen betrieb.
Namen und Anzahl der Toten, Geburts- und
Todesdaten sind unbekannt.
Im Frühjahr 1990 wurde das Schweigen über
diesen Ort gebrochen.
Betroffene, Hinterbliebene der Toten und die
Gemeinde Schmachtenhagen gestalteten 1991
diese Stätte des Gedenkens und der Erinnerung.

Wir befanden uns auf einer schmalen Lichtung inmitten der ausgedehnten Kiefernwälder des Schmachtenhagener Forstes, wenige Kilometer von Oranienburg entfernt. Am Fuße des Steins standen eine rote Kerze und ein verwelkter Asternstrauß. Heike fotografierte die Gedenktafel und anderes. Sylvester, unser Sohn, lag im Kinderwagen, blickte mit seinen blauen Augen arglos in den lichten Winterhimmel und gluckste vor Vergnügen.

Ich schob den Wagen in Richtung der vielleicht zwanzig Gräber. Schlichte Holzkreuze waren in den Boden geschlagen, glatt gehobelt und mit farblosem Lack gestrichen. Die meisten trugen Namen. Ich las Friedrich Meyer, Otto Menke, Friedrich Mohle.

«Was mögen das für Menschen gewesen sein...?» Heike arbeitete, sofern sie als junge Mutter noch Zeit dafür hatte, an einem Artikel über die elf Speziallager des sowjetischen Geheimdienstes NKWD, die es in der Sowjetzone gegeben hatte. «Wirkliche Naziverbrecher, dann hätte ich das gar nicht schlecht gefunden... aber nur Mitläufer, wenn nicht gar Sozialdemokraten, bürgerliche Oppositionelle, aufmüpfige Kommunisten, zufällig aufgegriffene Männer, Hitlerjungen, Kinder noch, die...»

Ich hörte nicht mehr hin, denn mein Blick war auf eines der größeren Kreuze gefallen.

Waldemar v. Woerzke
geb.
23. 1. 1928
gest.
Nov. 46

Ein riesiger Rosenstrauß lag im wintermatten Gras. Wunderschön in allen Farbnuancen zwischen hellem Gelb und tiefstem Rot. Nicht nur der dicke grüne Draht des Blumenhändlers hielt die Stiele zusammen, sondern auch ein breites rotes Band, vielleicht abgerissen von einem Kasten Konfekt. Ungelenkte Druckbuchstaben, dünnes Kugelschreiberblau. Ich mußte mich bücken, um den Text lesen zu können.

Von Deiner großen Liebe
Ich weine noch heute...

Ich bin ein rührseliger Mensch, ich habe nah am Wasser gebaut, wie die älteren Berliner sagen.

Heike kam und fragte, was denn sei, warum ich Tränen in den Augen hätte. «Kennst du die...?»

«Waldemar v. Woerzke und seine große Liebe, nein... Ich weiß nur von meinem Fontane, daß das mal 'n großer Name war in Brandenburg und Preußen. Joachim Ernst v. Woerzke war einer der großen Kriegsobristen zur Zeit des Dreißigjährigen Krieges. Illo, Götz, Sparr, Königsmark, Woerzke und so weiter. Geboren in Boitzenburg, hat er mal im schwedischen Heer gedient, mal gegen Gustav Adolf gekämpft. Bekannt geworden ist er als Freund Wallensteins, vor allem aber dadurch, daß ihn die Schweden in der Nähe von Wittstock gekidnappt haben. Angeblich soll er...»

Ich stockte, denn aus dem Wald trat ein Mann in einer eigelben Winterjacke, schwarzen Korkenzieherhosen, mit einem verfilzten

Bart, verkommen. Er hob die Kornflasche und sah drohend zu uns herüber.

«...alle werden erschossen hier...!»

Dies in einem Tonfall, der mich an Herbert Wehner denken ließ.

«...erschossen!»

Damit verschwand er wieder hinter den Kieferstämmen.

Heike hatte sich schützend vor den Kinderwagen gestellt.

«Der ist total harmlos, nur ein wenig besoffen.»

«Kennste den?»

«Nein, woher. Bin ich 'n Stadtstreicher...?» Ich wandte mich wieder meinem Joachim Ernst v. Woerzke zu. «Also... Angeblich soll er die Dänen angestiftet haben, gegen die Schweden Krieg zu führen. Anderthalb Jahre hat er in Stockholm in Festungshaft zugebracht. Dieser entsetzliche Oxenstiern hat dahintergesteckt. Als die Schweden mal wieder fürchterlich betrunken waren, hat Woerzke die Eisenstäbe durchgesägt, sich an einer Strickleiter herabgelassen und ist als Diener verkleidet geflüchtet. Wie im Film... Damit aber verlieren sich die Spuren derer von Woerzke.»

Heike sah mich spöttisch an. «Da bin ich dir ja diesmal um einiges voraus. Ein Friedrich Wilhelm v. Woerzke war im Dritten Reich einer dieser Wirtschaftsführer, die Hitler in den Sattel geholfen haben. Harzburger Front, DNVP. Glücklicherweise ist er Ende '44 bei einem Bombenangriff auf Berlin ums Leben gekommen... Ein Schwein weniger.»

«Komm...! Wer so redet, ist auch nicht besser als die...» Ich meinte die Nazis, die das KZ Sachsenhausen gebaut hatten, ebenso wie die Leute vom NKWD, die das Speziallager Nr. 7 hinzugefügt hatten.

Heike fuhr mit dem Zeigefinger um meinen Kopf herum. «Dein Heiligenschein, ja...»

Ich schlug ihre Hand beiseite. «Hör auf!»

Sylvester schrie aus Leibeskräften.

Heike nahm ihn hoch. «Hier in Oranienburg hat ihm 'n großes Werk gehört, die F. F. Runge-Chemie.»

«Da gibt's doch jetzt den großen Trubel drum, um das Gelände...?»

«So isses. Heute abend veranstalten sie 'n großes Bürgerforum in Friedrichsheide, im Schloß. Ich muß eh hin für ‹Antenne Brandenburg›, kommste mit...?»

«Du, ich freu mich immer riesig, wenn mich einer verarscht.»

«Wieso?»

Ich zeigte auf unser beider Kind. «Weil ich heute abend Sylvester-Dienst habe.»

«Frag mal Yaiza Teetzmann, ob sie einspringen kann.»

Das war meine engste Mitarbeiterin. Ich hatte Bedenken. «Wenn's 'n Mord geben sollte, müssen wir beide hin.»

«Nimmste Sylvester mit: Leichen sehen ist die beste Vorbereitung für das Leben im Jahre 2020.»

2. Szene
Schloßhotel Friedrichsheide

Wir saßen in der Orangerie des Schlosses und verfolgten mit einiger Erregung, wie sich ein Mensch namens Wolfram Schwermer von der Havelland-Investment GmbH und der Friedrichsheider Bürgermeister Harry Zinna (PDS) nach Kräften beharkten.

«Sie wollen die F. F. Runge-Chemie doch nur kaufen, um sie stillzulegen und auf dem Gelände einen Wohnpark für die Bonner Beamten zu bauen!» erregte sich Zinna.

Schwermer rotzte zurück. «Immer noch besser als das, was Sie wollen: die Fortsetzung der LPG ‹Rote Socken› mit anderen Mitteln!»

Der Vertreter der Treuhand griff ein. «Meine Herren, bitte...! Ich darf die verehrten Anwesenden noch einmal davon in Kenntnis setzen, daß der Kaufpreis der F. F. Runge-Chemie mindestens 7,4 Millionen DM beträgt. Der Ruf der Firma ist gut, was auch mit dem Standort Friedrichsheide zusammenhängt. Wir alle wissen ja, daß nebenan in Oranienburg die Wiege der deutschen Chemie gestanden hat. Im Schloß dort hat der geniale Chemiker Friedlieb Ferdinand Runge das Anilin, das Koffein und das Atropin entdeckt, und die ersten Stearinkerzen wurden hier gefertigt...»

«Zur Sache!» schrie einer von hinten.

Schwermer nutzte seine Chance. «Der gute Ruf einer Firma gehört ja wohl zur Sache. Das Image, die Managementphilosophie, die

Organisationskultur. Darum wollen wir bis 1998 mindestens 20 Millionen Mark investieren und im Kaufvertrag 165 Vollarbeitsplätze als Minimum festschreiben. Ins Auge gefaßt ist weiterhin eine erhebliche Expansion des Unternehmens...»

Jetzt platzte Zinna der Kragen. «Verdammt noch mal, dem Bund und der Treuhand gehört doch das alles gar nicht, weder die Fabrik noch die 115 Hektar Land drumherum. Das alles war Eigentum des Grafen Friedrich Wilhelm v. Woerzke. Der aber ist 1944 gestorben, sein Sohn Waldemar 1946 – und es gibt keinen Erben. Woerzke wäre als Nazi-Führer und Kriegsverbrecher sowieso enteignet worden...»

«Das wäre erst noch zu klären!» rief Schwermer. «Das hat noch kein Gericht feststellen können.»

Zinna schlug mit der Faust auf den Tisch. «Fabrik und Land sind auf jeden Fall Volkseigentum!»

«Und dürfen deshalb verrotten!» höhnte jemand in der ersten Reihe.

Heike beugte sich zu mir herüber. «Ich hasse sie beide: diesen SED Menschen mit seiner Stasi-Biederkeit ebenso wie diesen Schwermer, diesen Nawrocki-Verschnitt.»

«Nawrocki, wer is'n das?» fragte ein nicht mehr ganz so junger Landwirt aus Friedrichsheide, der neben uns saß, ein sogenannter «Wiedereinrichter», wie er uns vorher schon erklärt hatte.

«Axel Nawrocki, der große *loser* der Berliner Olympiabewerbung, der als Lohn für seinen grandiosen Mißerfolg – nur neun Stimmen für Berlin – noch Zehntausende von Mark an Abfindung verlangt und Chef der Berliner S-Bahn wird, als einzige Kompetenz dafür die Nähe zur CDU... und die einzigartige Gabe zum Abzocken.»

Volker Vogeley lachte. «Früher in Japan hätten solche Leute wenigstens noch Harakiri begangen oder – in China – sich die Seidene Schnur kommen lassen...»

«Pssst!»

Es hatte schon die ganze Zeit in meinen Gedärmen rumort, und ich nutzte nun die Gelegenheit, aufzustehen und auf die Toilette zu gehen.

«Was is'n?» fragte Heike.

Sie bekam einen Standardsatz meines kauzigen Vaters zu hören.

«Der Morgenschiß, der kommt gewiß, und wenn es spät am Abend ist.»

Und als hätte ihn eben dieses angelockt, traf ich im Waschraum mit einem der größten Schmutzfinken Deutschlands zusammen, dem sogenannten «Großinquisitor». Das war der neue Showstar des TV-Senders ENTER-EINS (‹Die Nummer Eins des Entertainments in Deutschland!›). Seine Kandidaten saßen in einer Art elektrischer Stuhl auf der Bühne, über sich ein Damoklesschwert, und wurden mit den größten sittlichen und anderen Verfehlungen ihres Lebens konfrontiert. Wo sie gefeuert und verprügelt worden waren, sich in die Hosen gemacht und beim Sex versagt hatten – und so weiter und so weiter. Sie wurden vorgeführt, lächerlich gemacht und unflätig beschimpft. Wenn sie dies alles eine halbe Stunde lang durchhielten, hatten sie 500000 DM gewonnen, eine halbe Million. Die Einschaltquoten waren riesig, die Werbung brachte alles wieder rein. Außerdem war die Summe nur ganz selten auszuzahlen. Acht von zehn Kandidaten hatten bislang bei ‹ENTER-EINS – Elektrischer Stuhl› vor dem Schlußgong aufgegeben, dem Großinquisitor war keiner bzw. kaum einer gewachsen.

Der war nun abgestiegen im Schloßhotel zu Friedrichsheide, und ich lächelte ihm huldigend zu, bevor ich wieder in den großen Konferenzraum ging.

Schwermer war gerade am Zuge. «Die Havelland-Invest fordert die Treuhand hiermit noch einmal in aller Öffentlichkeit dazu auf, den Kaufvertrag mit uns endlich zu unterzeichnen und damit der Region nördlich von Oranienburg eine Zukunft zu geben.»

«Blühende Landschaften, ha-ha-ha!» Der «Wiedereinrichter» neben uns ballte die Faust.

«Und ich verweise die Treuhand noch einmal auf den Beschluß des Gemeinderates, der mit den Stimmen von SPD, Bündnis 90/Grüne und PDS gefaßt worden ist: Stillegung der F. F. Runge-Chemie und Umwandlung in ein Chemie-Museum und eine Außenstelle der ‹Nationalen Gedenkstätte Sachsenhausen› – schließlich haben sich hier Tausende von KZ-Häftlingen zu Tode schuften müssen. Von den 4800 Hektar des ehemaligen Woerzke-Landes ringsum sollen rund 2600 Hektar weiterhin von den Bauern der Agrar GmbH & Co. KG Friedrichsheide bewirtschaftet werden, der Rest wird umgestaltet zum Freizeit- und Erholungspark Oberhavel. Das schafft und sichert dauerhaft an die zweihundert Arbeitsplätze.»

Der Treuhand-Vertreter nickte Harry Zinna zu. Es bestand kein Zweifel mehr, auf wessen Seite sich die Waage neigen würde.

In diesem Augenblick trat sowohl mein Pieper als auch der des Kollegen Volker Vogeley in Tätigkeit. Wir sprangen auf. Das konnte nichts anderes heißen, als daß es in Oranienburg wieder einmal ein Tötungsdelikt gegeben hatte.

3. Szene
Eisenbahnbrücke über den Oder-Havel-Kanal

Ich kam vom S-Bahnhof Lehnitz her und hatte den Eindruck, sie drehten hier einen ihrer Serien-Krimis. Ständig denselben Mist. Aber für die Beteiligten immerhin die hohe Alchimistenkunst, aus Dreck Gold zu machen. Während wir als real existierende Kripo mit unserer Besoldung dem Sozialhilferichtsatz immer näher kamen.

Auf, neben und unter der Brücke waren reihenweise Scheinwerfer aufgestellt. Klar, daß die Kolleginnen und Kollegen vom Sicherungsangriff in einer Januarnacht wie dieser mehr brauchten als den Schein ihrer Feuerzeuge. Vom nahen See her fegte Schneeregen durch die Schneise des Oder-Havel-Kanals. Ich hatte die Wahl zwischen Blasenentzündung, Grippe oder Stirnhöhlenvereiterung.

Die Tote lag auf der vielleicht meterbreiten Galerie zwischen Brückenpfeiler und Wasser. Und zwar auf der südlichen, der sozusagen Berliner Seite. Für diese Jahreszeit war sie viel zu leicht bekleidet. Zwar Stiefel, aber nur einen leichten Rock und dünne Strumpfhosen. Und für ihr Alter, sie mochte Mitte Sechzig sein, zu bunt, zu modisch. Richtig aufgetufft, was Schminke und Haare betraf. So eine Mischung zwischen alternder Diva und abgewrackter Nutte, aber einer mit Herz.

Yaiza Teetzmann und Volker Vogeley kamen auf mich zu. Mein Oranienburger Kollektiv.

«Sie ist erschossen worden», sagte Volker Vogeley.

Ich hatte das Gefühl, daß er mich verscheißern wollte. «Welcher

Freier erschießt schon die Dame seiner Wahl, wenn's nicht klappen sollte – die erwürgt man höchstens. Die Leute sollten sich mehr ans Fernsehen halten.»

«Ick dachte ooch erst, det Oma ihren letzten Fick nicht mehr janz vakraftet hätte.» Yaiza Teetzmann fror erbärmlich. Sie war erst gestern abend aus dem Urlaub zurückgekommen. Lanzarote. Wie jedes Jahr. Schließlich hatte sie ihr Vater nach einer legendären kanarischen Prinzessin benannt. Damals aus der Sehnsucht des eingemauerten DDRlers heraus.

Volker Vogeley ließ sich nicht beirren. «Kopfschuß. Das heißt, vorne rein in den Mund.»

«Hör auf...»

«Hinten ist die Kugel direkt unter ihrer Haarspange wieder ausgetreten.» Er hatte noch einiges an Informationen parat. «Name Luise Tschupsch, geboren am 5. 4. 1928 in Oranienburg, wohnhaft Spessartstraße 87 in 14197 Berlin...»

«Spessartstraße...» Ich mußte einen Augenblick lang überlegen. «Das ist doch hinten in Friedenau. So richtig gutbürgerlich.»

«Zum Bürger, zum Bürger kommt ganz besonders gern der Würger...» Mit Volker Vogeley ging wieder einmal der Kabarettist und Liedermacher durch. Das war er im Nebenberuf und nicht ohne Erfolg.

«Sie ist erschossen worden.»

«Ja, richtig.»

«Aba wie kommt'n die hierher... von Friedenau?»

«Nun, Friede now...» Volker Vogeley war so ziemlich am Ausflippen. Wieder mal zuviel Nordhäuser Doppelkorn.

Ich ließ mich anstecken. «Wie kommt Kuhkacke aufs Dach. Lieblingsfrage meines Vaters.»

«Könnta ma ernst sein!» mahnte Yaiza Teetzmann.

Genau über unseren Köpfen donnerte die S-Bahn hinweg. Der Zug, der um 22 Uhr 20 Oranienburg verließ, um um 23 Uhr 48 in Wannsee zu sein. Wenn Luise Tschupsch in Friedenau wohnte, hatte sie sicherlich mit der S-Bahn nach Hause gewollt.

«Wer hat sie denn gefunden?» fragte ich.

«Wissen wa nich, 'n anonyma Anruf.»

«Mysteriös.»

«Nicht Miss Teriös, sondern 'n Mann.»

Volker Vogeley war wieder groß in Form. Ich mußte ihn ein wenig bremsen. «Du bist nicht auf der Bühne heute abend.»

«Die ganze Welt ist eine Bühne. Obwohl die ‹Weltbühne› ja eingegangen ist.»

«Komm: die Eingeborenen befragen.»

Wir schlugen uns die Nacht um die Ohren. Die Gegend war nur dünn besiedelt. Auf der Oranienburger Seite zumeist nur Lauben und eher dürftige Häuschen, dann Bahndämme, ein Sportplatz und heruntergekommene Gewerbegebiete, in Lehnitz ein bißchen mehr an Vorortbebauung. Aber niemand hatte etwas gesehen oder gehört. Um halb drei Uhr morgens wußten wir nur, daß wir eigentlich noch gar nichts wußten.

4. Szene
Wohnung Luise Tschupsch

Ich komme mir immer wie ein Einbrecher vor, wenn ich mich in der Wohnung eines Opfers aufhalte. Hier bei Luise Tschupsch war dieses Gefühl besonders ausgeprägt. Jeden Augenblick konnte die Tür aufgehen und sie vor mir stehen. Womöglich im schwarzen Negligé. So wie ich sie da in Oranienburg vor mir gesehen hatte, schien sie mir der Prototyp der lustigen Witwe zu sein, jener Frauen, die furchtbar einsam waren und im Hunger nach Leben, Liebe und Sex durch die Kneipen zogen und ins «Café Keese» gingen. Noch einmal so richtig alles genießen, bevor Altersheim und Siechtum kamen. Andererseits... Luise Tschupsch war als Oberstudienrätin in Pension gegangen, Deutsch und Latein, und ihre Wohnung war erfüllt von Düsternis und Depression. Dunkel die Tapeten und Vorhänge, morbide die Bilder.

Ich kniete auf dem Parkett, um ihre Bücher aufzuheben. Alles war durchwühlt. Jemand – ihr Mörder oder wer auch immer – mußte ihr nach der Tat die Schlüssel abgenommen haben und nach Berlin gefahren sein. Setzte man die Tatzeit zwischen 20 und 21 Uhr an, so die Angaben der Mediziner, dann konnte dieser Jemand – wenn es nicht mehrere Personen waren – kaum vor 21 Uhr 30 hier gewesen sein. Yaiza Teetzmann war schon unterwegs, die Hausbewohner zu befragen, unterstützt von einem Berliner Kollegen. Es handelte sich hier in der Spessartstraße um einen Neubau aus den fünfziger Jahren mit zehn zum Teil sehr geräumigen Eigentumswohnungen. Kaufpreis von 300000 DM an aufwärts, war mir gesagt worden. Nichts für gemeine Kriminalbeamte oder Leute, die Sozialhilfe empfingen.

Ich fand das dunkelgrüne Notenbüchlein der Lehrerin und fing fast zu zittern an.

‹Mannhardt...?›

‹Ja...›

‹Inter arma silent leges...?›

‹Inter... zwischen...›

‹Sehr inter-essant, Herr Mannhardt, und weiter?›

‹Arma... arma...›

‹Sie Armer Sie!›

‹Arma... armare... lieben...›

‹O Gott, Mannhardt!›

‹Quatsch: amare...! Arma... werden die Waffen sein...›

‹Nun setzen Sie mal Ihre geistigen Waffen alle ein: Inter arma silent leges... Wie Cicero sagte.›

‹Die Waffen der Legionen ruhen.›

‹...sagte Mannhardt, Cicero hingegen meinte: Im Waffenlärm schweigen die Gesetze. – Setzen. Fünf!›

Noch heute litt ich unter den Demütigungen meiner Lehrerinnen und Lehrer. Sie hatten immer nur das eine Ziel vor Augen: uns klein zu machen. Und der Tschupsch waren auch Sätze zuzutrauen, wie ich sie des öfteren gehört hatte.

‹Trösten Sie sich, Mannhardt, einen leichten Tod werden Sie wenigstens haben...›

‹Wieso, weil ich nach'm Abi nicht studiere, sondern zur Kripo will?›

‹Nein, weil Sie nicht viel Geist abzugeben haben.›

Sicherlich, ich schämte mich meiner klammheimlichen Freude, daß es die Tschupsch getroffen hatte, aber dennoch...

Ich begann, mich ein wenig in den beiden Zimmern umzusehen. Viele Bücher, Schallplatten, Ikonen und an den Wänden Drucke, alles irre Formen und Farben, von einem gewissen El Lissitzky. Nie gehört. Auf ihrem Schreibtisch lag viel Post. Interessierte mich alles nicht sonderlich. Bis auf eine Postkarte aus Moskau. Mit Ausnahme der Anschrift alles kyrillisch. Daneben der

Tagesspiegel vom Wochenende. Mit einem Foto Schirinowskis. Nun ja.

Yaiza Teetzmann kam zurück und brachte einen stadtbekannten Rechten angeschleppt, den Vorsitzenden der PNR, der «Partei der Nationalen Reinigung». Ich wußte, daß ich mich mit dem gutstellen mußte, damit sie mich verschonten, wenn das KZ Sachsenhausen wieder in Betrieb genommen wurde. Vielleicht wurde er bei einer schwarz-braunen Koalition mein nächster Chef. Republikanische Stadträte gab's ja schon in diesem meinem Berlin – und keiner der sogenannten Demokraten in den Rathäusern war darauf von seinen Pfründen zurückgetreten. Fast hätte ich Volker Vogeleys neuestes Lied gesungen: ‹Völker der Welt, scheißt auf diese Stadt / Ich hab das Braune so satt, so satt!› Aber natürlich wußte ich genau, daß ich mich als Beamter politischer Zurückhaltung zu befleißigen hatte. Und jedem zu gehorchen, der gewählt wurde, also legal an die Macht gekommen war.

«Mannhardt, Kripo Oranienburg», sagte ich mit der Sachlichkeit eines Nachrichtensprechers. «Aber an sich Berliner, nur zeitweilig abgeordnet.»

«Ah, ein Abgeordneter also.»

«Leider nicht. Statt fetter Diäten nur magere Diät, viel Quark am Morgen.»

Yaiza Teetzmann fand an meiner Toleranzdarbietung wenig Gefallen. «Der Herr is hier, um uns wat Wichtiget mitzuteiln.»

«Ja, etwas über eine ganz bestimmte Nebentätigkeit der Frau Tschupsch, die mit ihrer Ermordung in Zusammenhang stehen könnte.»

Ich war ein wenig verwirrt. So wie der PNR-Mann das sagte, klang das, als wäre Luise Tschupsch trotz ihres vergleichsweise hohen Alters noch anschaffen gegangen. Genau das hatte ich ja gestern abend am Tatort auch gedacht. Andererseits, sie als Oberstudienrätin.

«Stell da ma vor: da drüben is 'n Puff – und die hat hier am Fensta jestanden und sich die Autonumman von den Freiern uffjeschriem ...»

«Ja, und hat dann die Halter der Kfz ermittelt und bei deren Frauen zu Hause angerufen.» Der PNR-Führer sah zutiefst begeistert aus.

«Eine hehre Kämpferin gegen die Prostitution und die Verderbtheit der Menschen... Deutsche, reinigt Eure Welt!» Ich klatschte in die Hände. «Und ein herrliches Motiv für ein Dutzend Männer, sie umzubringen und dadurch ihre Ehe und ihr Vermögen zu retten.»

Der Westberliner Kollege war hinzugekommen. «Mit den Überprüfungen werden wir wochenlang zu tun haben.»

«Hat denn Luise Tschupsch irgend welche Verwandte gehabt?»

Yaiza Teetzmann hatte herausgefunden, daß es nur noch einen etwas jüngeren Bruder gab. «Ludger. Soll mal bei der NASA jewesen sein... Lebt jetze in Messa-schutta.»

Sie meinte den US-amerikanischen Bundesstaat Massachusetts. Ich korrigierte sie nicht. «Der wird ja kaum hergekommen sein, um seine Schwester zu killen.»

«Kann man's wissen. Arbeitslos issa jedenfalls.»

«Wir werden auch das weiterverfolgen.» Der Westberliner Kollege schien sehr bemüht.

«Habt ihr denn schon herausgekriegt, was Luise Tschupsch bei uns in Oranienburg gewollt hat?»

«Ja, stand in ihrem Notizbuch drin. Ingeborg Bücknitz, Treidelweg.»

«Wunderbar.» Ich freute mich, daß wir endlich einen Ansatzpunkt hatten. «Der Anfang ist die Hälfte des Ganzen.»

Der PNR-Vorsitzende zog mich zum Fenster. «Da – wieder 'n Bordellbesucher.»

Ein Mann stieg aus seinem BMW – und ich fühlte mich in allen meinen Vorurteilen bestätigt.

Es war dieser Wolfram Schwermer von der Havelland-Invest.

5. Szene
S-Bahn zwischen Waidmannslust und Oranienburg

Wir saßen in der S-Bahn, Yaiza Teetzmann und ich, und fuhren zurück nach Oranienburg. Zwar hatten wir einen Dienstwagen zur Verfügung, einen alten Wartburg aus volkseigenen Beständen, doch quer durch die Stadt ging es ohne Auto allemal bequemer und schneller.

«Schön, diese neuen Wagen...» Ich genoß die Fahrt. «Nichts geht über die S-Bahn.»

«Det is ja schon richtich Besessenheit bei dir.»

«Ja, *passion and obsession*. Und wenn ich mal Selbstmord begehe, dann sicherlich, indem ich mich vor 'n S-Bahnzug werfe.»

«Besser als wenn de 'n zweeta S-Bahnmörder wirst.»

«Warum: 'ne Legende werden ist doch auch nicht schlecht.» Dieser Mann, Paul Ogorzow, hingerichtet 1941 in Plötzensee, versetzte die älteren Berlinerinnen noch immer in Angst und Schrecken, wenn sie spät abends S-Bahn fuhren. 32 Sittlichkeitsverbrechen, acht Morde, davon fünf in fahrenden S-Bahnzügen, und sechs Mordversuche. «Und das alles im Dritten Reich, wo es keine Kriminalität gegeben hat, keine Opfer. Abgesehen von den 55 Millionen Toten... Wie ja auch in der DDR alles viel sicherer gewesen ist... Keine Kriminellen... Bis auf die Stasi-Heere, die Devisenbeschaffer, die Mauerschützen...»

«Hör uff! Sonst kannste alleene weitafahrn.»

Wir schwiegen. Derzeit waren in Berlin alle verbittert. Jeder haßte jeden und sich selber am meisten. Nein, aber... Die Minuten vergingen. Yaiza schien sich wieder beruhigt zu haben.

«Die S-Bahn, ja...» Ich lehnte mich wohlig zurück. «Die Baureihe 480 ist doch 'n bißchen feudaler als die Baureihe 485.»

Yaiza, doch noch aufgeladen, explodierte regelrecht und fauchte mich an. «Typisch Wessi-Arroganz wieda. Is ja allet bessa, wat von euch drüben kommt. Bloß wird die teuren Stromfressa keena mehr baun.»

Da hatte ich sie gehörig unterschätzt. Wußte sie also, daß die Baureihe 480, gelb und rot lackiert, vor der Wende von einem hochkarätigen Designerteam entwickelt worden war. Gebaut dann für die BVG-S-Bahn im Westen. Im Osten hatte das LAW Hennigsdorf für die Reichsbahn eine eigene Baureihe auf die Schienen gebracht, rot und anthrazit gespritzt. Weniger elegant, weniger aufwendig, aber viel kostengünstiger.

Wir hielten in Hermsdorf. Hier hatte ich gute fünfzehn Jahre verbracht. In meinem ersten Leben, dem vor Heike und Sylvester. Mit Eigenheim und Bilderbuchfamilie. Lilo war bis auf die Insel Margarita geflüchtet, Venezuela, als Reisebegleiterin. Ich nach Bramme in die Psychiatrie.

Ich starrte auf die Werbung im Wagen. Eine Schulterklappe mit drei Sternen und dem Berliner Bären in einer Art Sonne oder Stern, wie ihn die uniformierten Kollegen vorne an der Mütze trugen.

Greifen Sie nach den Sternen
Die andere Karriere: Nicht im Sessel. Mit Teamgeist
und individueller Bewegungsfreiheit.
Mit wechselnden Anforderungen in unterschiedlichen Bereichen.
Das schnelle Großstadtleben stellt die Aufgaben.
Sie können sie lösen.
Lust zum Lernen gehört schon dazu.
Dann bestimmen Sie mit Ihrer Leistung Ihre Perspektiven.
Und wenn Schulterklappen bei Ihnen kein
Achselzucken hervorrufen, dann machen Sie bei der
Berliner Polizei Karriere. Mit Sicherheit.
Das ist Ihre Chance.
Polizei Berlin

«Und warum mache *ich* keine Karriere?» Ich sah Yaiza Teetzmann an.

«Weil de alle nervst statt ihnen in'n Arsch zu kriechen!»

Frohnau. Ich hatte Lust, auszusteigen und mit dem 125er Bus nach Tegel zu fahren. Knappe zwanzig Minuten. Sylvester die Flasche geben, mit Heike schlafen. Ging aber nicht, Luise Tschupsch. Mit ihrer Freundin war zu reden, diesem Schwermer die eine oder andere Frage zu stellen.

Zuerst aber mußte ich etwas tun, damit Yaiza aufhörte zu schmollen. Wir fuhren gerade über den alten Todesstreifen. Da geschah es ganz spontan. Ich beugte mich zu ihr und küßte sie ganz schnell auf ihren linken Backenknochen.

«Sonst hätte ich nie das Vergnügen gehabt, mit dir... Mit der DDR früher und mit der politisch selbständigen Einheit Westberlin hätten wir vielleicht aufeinander geschossen.»

«So schießen wa uns lieba aufeinander ein.» Sie rieb sich die Stelle, wo ich sie geküßt hatte. «Ick bin janz weg. Weita bitte...»

«Ich brauch nicht noch 'ne Geliebte, ich brauch 'ne Babysitterin.»

«Immer zu Diensten.»

Hohen Neuendorf. Wir waren im anderen Bundesland.

«Steige hoch, du roter Adler!» sagte ich. «In Staub mit allen Feinden Brandenburgs!»

«Kleist, nein, danke.»

«Schwermer, ja, bitte.» Es wurde Zeit, das Dienstliche auch noch durchzukauen. Borgsdorf war passiert, wir hielten schon auf Lehnitz zu.

«Schwermer, mein Schwarm...» Yaiza Teetzmann stöhnte wie Jane Birkin. Die Leute drehten sich um.

«Kennst du den denn?»

«Nur vom Fernsehen her, war mal wat im ORB. Fand ick eijentlich toll den Typ. Kohle hatta ooch. Wenn der mich anmacht, brauchta bestimmt nich mehr in'n Puff zu jehn.»

Ich sagte es wie in einer Kinowerbung: «Sperma von Schwermer – das isses!» Wieder empörte Blicke der Rentnerinnen aus dem Oranienburger Umland.

Kurz hinter dem Bahnhof Lehnitz kreuzte die Strecke nach Oranienburg den Oder-Havel-Kanal. Ich stand auf und trat an die Tür. Immer wenn die S-Bahn über eine alte Brücke fuhr, gab es dieses hohle Orgeln, das wir schon als Kinder nachgemacht hatten. Ich genoß es.

Da war die Stelle, an der sie Luise Tschupsch erschossen hatten. Vor etwa fünfzehn Stunden...

Mein Blick fiel auf einen Mann, der unten an der Böschung etwas zu suchen schien. Von irgendwoher kannte ich ihn.

Richtig, der war da an den Massengräbern im Schmachtenhagener Forst herumgeschlichen. Dieser Alkoholiker in der eigelben Jacke, der wie Herbert Wehner redete. Ich haßte Herbert Wehner. Als altes SPD-Mitglied und Brandt-Anbeter.

Ich hoffte, daß er der Täter war.

6. Szene
Häuschen am Treidelweg

Ingeborg Bücknitz war völlig in Tränen aufgelöst, als sie uns in ihrem windschiefen Häuschen am Treidelweg empfing.

Vom Kanal stieg feuchte Kälte hoch, und ich verfluchte mich, weil ich in meiner Eitelkeit weder Strumpf- noch lange Unterhosen trug, sondern nur dünne schwarze Jeans. Natürlich mußte ich nun dauernd pinkeln. Die schluchzende Freundin der Tschupsch in dieser Situation nach der Toilette zu fragen, ging aber nicht.

«Herr Meinhardt, ich hab Sie schon erwartet...»

«Mannhardt, ja, die Mordkommission...» Ich stellte ihr Yaiza Teetzmann vor. «Wenn Sie mit ihr schon mal... Ich will mir noch schnell die Örtlichkeiten ansehen...»

Yaiza Teetzmann ging mit Frau Bücknitz in die bessere Laube hinein, während ich ans Ufer trat und die Schadstoffbelastung des Oder-Havel-Kanals ein wenig in die Höhe trieb.

Hier mußte Luise Tschupsch gestern abend auch gestanden haben. Allerdings aber eher in Finsternis. Jetzt am frühen Nachmittag konnte ich unter der Eisenbahnbrücke hindurch den Lehnitzsee erkennen. Auf der Karte sah das aus, als würde sich der Kanal, nahm man ihn als Speiseröhre, knappe dreihundert Meter hinter der Brücke zum Magen ausweiten. Rechts von mir führte eine abbruchreife Straßenbrücke das südliche Oranienburg mit der Ortschaft Lehnitz zusammen. Hier entlang waren es bis zur S-Bahn fünfhundert sichere Meter. Und wahrscheinlich hatte Luise Tschupsch diesen Weg auch gehen wollen, war aber aus irgendwelchen Gründen in die andere Richtung geraten. Viele Leute neigen ja dazu, bei ihren Beschreibungen links und rechts durcheinanderzubringen. Ich zum Beispiel. Oft genug hatte ich Heike, wenn sie am Lenkrad saß und ich auf dem Beifahrersitz, zur Verzweiflung gebracht. Darum klebte bei uns am Handschuhfach ein Schild mit entsprechenden Aufschriften und Pfeilen. Luise Tschupsch also war irgendwie nach links geraten, hatte sich in der Dunkelheit verirrt, war dann unter der Eisenbahnbrücke hindurch auf die andere Seite der vier Gleise gelangt. Zu mir hin lagen die beiden S-Bahn-, zum Lehnitzsee hin die zwei Fernbahngleise. Und nur auf dieser abgewandten Seite gab es einen schmalen, aber mit einem Geländer ausreichend abgesicherten Fußgängersteg neben den Schienen. Man mußte zwar den steilen Bahndamm auf lockerem Sand hinaufkraxeln, aber das war dennoch die übliche Abkürzung zwischen Lehnitz und Oranienburg. Da gab es verschiedene Laternen und Signale, so daß es so dunkel gar nicht war. Das wußte ich noch von gestern abend her. Es war kaum daran zu zweifeln, daß Luise Tschupsch diesen Weg genommen hatte, um auf die Lehnitzer Seite des Kanals zu kommen. Ein Stückchen weiter begannen die Häuser, gab es unbefestigte Wege und die Straße zum Bahnhof. Doch bevor sie die Siedlung erreichen konnte, war sie ihrem Mörder begegnet.

Ein Dreiviertelzug der S-Bahn rollte Richtung Frohnau. Vom Lehnitzsee her kam ein polnisches Schubschiff heran, voll mit Kies beladen. Von einem Boot oder Schiff aus hätte man auch bequem auf jemanden schießen können...

«Wo bleibste denn, biste atrunken?» Yaiza Teetzmann stand in der Tür.

Es roch fürchterlich nach Kampfer und anderen Einreibemitteln. Frau Bücknitz hatte inzwischen Kaffee gekocht. Trotz ihrer Gehbehinderung. Wir nahmen Platz. Alle um einen kleinen Couchtisch herum. Letzten Sommer war sie, wie ich bald erfuhr, vor dem Oranienburger Schloß von einem Trabi angefahren worden und hatte sich mehrere komplizierte Brüche zugezogen. Gearbeitet hatte sie bis dahin als Verkäuferin in einer Kaufhalle in der Straße des Friedens.

«Jetze ja wieder Bernauer Straße...» Sie geriet sehr schnell ins Plaudern. «Nu is ja wohl nischt mehr. 67 werd ick – und als Humpelbeen... Na ja... Solange man noch lebt, is Hoffnung. Die Luise ist schlimmer dran...» Wieder mußte sie zum Taschentuch greifen. «Wenn det mit dem Been nich wäre, hätt ick sie ja zum Bahnhof jebracht.»

«Aber Frau Bücknitz, das ist doch nicht Ihre Schuld, daß das alles so gekommen is.»

«Doch...»

«Wieso'n das?»

«Na, ick bin doch uff die Idee jekommen mit das Klassentreffen...»

«Dem Klassentreffen, wie...?»

«Vor Weihnachten. Det wa uns alle noch mal sehn. Warn überall Anzeigen drinne, also so Berichte, ooch in Berlin, in die *Morgenpost* und inne *BZ*. Und so is det rum. Alle aus da Volksschule, wie wa einjeschult worden sind... 1934 war dit.»

Yaiza Teetzmann wurde schon ein wenig ungeduldig und wollte endlich wissen, weshalb Luise Tschupsch nun gestern nach Oranienburg gekommen war.

«Weil ick seit letzte Woche Telefon hab...» Frau Bücknitz zeigte auf ihren nagelneuen weißen Apparat. «Und da hab ick reihum alle anjerufen. Und als se jehört hat, wat mit meim Bein jetzt is, det ick nach da letzten Operation dauernd liejen muß, isse jleich rausjekommen.»

«Und wann ist sie gestern abend bei Ihnen weg?»

Frau Bücknitz mußte da nicht lange überlegen. «Kurz vor halb neune. 20 Uhr 43 fährt der Zuch von Lehnitz ab – und den wollt se kriegen. Hättse ooch bequem jeschafft. Mein Gott...» Wieder begann sie zu schluchzen.

Yaiza Teetzmann legte ihr die Hand auf die Schultern. Nur das Ticken der großen Standuhr war zu hören. Das monotone Schwingen des Perpendikels nervte mich. Außerdem mußte ich schon wieder dringend pinkeln. In der Harnröhre brannte es höllisch. Primitiv, wie es hier war, wagte ich nicht, nach der Toilette zu fragen. Wahrscheinlich benutzte die Bücknitz so eine Art Zimmerklo. Ich wollte unseren Besuch schnell zu Ende bringen. Die Postkarte aus Moskau war mir eingefallen, als ich auf dem Vertiko eine russische Puppe-in-der-Puppe gesehen hatte.

«Wissen Sie denn, Frau Bücknitz, ob Ihre Freundin irgendwelche Freunde in der Sowjetunion gehabt hat, Rußland, der GUS?»

«Nein...»

«Und hier in Oranienburg...? Noch andere Kontakte außer zu Ihnen?»

«Eijentlich nur noch den Waldemar.»

Ich lachte und sagte, das war wie ein Reflex, einen Spruch meines Vaters auf. «Er hieß Waldemar, weil es im Wald geschah.»

«Lachen Sie nich – det is 'n traurijet Schicksal.»

«Wieso?»

«Weila schon lange tot is. Aba nich so einfach jestorm, sondern...» Sie schwieg plötzlich.

So wie sie reagierte, mußte ich automatisch an unseren Besuch bei den Massengräbern des Speziallagers Nr. 7 denken. Wer in der DDR darüber sprach, riskierte es, daß sich die Stasi um ihn kümmerte.

«Sagen Sie bloß, sie hat was mit diesem Waldemar v. Woerzke zu tun...?»

Frau Bücknitz starrte mich an. «Woher wissen Sie'n det?»

«Wir waren gestern im Schmachtenhagener Forst bei den Gräbern, weil meine Lebensgefährtin darüber eine Reportage macht, und da ist mir der große Rosenstrauß aufgefallen, der ...»

«Den hat Luise hinjebracht. Wo se schon mal in O-Burg war, gleich zwee Fliegen mit eena Klappe: erst Waldemar, dann icke.»

«Nur weil se ma in dieselbe Klasse jegangen sind?» wollte Yaiza Teetzmann wissen.

«Nee, det is ihre jroße Liebe jewesen. Und sie seine.»

Ich sah Luise Tschupsch vor dem schlichten Holzkreuz knien. Und hinter einer der mächtigen Kiefern stand der verwahrloste Mann in der gelben Jacke.

7. Szene
Eisenbahnbrücke über den Oder-Havel-Kanal

Ich stand oben auf der Brücke und hielt mich am Geländer fest. Unter dem Gitterrost strömte das Wasser südwärts Richtung Berlin. Es sah aus wie flüssiges Glas, aus Millionen dreckiger Flaschen recycelt. Ich hatte Angst davor, hineinzufallen und wie ein Insekt im Bernstein eingeschlossen zu werden. Es war nicht sehr angenehm hier oben. Der D-Zug nach Rostock fegte vorüber, und sein Luftschwall schien mich in die Tiefe zu stoßen.

Der Ostdeutsche Rundfunk Brandenburg, der ORB, wollte uns bei unserer Suche nach dem Mörder von Luise Tschupsch tatkräftig unterstützen. Uwe Madel von der vielbeachteten Sendereihe «Täter – Opfer – Polizei» stellte die Fragen.

«Um Punkt halb neun hat Luise Tschupsch also das Haus ihrer Freundin Ingeborg Bücknitz am Treidelweg verlassen ...?»

Der Scheinwerfer, den sie aufgestellt hatten, blendete mich ein wenig, und das Auge der Kamera fixierte mich böse, aber ich bekam mich doch so ziemlich in den Griff.

«... ja, und muß dann etwa fünf Minuten später über diesen Steg hier gegangen sein, auf dem wir gerade stehen ...»

Uff! Der erste Satz war heraus – ohne großes Stottern. Mochten bei den vielen Sendern die Einschaltquoten auch noch so niedrig sein, immer gab es bei solchen Sachen Verwandte, Freunde und Kollegen, die zufällig gerade eingeschaltet hatten und dann furchtbar lästerten, wenn man sich blamiert hatte. Heike vor allem. «Na, warst du heute wieder beim Fernsehen Äh-machen ...?»

Uwe Madel sprach den Standardtext. Zweckdienliche Hinweise sind ... Die Telefonnummer der Mordkommission Oranienburg ist 03301 – 632 ... und so weiter ... Dann kam er noch einmal auf mich zurück.

«Herr Mannhardt, gibt es denn schon einen ganz bestimmten Tatverdacht?»

«Nein, sieht man einmal von den Männern ab, die in der Spessartstraße bei Frau Tschupsch im Bordell ... Quatsch, Mensch, das nicht ... Bloß nicht ... Rausschneiden bitte.» Nun hatte ich mich doch verhaspelt.

«Okay. Noch mal ... Herr Mannhardt, gibt es denn schon einen ganz bestimmten Tatverdacht?»

«Ja. Und zwar haben wir da die Beobachtung eines Zeugen ...» Sollte ich sagen, daß ich das selber war ...? Nein. «... eines Zeugen, der gesehen hat, wie ein Mann von etwa Mitte Sechzig, also ein älterer Mann schon, Luise Tschupsch in Oranienburg beobachtet und verfolgt hat. Ein Stadtstreicher möglicherweise, ein sogenannter Berber. Ungepflegter Bart, ziemlich verwahrlost. Auffällig an ihm soll eine knallgelbe Winterjacke gewesen sein. Eigelb, postgelb.» Daß er wie Herbert Wehner redete, verschwieg ich.

Uwe Madel hakte ein. «Aber Luise Tschupsch ist doch nachweislich erschossen worden. Pflegt der moderne Stadt- und Landstreicher heutzutage solche Waffen mit sich zu führen?»

Ansonsten hatte ich seine locker-ironische Art immer gemocht, jetzt aber verfluchte ich sie. «Im Prinzip nein, aber ... Das ist schon rätselhaft, ja. Obwohl ... Ein russischer Soldat könnte die Waffe für einen Appel und Ei verkauft haben. Der Gesuchte muß ja nicht unbedingt ein Stadtstreicher gewesen sein.»

«Das Projektil, das Luise Tschupsch getötet hat, ist ja inzwischen untersucht worden. Ist die Waffe, aus der es abgefeuert worden ist, irgendwie bekannt?»

«Nein. Jedenfalls ist es eine tschechische Waffe.»

«Gibt es denn Hinweise darauf, daß Luise Tschupsch in irgendeiner Weise in dubiose Geschäfte verwickelt war ...?»

«Ja. Stichwort: Ikone. Auch da sind wir sehr an Hinweisen interessiert.»

Uwe Madel wurde noch ein wenig spöttischer. «Luise Tschupsch, Opfer eines sozusagen alltäglichen Täters oder einer mysteriösen Mafia aus den Weiten Rußlands?»

8. Szene
Polizeipräsidium

Es war alles ziemlich stressig heute. Der ganze Wirbel im Mordfall Tschupsch, die Sache mit dem ORB – und nun auch noch eine dieser dienstlichen «Andachten». Ich hätte mich lieber mit Yaiza Teetzmann und Volker Vogeley zusammen um den Mann mit der gelben Winterjacke gekümmert, aber einer von uns dreien hatte unbedingt dabeizusein, sonst war Koppatz wieder sauer. Der Kriminalrat Karl Ernst Koppatz war unser neuer Vorgesetzter.

«Wie sieht's aus mit Luise Tschupsch?»

Ich berichtete Koppatz von unseren bisherigen Ermittlungen und der ersten heißen Spur. «... dieser Mann mit der gelben Jacke ist zunächst unsere größte Hoffnung...» Irgendwie war ich überrascht, daß ich so sachlich mit Koppatz reden konnte. Er kam von der Sektion Kriminalistik der Humboldt-Universität und hatte an dieser dubiosen Liste für die Stasi mitgewirkt, der Auflistung von Giften, mit denen man unentdeckt Feinde töten konnte. Seine Mutter, Paula Koppatz, hatte sich durch einige zwar stilistisch schlechte, aber außerordentlich staatstragende Romane einen Namen gemacht und wurde von Volker Vogeley nie anders als ‹eine dieser SED-Schriftstellerhuren› bezeichnet. Überhaupt hatte sich der Gute voll auf Koppatz eingeschossen und sang mehrmals am Tag Lieder gegen ihn – zum Beispiel: «Beim Tripper sind's die Gonokokken / Und bei uns die roten Socken, / Die das Leben uns vergiften. / Geht doch endlich völlig stiften.» Ich selbst hielt mich immer an die Devise meiner Großmutter: «Mir geht das nichts an!» Als Vorgesetzten mochte ich Koppatz keinesfalls, aber ich hatte noch nie einen Vorgesetzten gemocht und einen von ihnen, den Dr. Weber, vor Jahren sogar beinahe erschlagen. Im Affektsturm, als er mich zu sehr gedemütigt hatte. Was mir dann etliche Monate in der Psychiatrie von Bad Brammermoor eingebracht hatte. Schon deswegen versuchte ich, was Koppatz betraf, meine Gefühle von

Anfang an unter Kontrolle zu halten. Politisch war er jetzt kaum einzustufen, schwankte vielleicht irgendwo zwischen SPD und PDS. Menschlich gesehen war er ein autoritärer Kommißkopp, der – ich dachte dies immer mit einem Lieblingswort meines Vaters – nicht weiter dachte, als ein Bulle schiß. Der besten Voraussetzung, in der deutschen Polizei, wenn nicht gar allüberall in den großen Apparaten, Karriere zu machen. Trotzdem war ihm ein gewisses Charisma nicht abzusprechen. Alles, was er tat, geschah im Namen des Guten. Er hatte die Vision einer Gesellschaft ohne Aggressionen und ohne Verbrechen – und um sie zu verwirklichen, war er allzeit bereit, jede Waffe einzusetzen.

Im Großen Sitzungssaal wartete ein Spezialist des BKA darauf, mit seinem Vortrag zu beginnen. «Aktuelle Trends der Organisierten Kriminalität in den neuen Bundesländern» lautete das Thema. Während die örtlichen Größen ihn begrüßten, lag schon eine Folie mit seiner Gliederung auf dem Overhead-Projektor.

1. Die alten Seilschaften als quasi kriminelle Vereinigungen
2. Die OK aus den Ländern östlich der Oder
3 Ost-Betriebe als Möglichkeiten der Geldwäsche für die OK aus dem westlichen Ausland

Ich konzentrierte mich ganz auf die Beine einer Journalistin, die schräg vor mir saß. Enge blaue Jeans, pralle Schenkel, Western-Stiefel. Mit der jetzt im Erste-Hilfe-Raum sein. Sie beugt sich über das Waschbecken, während ich ihr Becken...

«Haben Sie mit diesem Schwermer schon gesprochen?» fragte mich Koppatz.

Schwermer, Sperma, Spessartstraße... «Dem vom Puff, nein... Nachher... Soll erst um 16 Uhr aus Brüssel zurückkommen...»

Was blieb mir, als mich auf das zu konzentrieren, was der Mann vom BKA vom Blatt ablas. Einer dieser drögen Gelehrtentypen mit Bärtchen und Brille.

«... haben sich frühere Stützen des SED-Regimes seit der Vereinigung wie organisierte Kriminelle zusammengeschlossen, Milliardenbeträge beiseite geschafft und sich Posten und Pöstchen zugeschachert.» Ich sah Koppatz an. Der machte sich ungerührt seine Notizen. «Bis zum 24. 9. 1993 sind beim Landgericht Berlin 834 Ermittlungsverfahren wegen der Vereinigungskriminalität eingeleitet worden. Es geht allein in diesen Fällen um einen Schaden in Höhe von 8,8 Milliarden Mark. Beim Vertrauensbevollmächtigten der Treuhand sind bis jetzt 6000 Eingaben eingegangen, das heißt, Beschwerden von Bürgern über die sogenannten ‹roten Socken›, die immer noch oder schon wieder das Sagen hätten.»

Ich mußte unwillkürlich an diesen Wolfram Schwermer und seine Havelland-Investment denken, den Streit zwischen der Gemeinde Friedrichsheide und ihm um das Woerzke-Erbe. Meine Tagträume wurden nun andere... Nicht mehr der Spontanfick mit der Journalistin hielt mich gefangen, sondern das, was Fontane in mir angerichtet hatte. Mich hatten sie ja auch deswegen in die Psychiatrie gesteckt, weil ich, um von meinen Alkoholproblemen loszukommen, zu einer dieser Reinkarnationstherapien gegangen war – mit dem Ergebnis, daß ich mich ernsthaft als Joachim Ernst v. Mannhardt gefühlt hatte, als Kammerherrr Friedrichs des Großen. Das flackerte nun wieder auf, und ich kam als Werner v. Woerzke nach Oranienburg zurück, legitimer Sohn des 1946 im Speziallager Nr. 7 ermordeten Waldemar v. Woerzke. Ich entschied mich gegen Schwermer und für den Zinna-Plan, aber nur, wenn man den gleich mit zum Teufel jagte und mich zum Friedrichsheider Bürgermeister machte.

Als mich meine kopfeigene Zeitmaschine wieder in die Realität zurückgebracht hatte, war der BKA-Mann schon beim zweiten Punkt seiner Ausführungen.

«...treibt also die Leiche des Alexander Konstantinowitsch Kamkin in Potsdam auf dem Jungfernsee, gleich am Schloß Cecilienhof. Mit fünf Messerstichen in der Brust. Ein Mord der sogenannten ‹Ikonenmafia›, wie wir glauben. Kamkin schmuggelte Heiligenbilder in den Westen und ist dabei wahrscheinlich der ‹Balalaika-Bande› in die Quere gekommen...»

Bei so viel Lyrik mußte ich an die Ansichtskarte denken, die wir bei der Tschupsch in der Wohnung gefunden hatten. Sie steckte noch immer bei mir in der Jackentasche. Ich fragte Koppatz leise, ob er einen El Lissitzky kennen würde.

«Berühmter sowjetischer Maler, Graphiker und Architekt...»

Ich zog die Postkarte heraus. «Können Sie das hier bitte mal übersetzen...?»

Koppatz hatte keine Mühe mit der kyrillischen Schrift. «Liebe Luise...» flüsterte er. «... mir ist hier in Moskau alles geglückt. Bin bald in Berlin. Dein Ludger»

Klar, was ich da dachte, als ich das hörte: Der Ikonenhandel... Ihr Bruder ist in Rußland, um Ikonen zu beschaffen... Die Tatsache, die wir uns nicht erklären konnten, daß sie erschossen worden war... Eine feindliche Russen-Gang also...

Ich nahm die Karte wieder an mich und erklärte Koppatz kurz die Zusammenhänge.

«Pssst!» machte es von allen Seiten.

«Auch bei Ihnen hier in Brandenburg gewinnt ja die Organisierte Kriminalität weiter an Boden...» Der BKA-Mann las den Einheimischen nun fünf Minuten lang das vor, was sie ihm vorher zugefaxt hatten. «Die Sonderkommissionen ‹Taiga›, ‹Turbo› und ‹Club› sind inzwischen mit dreißig ‹Ermittlungskomplexen› befaßt, in denen eine Vielzahl von Straftaten mafiaartiger Gruppen zusammengefaßt sind. Bei den Delikten handelt es sich um das Verschieben von Kraftfahrzeugen (SoKo ‹Turbo›), um Mädchenhandel (SoKo ‹Club›) sowie um Erpressung, Raub und Gewalttaten, wobei sich die SoKo ‹Taiga› auf die Auswertung von Straftaten spezialisiert hat, die von russischen und anderen osteuropäischen Banden begangen worden sind. Sorgen bereitet Ihrem LKA hier in Brandenburg vor allem das Beziehungsgeflecht, das die mafiaähnlichen Banden inzwischen aufgebaut haben, unter Einbeziehung einheimischer Krimineller...»

... wie zum Beispiel Ludger und Luise Tschupsch – Fragezeichen.

Ich mußte wieder einmal dringend zur Toilette, wagte aber nicht, den Referenten zu stören. Peinlich auch, wenn sich die Blicke aller auf mich richteten, dieses üble Geflüster, daß sich da mal wieder einer wichtig tun wolle. Also verkniff ich mir alles. Der BKA-Mann kam ja auch langsam zum Schluß.

«... drittens nun gehen unsere Erkenntnisse dahin, daß die westlichen Drogenkartelle zunehmend versuchen, von der Treuhand marode Betriebe aus der Erbmasse der DDR für vergleichsweise wenig Geld zu kaufen und sie zur Geldwäsche zu nutzen. Das Muster ist dabei immer dasselbe: Für, sagen wir, 10 Millionen Narco-Dollar kauft man über deutsche Strohmänner eine Firma und verspricht deren Sanierung. Die scheitert dann aber nach einiger Zeit, trotz aller Bemühungen, die Gebäude werden abgerissen und das Gelände wird verkauft. Mögliche Strafen werden lächelnd bezahlt. Bleiben 7 Millionen Dollar sauberes Geld, oft aber werden auch noch Gewinne gemacht, Spekulationsgewinne. Ich kann Ihnen dazu auch einige Fälle nennen...»

Meine Blase! Der Harndrang war anfallartig. Es ging nicht mehr. Ich stürzte zur Tür.

9. Szene
Straßen in Oranienburg

Ich mußte mir ein wenig die Beine vertreten. Der Mensch ist ein Lauftier, wie mein Orthopäde immer sagte. Also zu Fuß zurück zur Mordkommission. Mit ein paar Umwegen. Es war knapp über null Grad, Schnee lag in der Luft. Ich machte einen kleinen Spaziergang durch ein ausgedehntes Siedlungsgelände. Hier im Westen Oranienburgs hatten sie 1893 die «Vegetarische Obstbau-Kolonie Eden» gegründet. Die berühmte Margarine war hier erfunden worden, die «Eden-Pflanzenbutter». Aber nicht nur gesund leben wollten sie hier, sondern auch Geist und Seele entfalten. Ganzheitlich war angesagt. Darum hatten sie ihre Wege auch nach Dichtergrößen benannt. Goethe gab es hier, Schiller, Lessing, Mörike, Kleist, Körner, Eichendorff, Schlegel, Löns... Von Volker Vogeley wußte ich, daß es am Ostweg sogar eine kleine Bühne gegeben hatte.

Ich sah die Kleiststraße hinauf. Fern im Norden huschten Autos vorüber. Das mußte schon die Germendorfer Allee sein, die B 273.

Da sah ich eine gelbe Jacke um die Ecke biegen. Mein Herbert Wehner vom Schmachtenhagener Forst...? Ich sprintete los. Der Kommissar Zufall war der beste aller Kollegen. Abstand vielleicht zweihundert Meter. Die gelbe Jacke verschwand wieder, mußte was gerochen haben.

Als ich die Stelle erreichte, wo ich sie entdeckt hatte, fand ich nichts weiter als ein benutztes Tempotaschentuch. Was tun? Einen Augenblick lang dachte ich daran, überall zu klingeln und die Leute in den umliegenden Häuschen zu befragen oder aber ein Telefon zu suchen und eine Großfahndung auszulösen. Aber Unsinn, Leute mit gelben Jacken gab es sicherlich etliche hier. Die Gefahr war groß, daß ich mich lächerlich machte.

Wie eine Katze, die ihre Beute verfehlt hatte, gab ich mich gleichmütig und schlenderte weiter. Jetzt mit Heike im Bett liegen und zusehen, wie Sylvester an ihrer Brust lag und trank. Dann wohlig dösen wie er.

Ein Grabstein ließ mich hochschrecken. Wieder ein Opfer von Gestapo, NKWD, Stasi oder ...?

Silvio Gesell. Der Name ließ an einen DDR-Turner denken. Nein. 1862–1930. Komisch. Ich fragte einen Rentner, der seinen Enkel im Kinderwagen durch den Garten Eden schob.

«Silvio Gesell, das war einer, der hier gelebt hat, 'n Paradiesvogel, 'n Weltverbesserer. Anarchisten haben se'n geschimpft, Kommunisten, Egomanen, Sittenstrolch und Kohlrabi-Apostel, aber bekannt geworden isser mit sei'm Schwundgeld.»

«Schwundgeld ...?»

«Da staun Se ... Die Zinsknechtschaft brechen, das war's, wassa wollte. Und Schwundgeld ... Wie soll ich'n Ihnen das erklären ...? Also ... Wer Geld hortet, der darf nicht länger belohnt werden dadurch, dassa Zinsen dafür kriegt. Im Gegenteil, sein Geld muß so besteuert werden, daß es schwindet, wenn er's hortet. Schwundgeld eben. Schmelzen wie Schnee inna Sonne.»

«Ich versteh schon.» Eine geniale Idee. Vielleicht aber kannte der Rentner nicht nur diesen Silvio Gesell, sondern auch den Mann in der gelben Jacke. Ich fragte ihn.

«Warten Sie mal ... Det könnte dieser Hackenow sein, der streunt manchmal noch hier rum.»

Diese Wendung ließ vermuten, daß der Mann früher mal in der «Kolonie Eden» gewohnt hatte. «Hackenow, ja ... War das mal 'n Nachbar von Ihnen ...?»

«... ja, bissa ab is nach 'm Westen. Noch vor der Wende, mit 'm Ausreiseantrag noch. Aba da issa wohl jescheitert. Nu issa wieda uffjetaucht hier ...» Der Einheimische stutzte plötzlich. «Was suchen Se'n den Hackenow?»

«Warum ich den suche ...?» Ich wollte die Pferde nicht scheu machen und mußte mir schnell etwas ausdenken. «Den suche ich, weil ...» Mir fiel so schnell nichts ein. Aber warum nicht doch den wahren Grund angeben. «... weil ich von der Kripo bin und wir einen Mann in einer gelben Jacke suchen, der sich in verdächtiger Weise am Tatort zu schaffen gemacht hat, da wo Luise Tschupsch erschossen worden ist.»

«Komisch...» Der Rentner zog den Reißverschluß seiner erdfarbenen Joppe rauf und runter. «Da hat doch heute morgen schon eena nach dem Hackenow gefragt...»

Ich wurde hellhörig. «Können Sie sich noch an den erinnern?»

«Klar, det kam mir doch jleich so komisch vor...»

«Wieso?»

«Weil der mit so 'm ausländischen Akzent jesprochen hat...»

Ich dachte an die Fortbildung vorhin, die ‹Ikonen-Mafia›, die ‹Balalaika-Mafia›. «Russisch, ja...?»

«Nee, janz im Gejenteil.»

«Da kann ich Ihnen nicht ganz folgen...»

«Na, amerikanisch!»

Ich nickte. «Ah, ja... Und – hat der Mann seinen Namen genannt?»

«Ja, Woerzke.»

Ich zuckte regelrecht zusammen. «... was'n: der, dem das alles mal gehört hat da oben in Friedrichsheide...?»

«Ja...» Der Mann aus der Gartenkolonie guckte plötzlich ebenso verwirrt wie ich und klatschte sich mit der flachen Hand gegen die Stirn. «Stimmt, ja, der is ja umjekommen in dem Russenlager damals...!»

«Sein Sohn vielleicht...?»

«Nee, der war doch ooch schon fast so alt wie icke.»

Der Mann ging auf die Siebzig zu.

«Da müssen Sie sich verhört haben.»

«Hab ick ma wohl. Kann auch sein, det der Wörtche jesagt hat oda Wörtzel...»

Er dachte mit geschlossenen Augen nach, versuchte sich zu erinnern und probierte weiter. «Doch eha wat mit -ke hinten: Knörzke, Mörzke... In die Richtung so...»

Seine Frau schaute aus einem der Häuschen, um zu sehen, wo er mit ihrem Enkel blieb und bekam noch mit, worüber wir da rätselten.

«Der Würzke wird det jewesen sein», sagte sie. «Det is 'n Schwager von der Frau Trute hier, der wohnt in Detroit und wollte mal kommen, jleich im neuen Jahr. Würzke, ja. Mein Männe hört 'n bißchen schwer...» Sie küßte ihn liebevoll auf die schlecht rasierte Backe. «Rainer Würzke, ja.»

Würzke, damit war die Sache auch geklärt. Ich fragte sie noch nach dem Mann in der gelben Jacke beziehungsweise Hackenow, doch sie wußte auch nicht mehr.

Zeit für mich, den beiden Dankeschön zu sagen und mich auf den Weg zur Havelland-Investment GmbH zu machen und Wolfram Schwermer auf den Zahn zu fühlen.

10. Szene
Büro Havelland-Investment GmbH

Ich hatte mich auf Schwermer schon eingeschossen, bevor ich sein Büro betrat. Schwein, arrogantes Arschloch, sicherlich einer dieser akademischen Kaufleute oder Betriebswirte, die zum Scheißen zu dämlich waren und sich ihre Diplomarbeiten für 10000 Mark von anderen schreiben ließen. Dann in eine Firma eingetreten, die Staat und Bürger ausnahm bis zum Gehtnichtmehr, laufend Gesetze beugte und verletzte und dabei die Millionen machte. Man hatte gute Anwälte, man kaufte Journalisten und Politiker, Staatsanwälte, Polizisten und Finanzbeamte, Schläger und womöglich auch noch Killer. Welche, die dann auf die Tschupsch angesetzt wurden.

So jedenfalls hatte ich mir Wolfram Schwermer vorgestellt. Wie ich ihn von der Diskussionsrunde mit Bürgermeister Harry Zinna kannte. Doch ich mußte mein Bild sehr bald korrigieren. Der Mann hatte Lebensart. Schon seine Sekretärin war eine Augenweide. Genau von der Art, wie sie bei den Spiel-Shows immer über den Bildschirm flatterten, in hochhackigen Schuhen, knappen Röcken, schwarzen Strumpfhosen. Wo man nur die Hände in den Schoß legen mußte, um alles zu haben. Auch ohne virtuelle Handschuhe und den ganzen Cyberspace-Kram.

Sie hieß Morina, und ich hörte Wolfram Schwermer schon fragen: ‹Okay, Mannhardt, ich hab Luise Tschupsch erschossen, aber Sie werden es vergessen, wenn Sie eine Nacht mit ihr zusammen waren...?›

Wahrscheinlich hätte ich ja gesagt, aber er fragte nicht. Aber auch das, was er mir statt dessen bot, machte mich high.

«Haben Sie Lust, 'ne Partie Billard zu spielen? Ich hab gerade keinen Partner. Morina kommt mit einem Queue nicht klar. Oder sind Sie zu sehr im Dienst...?»

«Schon...»

«Na, als bürgernaher Beamter, da sollten Sie wirklich nicht derart formalistisch sein.»

Ich merkte, daß er sein Handwerk verstand. Andererseits: So viele Dienstjahre und Fortbildungsveranstaltungen hatte ich nun auch schon hinter mir, um zu durchschauen, was er da wollte.

«Na, schön... Wenn's denn der Sache dient.»

Er hatte einen Tisch in seinem Sitzungszimmer stehen. Kein Pool-Billard, sondern ein klassisches Karambol-Spiel. Schon hatte ich die Bälle hingelegt. Klar, so begann es immer mit der Korruption von Menschen. Einschleichend. Trotzdem ließ ich mich auf alles ein. Wenn die Großen es im großen Maßtstab taten, warum nicht die Kleinen im kleinen. Das war die sogenannte «Theorie der Rechtfertigungstechniken» von Sykes und Matza. Man neutralisierte seine Stör- und Schuldgefühle auf ganz bestimmte Art und Weise. Ich wußte das alles, ich war ja einige Zeit als Lehrbeauftragter an der Hochschule für öffentliche Verwaltung (HÖV) in Bramme tätig gewesen.

Wie auch immer, ich spielte drei Partien mit Wolfram Schwermer und gewann zwei von ihnen. Was mich natürlich ganz besonders in Hochstimmung versetzte.

Erst jetzt fiel mir auf, daß an der Wand ein Foto hing, das Schwermer mit dem ENTER-EINS-Großinquisitor zeigte. Im Hintergrund der berühmte «elektrische Stuhl».

«Ich bin einer der ganz wenigen, die ihm bis jetzt standgehalten haben», sagte Wolfram Schwermer.

«Alle Achtung.» Das war in der Tat eine Leistung.

Die anschließende Unterhaltung verlief dann wirklich nett.

«Sie haben ein schönes Büro hier in der Berliner Straße... Früher wohl mal Leninallee.»

«Ja. Aber soll ich Ihnen mal was sagen...» Schwermer steckte sich ein Zigarillo an. «Am liebsten wäre ich Kriminalbeamter geworden. Columbo, Schimanski, Derrick. Dieses Image.»

Das war auch etwas, was ich gerne hörte. Heike, die schon seit Jahren ihr erstes Semester Psychologie studierte, spottete ständig über meine sogenannte narzißtische Unersättlichkeit.

«Danke für die Blumen...» Eine Bemerkung, die nicht sonderlich geistreich war, aber irgendwie hatte mich Schwermer schwer beeindruckt. Es war die Aura von Geld und Einfluß, es war der Typ des Machers.

Er schwärmte weiter von Lieutenants, Inspektoren, Kommissaren, Detektiven. «... mit James Bond als Krönung. Immer Sieger. Und bei den Frauen erst...»

«Da dürften Sie doch keine Sorgen haben...» Ich zeigte auf die Tür, hinter der Morina saß.

«Nun ja... Sie heißt nicht deswegen Morina, weil sie mal an der Mohriner Allee gestanden hat...» Schwermer grinste und vergewisserte sich, daß ich die Verbindungsstraße im Süden Berlins zwischen Mariendorf und Britz auch wirklich kannte. «Womit wir schon beim Thema wären.»

Ich war einigermaßen verwundert. «Prostitution, wieso...?»

«Weil Sie doch sicherlich wegen der Tschupsch hier sind...?»

«Waren Sie also in der Tat einer der Kunden vom Haus gegenüber, Spessartstraße...?» Warum sollte ich nicht ganz direkt werden.

«Woher wissen Sie'n das?»

«Weil ich Sie selbst gesehen habe. Wie Sie aus dem Auto gestiegen und ins Haus gegangen sind. Von der Wohnung der Tschupsch aus, als wir die durchsucht haben.»

Schwermer streifte mit großer Geste seine Asche ab. «Und da haben Sie mich gleich erkannt?»

«Ich kannte Sie von der Veranstaltung mit Zinna her, Friedrichsheide.»

«Ach so, ja...» Schwermer lehnte sich zurück. «Ich weiß, daß die gute Tschupsch die Autonummern aufgeschrieben hat... Aus der Zeitung aber erst.»

«Das mußten Sie betonen, klar...»

«Warum so aggressiv, Herr Mannhardt. Stand denn mein Name auch auf dem Block der Tschupsch?»

«Ja.»

«Klar. Aber das muß sehr enttäuschend für sie gewesen sein,

denn eine Ehefrau habe ich nicht und auch keinen Chef, der mich wegen unmoralischen Lebenswandels feuern könnte. Und ich war in diesem Gebäude nicht einmal zum ... wie sagt man in einschlägigen Kreisen dazu ... zum Entsaften, sondern nur, um die Umwandlung der Miet- in Eigentumswohnungen über die Bühne zu bringen. Dieses Haus gehört nämlich der Havelland-Invest, und wir versuchen schon seit langem, das Bordell da rauszukriegen, weil es uns beim Verkaufen die Preise verdirbt.»

«Oh ...» Klügeres fiel mir nicht ein.

«Das wäre also mein Geständnis. Und was den Tod von Frau Tschupsch betrifft, da kann ich Ihnen auch nicht weiterhelfen. Was mein Alibi für die Tatzeit angeht, da kann ich Ihnen mit Morina dienen ...»

«Entschuldigen Sie, aber wir müssen in dieser Sache halt jedem Hinweis nachgehen ...»

«Ist ja auch ganz logisch anzunehmen, daß es einer der Freier war, der fürchtet, verprügelt, kastriert, geschieden oder enterbt zu werden. Ich an Ihrer Stelle hätte da auch nicht anders gehandelt.»

Ich stand auf und legte ihm mein Kärtchen mit dem roten Adler hin. «Wenn Ihnen noch etwas einfallen sollte, dann ...»

Das Telefon klingelte. Schwermer nahm ab und fragte Morina, was denn sei. «... ja, okay, ich sag's ihm ... Kurz vor Friedrichsheide, ja ... O Gott, nein, bitte nicht ...!» Er warf den Hörer auf die Gabel, stöhnte auf und schloß die Augen. «Scheiße!»

«Was ist denn, noch 'n Mord ...?»

«Sieht ganz so aus. Sie sollen sofort hoch nach Friedrichsheide. Das Haus am Bahndamm, gleich hinter der Schranke.»

Ich stand auf. «Gibt's irgend 'ne Adresse ...?»

«Das ist es ja, warum ich so ... Zinna.»

«Was denn ...!? Der Zinna, mit dem Sie im Clinch liegen wegen des Woerzke-Grundstücks?»

«Der Bürgermeister, ja.»

11. Szene
Am Bahndamm

Volker Vogeley hatte mich im Wartburg bei Schwermer abgeholt. Ich war wortlos eingestiegen. Was gab es groß zu bereden. Beim Thema Zinna wären wir uns nur wieder in die Haare geraten. Er war da hin- und hergerissen. Einerseits haßte er die ‹roten Socken›, andererseits frohlockte er darüber, daß sie den Wessis so entschieden trotzten.

Als wir in der Bernauer Straße im Stau steckenblieben, ging ihm unsere Null-Kommunikation entschieden auf den Geist. «Ist ja 'ne schöne Adresse für die Havelland-Invest?»

«Wieso?»

«Da gegenüber, Berliner Straße 45a, haben die Nazis das erste KZ errichtet, das ‹Schutzhaftlager Oranienburg›. Auf einem stillgelegten Brauereigelände.»

«Ah, ja...»

«Erich Mühsam hat da gesessen... 1934 ist er über einer Latrine aufgehängt worden.»

Ich kannte von Erich Mühsam nicht mehr als den Namen. Volker Vogeley hatte auch nie etwas von ihm gelesen, wußte aber immerhin, daß er bei der Münchener Räterepublik mitgemischt hatte.

«... mühsam ernährte sich das Eichhörnchen...» Mehr an Assoziationen hatte ich nicht parat.

«Was soll denn das Blödeln bei diesem Thema!»

«Ja, ist ja gut.»

Bis Friedrichsheide schwiegen wir.

Es war ein Scheißtag heute.

Als wir aussteigen wollten, kam uns der Ermordete fröhlich entgegen.

Ich schnauzte Harry Zinna an. «Was soll denn der Quatsch...? Daß Sie ermordet worden sind...»

«... 'n Mord...?» fragte der Bürgermeister.

«Ja, sicher.» Volker Vogeley hatte es so am Telefon zu hören bekommen.

Zinna schüttelte den Kopf. «Vom Rufmord hab ich was gesagt am Telefon. Das müssen die falsch verstanden haben bei Ihnen in der Zentrale.»

«Na schön...» Ich sah aber, daß sie im selben Augenblick am Ende seines Grundstücks, am Fuß des Bahndamms, im Scheinwerferlicht einen Zinksarg bewegten. «Da ist doch aber 'n Toter...»

«Nur 'n Skelett. Kommen Sie mal...»

Zinna führte uns durch seinen Garten. Wir konnten uns eine ganze Weile lang nicht unterhalten, weil oben auf dem Bahndamm ein Güterzug mit gut und gerne dreißig Wagen Richtung Nordsee fuhr.

Als er endlich vorüber war, standen wir schon an der Fundstelle und staunten. Bauarbeiter hatten mit einem kleinen japanischen Bagger einen Graben ausgehoben, um Kabel zu verlegen, und waren dabei auf ein menschliches Skelett gestoßen.

Ich sah Harry Zinna an. «Die berühmten Altlasten, ja... Manche haben ihre Leichen im Keller, andere im Garten.»

Er war so ernst, wie nur altgediente SED-Funktionäre ernst sein konnten. «Das ist es ja, was ich mit Rufmord meine.»

«Sie meinen, Ihre politischen Gegner hätten hier 'ne Leiche vergraben, um sie zu diskriminieren?»

«Leuten wie diesem Schwermer ist doch alles zuzutrauen.»

«Nun mal Vorsicht bitte!»

Volker Vogeley hatte in seiner frühen DDR-Zeit einmal beim großen Otto Prokop hospitiert und wagte, nachdem er das Skelett eine Weile betrachtet hatte, eine erste Diagnose. «Männlich, aber noch ziemlich jung... Rechter Arm und rechtes Bein abgehackt...»

Ich schüttelte mich.

«...und nach der Verwitterung der Knochen zu schließen, zwischen vierzig und fünfzig Jahren in der Erde.»

«Ich bin 48 Jahre alt», sagte Zinna. «Womit ich ja als Täter wohl ausscheiden dürfte.»

«Weiß man's...» Ich merkte, daß ich im Kampf Schwermer gegen Zinna innerlich doch für den Investment-Mann Partei genommen hatte.

Harry Zinna stocherte mit seinem Gummistiefel in der matschigfeuchten Erde herum. «Jetzt wird die Schlammschlacht gegen mich erst richtig losgehen.»

«Wieso?»

«Na, weil wir das Grundstück hier seit 1928 haben. Mein Großvater schon, mein Vater...»

«Sippenhaft ist abgeschafft.»

«Es wird Gerede geben...»

«Daß Ihr Vater vielleicht...» Ich wagte die Frage, was der denn von Beruf gewesen sei.

«Nichts weiter.»

«Irgend etwas muß er doch gemacht haben... »

Zinna druckste herum, daß er gelernter Steinsetzer gewesen sei, sich dann aber in verschiedenen Berufen durchs Leben geschlagen habe.

Bis es Volker Vogeley zuviel wurde. «Sagen Sie Mannhardt ruhig, was er nach '45 gemacht hat.»

«Da ist er bei der sowjetischen Administration beschäftigt gewesen. Und zwar im Speziallager Nr. 7. Beseitigung der angefallenen Leichen, Beschaffung von Perdefuhrwerken...»

12. Szene
Pizzeria in Tegel

Friedhelm Rott wurde langsam unruhig. Wir saßen ziemlich zentral am Gang, und dennoch hatte ihn bisher niemand um ein Autogramm gebeten. Seit er in der ENTER-EINS-Serie ‹Starker Verkehr› den Bordellbetreiber spielte, der zu seinen Mädchen wie ein Vater war, stieg sein Bekanntheitsgrad von Woche zu Woche. Wir kannten ihn vom Stadttheater Bramme her, wo er mit dem «Peer Gynt» gastiert hatte. Heike war seinerzeit beim *Brammer Tageblatt* als Volontärin verdonnert worden, ins Theater zu gehen und Kritiken zu schreiben.

«Ich kann's nicht fassen...» Sie sah Friedhelm Rott kopfschüttelnd an. «Sechsundsechzig Jahre – und kein bißchen weise.»

«Wieso?»

«Weil du jetzt so 'n Serienscheiß machst. Burgtheater, München, Bochum, Berliner Ensemble, Schiller-Theater – und dann ENTER-EINS. Vom Himmel in die tiefsten Klüfte...»

Friedhelm Rott breitete die Arme aus. «Der Ehre / Stoff ist freilich ein so zarter, / daß ein Blick sie schon erschüttert, / daß ein

Lufthauch sie bemakelt.» Er sank seufzend in sich zusammen. «Ja, ja... Calderón, ‹Das Leben ein Traum›. Ein Alptraum dagegen die Schließung meines Schiller-Theaters. Oper bleibt, Siemens bleibt, Autobahn bleibt, Olympia-Stadion bleibt – Theater bleibt nicht. Und bei ENTER-EINS, da zahlen sie Traumgagen. Das sind die Alchimisten von heute: aus Scheiße machen sie Gold.»

Wir bestellten uns eine Fischplatte für drei Personen. Dann endlich kam ein junger Bankkaufmann vorbei und rief Friedhelm Rott ein lautes Hallo zu. «Toll, Sie mal live zu sehen. Gibt's Ihr Bordell denn wirklich?»

«Die ganze Welt ist ein Bordell. Und wir alle sind nur Prostituierte und verkaufen uns. Den Körper, die Seele, den Geist. An unsere Arbeitgeber, an unseren Staat, an unser Publikum – ans Gut, ans Geld, ans Gold.»

Heike klatschte Beifall. «Drei Vorhänge für Friedhelm Rott!»

Ich wußte, daß unser Schauspielerfreund Kalauer liebte. «Nichts mehr gilt die Nomie, das Auto ist alles.»

Eine knackige Friseuse trat an unseren Tisch und fragte Friedhelm, ob sie nicht noch ein blondes Mädchen für die Serie brauchten.

Ich war nicht mehr zu halten. «Dann will ich aber auch 'ne Rolle als Freier haben.»

«Bin ich der Produzent...» Friedhelm Rott drückte uns beiden ein Kärtchen in die Hand. «Ruft da mal an...»

Die Schöne rückte ab und Friedhelm stöhnte. «Bist du erst einmal in einer Serie, geht dir aber auch jede Privatheit verloren.»

«Narzißtische Unersättlichkeit versus Schneckenhaussyndrom.» Heike hatte für alles eine psychologische Deutung. «Vielleicht fragst du uns mal bitte, wie es uns denn geht...»

«Wie geht es euch denn?»

«Junge Mutter, alter Vater: Sylvester ist da.»

«Seid umarmt!» Er sprang auf und erdrückte uns fast. «Warum aber dieser nicht eben häufige Name?»

«Weil es Sylvester passiert ist.»

«Himmelfahrt wäre schlimmer... Oder Fronleichnam erst.»

«Sylvester heißt der ‹Waldmann›, von *silva*, der Wald. Weil er den Wald so liebt.» Heike piekte mir den Finger in die Rippen.

«Ja: Im Wald und auf der Heike, äh: Heide, da hab ich meine Freide.»

«Schrei nicht so!» Heike versuchte mir den Mund zuzuhalten. «Nein, aber Sylvester II. galt um die Jahrtausendwende als der größte abendländische Gelehrte seiner Zeit.»

Friedhelm Rott hob sein Glas. «Möge euer Sylvester der größte Gelehrte dieser Zeit werden!»

Wir tranken auf das Wohl unseres Sohnes. Als das Gespräch ein wenig stockte, fragte ich ihn, ob er Erich Mühsam kennen würde.

«Ja... Wir wollten mal im ‹Kotzbusser Off-Theater› seinen ‹Judas› machen, das ist 'n Arbeiterdrama, das er in seiner Haftzeit geschrieben hat. Nach der Niederwerfung der Bayerischen Räterepublik haben sie ihn ja zu fünfzehn Jahren Festungshaft verurteilt. 1924 ist er dann amnestiert worden. ‹Judas› ist 'ne Tragödie, in der er seine Erfahrungen mit der gescheiterten Revolution verarbeitet hat. Auch sein Drama ‹Staatsräson› ist ein starkes Stück. Das geht um Sacco und Vanzetti, die die amerikanische Justiz auf 'm Gewissen hat. Aber wer spielt'n das heute noch...?»

«Mühsam ist zu mühsam», sagte ich.

«Dein ‹Starker Verkehr› macht eben alles kaputt», warf ihm Heike vor.

Friedhelm Rott fauchte uns an. «Ist das 'n Tribunal hier!? Dann kann ich ja gehen!»

«Nein, nein!» Heike legte ihm besänftigend die Hand auf den Arm. «Erzähl mal was von Lia. Ist sie nicht eifersüchtig, wenn du da im Puff andauernd mit den Damen zugange bist...?»

Friedhelm Rott lief rot an. «Woher weißt du'n das...!?»

«Entschuldige, ich...»

«Ich war da nie richtig als Kunde, nur zum Recherchieren, mein Regisseur, der Drehbuchschreiber und ich. Wenn ich so eine Rolle spiele, dann muß ich doch wissen, wie das in Wirklichkeit so läuft...»

Es war eine alberne Assoziation, und ich sagte es nur des Gags wegen. «In der Spessartstraße, was...?»

Friedhelm Rott starrte mich an. «Du bist doch der Oberstudienrat für Deutsch und Geschichte...?»

«Nee, das war einer meiner Vorgänger bei Heike, der Enno, in Bramme noch, Albert-Schweitzer-Gymnasium.»

Heike lachte. «Hast du wirklich vergessen, daß Hans-Jürgen bei der Kripo ist...»

Friedhelm Rott fuhr mit dem Zeigefinger so lange den Rand seines Glases entlang, bis ein fürchterlich hoher Ton entstand. «Dann habt ihr mich also heute eingeladen, weil... Dann ist das also 'ne Falle?»

«Wieso, was redst du'n da!»

Friedhelm Rott sprang auf. «Ich hab diese Tschupsch nicht umgebracht. Ich war nur zum Recherchieren da! Ehrenwort. Sie hat mich angerufen und mich gewarnt, daß sie Lia informieren würde, wenn ich nicht aufhören würde damit. Ja, Lia ist pathologisch eifersüchtig, und sie hätte mich auch zum Teufel gejagt – aber deswegen erschieße ich doch keine Frau!»

13. Szene
Wohnung Heike/Mannhardt

Als wir nach Hause kamen, stand Yaiza Teetzmann schon abmarschfertig in der Diele. Sie war frisch verliebt und wollte mit ihrer Neuerwerbung noch in eine Disco an der Friedrichstraße

«Euer Papst war friedlich», sagte sie.

Heik sah sie böse an. «Hör auf, von Sylvester als ‹unserm Papst› zu reden. Hans-Jürgen ist evangelisch und ich bin nichts.»

«Det is nu der Dank...» Yaiza zog sich schmollend ihre Stiefel an. «Soll ick'n Silvie nennen, wie 'n Mädchen...?»

«Wie heißt denn dein neuer lover?»

«Enrico.»

«Oh, kommt der aus Kuba?»

«Nee, aus Gransee.»

«Und so was liebt dich?»

Yaiza Teetzmann verstand die Frage nicht. «Wieso?»

«Weil doch Oranienburg neue Hauptstadt geworden ist, vom Kreis Oberhavel, und nicht Gransee. Das ist nun keine Kreisstadt mehr.»

«Det wird Enrico wenig jucken.»

«Vielleicht ist er mehr für Kreißsaal als für Kreisstadt...»

Yaiza Teetzmann stieß mir den Ellenbogen so liebevoll in den Magen, daß ein Teil meines eben gegessenen Lachses wieder nach oben schwappte.

«Mann, bist du grob!»

«Wir Ossis sind nu mal die für't Grobe.» Sie lachte und ließ sich in den Mantel helfen.

Heike konnte es nicht lassen, investigative Journalistin zu sein. «Was macht er denn beruflich so?»

«Hat 'n Geschäft. Elektro-Pritzkoleit. Hausgeräte, Lampen, Radio, Fernsehen. Gelernt hatta richtich Elektroinstallateur.»

Ich nahm Heikes Regenschirm als Gitarre und imitierte Volker Vogeley. «Laß Enrico ran, dann gehn die Lampen an!»

Yaiza Teetzmann entriß mir den Schirm und schlug kräftig auf mich ein. Ich flüchtete und fetzte die Flurgarderobe von den Haken. Heike bekam einen hysterischen Anfall, und Sylvester nutzte die Chance, wieder aufzuwachen und aus Leibeskräften zu schreien.

Es dauerte eine halbe Stunde, bis er wieder gestillt war, und weitere 45 Minuten, ehe Heike sich umarmen ließ. Nach der Versöhnung schliefen wir vor Erschöpfung erst einmal, erwachten dann aber kurz vor Mitternacht wieder, um schlafen zu gehen. Waschen, Zähneputzen, Abschminken und dergleichen. Auf einmal waren wir zu wach, um an Schlaf zu denken, machten uns also ans Lesen. Sie hatte zu Weihnachten von ihrem Ex-Lebensabschnittsgefährten, wie sie Enno immer nannte, eine fürchterliche Schmähschrift auf die Ossis geschenkt bekommen – «Der rasende Mob. Die Ossis zwischen Selbstmitleid und Barbarei», ich hingegen las das, was sie mir zugedacht hatte – Irenäus Eibl-Eibesfeldts «Das verbindende Erbe». Das heißt, so richtig kam keiner von uns zum Selberlesen, denn pausenlos hatte einer bei sich etwas entdeckt, das er dem anderen unbedingt vorlesen mußte. Dazu lief noch der Fernseher, irgend etwas im ORB, dem Ostdeutschen Rundfunk Brandenburg.

«Hier, Seite 113 ... Schönen Gruß an Volker Vogeley.» Heike hatte eine besonders giftige Stelle im Beitrag von Klaus Bittermann entdeckt:

> Über die Nachstellungen der Stasi beklagt sich am meisten die sogenannte Opposition, die diesen Namen deshalb kaum verdient, weil sie sich hinter den Rockschößen der Kirche verschanzte und ihre Kritik ungefähr den Koffeingehalt vom ‹Wort zum Sonntag› hatte. Mitleid mit dieser Sanso-Schmuseopposition ... mußte man höchstens deswegen haben, weil ihre selbst-

gestrickte Lyrik, ihre zusammengeschusterten Klampfenstücke und ihr kryptisches Öko- und Friedensgefasel mit subversivem Gedankengut verwechselt wurde.

Ich verzog das Gesicht. «Komm, das ist gemein. Und du mußt ja auch nicht in Oranienburg deinen Dienst versehen.»

«Schleim dich ruhig rein bei denen da.»

Was sollte ich darauf entgegnen? Ich wandte mich wieder meinem Eibl-Eibesfeldt zu und vor allem dem, was mich an seinem Werk besonders interessierte: den Peniskalebassen bei den Eipo und den Mek-Leuten auf Neuguinea. Das waren über dreißig Zentimeter lange Rohre, die sich die Männer dieser Stämme über ihre Schwänze stülpten und superstolz vor sich hertrugen, mit Bindfäden an den Hüften befestigt.

«Stell dir mal vor...» ich prustete los, «das wird die große Mode des nächsten Jahrtausends bei uns. Die Schlitze an der Hose vorne bleiben offen, und wir tragen unsere Peniskalebasse vor uns her. Kohl geht auf Scharping zu – ihre Peniskalebassen kreuzen sich. Bloß – wie kann man damit S-Bahn fahren...?»

«Komm, das ist rassistisch.»

«Geh, das ist multikulturell.»

«Und das hier ätzend deutsch... Hör mal, auf Seite 115...»

Und wirklich beschleicht den fassungslosen Beobachter angesichts der dosenbierausdünstenden, aufgeschwemmten, von Jogginganzügen unzulänglich verhüllten, deformierten Fettmassen mit den signalroten Alkoholbirnen das Gefühl, daß die Stasi gar nicht so übel war. Schon aus rein ästhetischen Gründen hat sie sich zweifelsfrei Verdienste erworben, als sie die Ossis unter Verschluß hielt.

«Das ist ungerecht... zum Beispiel Yaiza gegenüber.» Ich entriß ihr das Buch, um es unters Bett zu werfen. Sie hielt es aber fest, und es entspann sich ein heißer Kampf. Er endete a tergo.

Ermattet lagen wir auf dem Rücken, und Heike nahm die Fernbedienung in die Hand, um sich durch alle Kabelprogramme zu drücken und nach einem interessanten Spielfilm zu suchen.

Der Großinquisitor von ENTER-EINS kam ins Bild.

«Weiter! Ich will nicht das Bett vollkotzen.»

Heike nahm ihn in Schutz. «Ich find es toll, wie er den Leuten die Masken runterreißt, den schönen Schein zerstört.»

«Ohne schönen Schein, kein schönes Sein.»

«Mannhardt philosophus magnus est. Kleines Latinum mit Vier.» Sie zappte weiter.

«Halt!» schrie ich.

«Was ist denn?»

«Zurück noch mal... Das war das Oranienburger Schloß mit diesem Schwermer davor...»

Sie schaffte es, und ich sah einen ORB-Reporter im Gespräch mit einem Mann, der auf die Siebzig zuging, aber noch sehr drahtig wirkte und eine ziemliche Ähnlichkeit sowohl mit Herbert von Karajan wie mit unserem Friedhelm hatte, Friedhelm Rott.

«Sie sind also aus Bethlehem, einer Stadt im Bundesstaat Pennsylvania, in den Kreis Oranienburg zurückgekommen, um hier ein neues Leben zu beginnen...?»

«...um mein altes fortzusetzen. It's not the same thing but... Excuse me. Nach fast fünfzig Jahren. Aber mein Freund Wolfram Schwermer hier wird mir helfen, die alten Wurzeln zu finden und neue zu schlagen.» Er umarmte eine sehr amerikanisch aussehende, um vieles jüngere Frau. «Nicht wahr, Joan...»

«Viel Glück für Sie beide.» Der Reporter brachte ein warmherziges Lächeln zustande. «Ja, meine sehr verehrten Damen und Herren, das war Waldemar v. Woerzke, zurück in Oranienburg und bereit, in Friedrichsheide die Dinge wieder in die Hand zu nehmen.»

14. Szene
Mordkommission

Die glückliche Heimkehr des Waldemar v. Woerzke war natürlich auch am nächsten Morgen im Büro das Thema Nummer eins. Yaiza Teetzmann hatte den *Oranienburger Generalanzeiger* groß auf dem Tisch liegen. Die regionale Topmeldung gab es in himmelblauer Schrift:

Unfaßbar für uns alle – WW ist wieder da!

Oranienburg (bb/Bo) – Ende 1946 hatte man Waldemar v. Woerzke im ‹Speziallager Nr. 7› des sowjetischen NKWD als gestorben registriert und dem ‹Leichenkommando› zum Verbuddeln übergeben – nun kehrt er als überaus vitaler amerikanischer Geschäftsmann in seine alte Heimat zurück. «Ich habe mich damals nur totgestellt. Dann ist mir mit Gottes Hilfe die Flucht gelungen. Es war alles so entsetzlich, daß ich nur ganz weit weg wollte von Deutschland. Über England und Brasilien bin ich in die USA gelangt und habe dort ein völlig neues Leben begonnen – und zwar als William Black. Nichts sollte mich mehr an früher erinnern. Erst als die DDR untergegangen war, habe ich wieder an Friedrichsheide denken können, aber eigentlich ist es meine Frau Joan gewesen, die mich zur Rückkehr überredet hat.» Woerzke wird – wie viele andere Adlige auch – sein Eigentum zurückerhalten. Es handelt sich dabei um das Schloßhotel Friedrichsheide, die ‹F. F. Runge-Chemie› und knapp über 115 Hektar Land in deren Nähe.

Volker Vogeley ließ sich auf seinen Drehsessel fallen. «Auferstanden von den Toten... Gerade im richtigen Augenblick für Wolfram Schwermer und seine Banditen.»

«Banditen sind doch wohl die gewesen, die dafür gesorgt haben, daß das Land hier so verkommen ist, wie es ist!»

Wir wären noch heftiger aneinandergeraten, wenn nicht in diesem Augenblick mein Telefon geklingelt hätte. Ich riß den Hörer hoch und sagte meinen Standardsatz.

Es rauschte und krächzte. «...ja, hier ist das Gertrauden-Krankenhaus in Berlin.»

Ich bekam einen gewaltigen Schreck. Heike, Sylvester... Jeder Autofahrer war ein potentieller Mörder für mich. Durch die Mordwaffe Auto kamen drei- bis viermal mehr Menschen ums Leben als durch Messer, Beile, Eisenstangen und Schußwaffen zusammen. «Ist was mit meinen...?»

«Nein, nein, nur eine Patientin, die Sie dringend sprechen möchte?»

Also Lilo, war sie zurück aus Venezuela. «Meine Frau...?»

«Nein, eine Frau Schierholz, Sibylle.»

«Ich kenne leider keine Sibylle Schierholz...»

«Sie sagt, es geht um eine Frau Tschupsch, einen Mord, und sie hat was gesehen, vom Zug aus.»

«Ah ja. Kann sie denn mal ans Telefon kommen?»

«Nein, sie liegt fest. Ohne Telefon. Da müssen Sie schon selber herkommen, wenn Sie...»

«Ja, herzlichen Dank, machen wir.»

Ich legte wieder auf und informierte die anderen.

«Fahr du mal hin», sagte Volker Vogeley. «Du kennst dich da aus in Westberlin – und wir als Ausländer...»

Ich konnte nicht anders als nun sophisticated zu giften. «Das ist ein gutes Zeichen für Deutschland, wenn sich bestimmte Deutsche in Deutschland als Ausländer fühlen – dann hat sich dieses Land endlich so gewandelt, daß man darin leben kann.»

Wir bauten uns schon kampfbereit voreinander auf, doch Yaiza Teetzmann schlug mit der Faust auf den Tisch. «Jungens, wir sind zum Arbeiten hier!»

Wie auf ein Stichwort hin erschien Koppatz in der Tür.

«Morgen allerseits. Alles im Fluß...?»

«Man kann nicht einmal in denselben Fluß treten», sagte ich. «Heraklit.»

«Aber immer in dieselbe Scheiße...» murmelte Volker Vogeley.

«Nee», wandte Yaiza Teetzmann ein. «Wie'n...? Beim erstenmal haste richtige Hundekacke da...»

«Eine ausgeformte Kotsäule», half ich ihr.

«...ja, danke. Und beim zweetenmal nur noch Matsch.»

Karl Ernst Koppatz schüttelte sich. «Bitte...!» Dann sah er Volker Vogeley an. «Hatten Sie am 10. Dezember einen Auftritt im Schloßhotel Friedrichsheide?»

«Ja... Musikalische und künstlerische Nebentätigkeiten von Beamten sind nicht genehmigungspflichtig, und angemeldet hab ich alles, in der Personalstelle.»

«Sicher, aber das staatsbürgerliche Recht der politischen Betätigung darf auch außerhalb des Dienstes nicht ohne Rücksicht auf die Beamtenpflichten ausgeübt werden. Und da ist diejenige Mäßigung und Zurückhaltung zu wahren, die sich aus der Stellung gegenüber der Allgemeinheit und aus der Rücksicht auf die Amtspflichten ergeben. So der Paragraph 35 II BRRG – Beamtenrechtsrahmengesetz.»

Volker Vogeley nahm das lautmalerisch auf. «Brrrrrrr, das Gesetz. Was soll ich denn verbrochen haben?»

«Sie sollen da gesungen haben...» Koppatz, noch immer in der Tür stehend, holte einen Zettel aus der Tasche und zitierte. «‹... die Unternehmer sind die Ober-Nehmer und sie nehmen uns das Geld aus den Taschen, aus den Taschen... wie der Staat... Verrat, Verrat! Welche Herren immer waren, welche Herren auch noch kummen – wir sind die Dummen, immer die Dummen!›»

«Pling, pling», machte ich. Nicht um Volker Vogeley zu ärgern, sondern um die Sache zu entschärfen und Koppatz anzuzeigen, wie albern ich seinen Auftritt fand.

«Wieda 'n IM, der't noch nich lassen kann», sagte Yaiza Teetzmann.

«Ein Mann aus Gransee...»

Ich sah Yaiza Teetzmann an und lachte. «Dein neuer Freund...?»

«Ja, weila eifasüchtig is uff Volker.»

Koppatz sah uns bedeutungsvoll an. «Ich wollt's nur mal gesagt haben...» Damit ging er wieder.

«Arschloch...» brummte Volker Vogeley, griff sich seine Gitarre, die er im Kleiderschrank stehen hatte und sang das Anti-Koppatz-Lied.

‹Beim Tripper sind's die Gnonokokken / Und bei uns die roten Socken, / Die das Leben uns vergiften. / Geht doch endlich völlig stiften.›

Als er fertig war, mahnte Yaiza Teetzmann abermals, nun ein bißchen produktiver zu werden. Sie hatte recht. Es stürmte in diesen Tagen soviel auf uns ein, daß wir langsam den Überblick verloren. In etlichen Fortbildungsveranstaltungen hatte ich gelernt, daß da nur eines half: die Visualisierung. Also stellte ich mich an die Pinnwand, um viele bunte Kärtchen anzuheften.

Mord Luise Tschupsch

- Befragung Wolfram Schwermer: Nur geringer Tatverdacht, Alibi (Sekretärin) mit Fragezeichen
- Mann in der gelben Jacke suchen (Hermann Hackenow)
- Nachforschungen nach ihrem Bruder (Ludger Tschupsch) intensivieren
- Mit Berliner Kollegen alle Männer abchecken, die von ihr «bedroht» worden sind (Informieren der Ehefrauen)
- Befragung Sibylle Schierholz im Gertrauden-Krankenhaus

Knochenfund bei Zinna

- Herausfinden, ob Skelettfund von Schermer inszeniert worden ist
- Herausfinden, ob Zinnas Vater mit dem ‹Tod› bzw. der Flucht von Woerzke etwas zu tun haben könnte

Rückkehr Woerzkes

- Gibt es einen Zusammenhang mit dem Mord an Luise Tschupsch, dem Auftauchen Hackenows an Woerzkes Grabkreuz sowie am Tatort und der Heimkehr Woerzkes?
- Gibt es einen Zusammenhang zwischen der Freundschaft Schwermer / Woerzke und dem Tod der Tschupsch?

Als wir das soweit aufgearbeitet hatten, stand Koppatz noch einmal in der Tür. Ich fürchtete schon, er hätte Volker Vogeleys Lied gehört, doch es war nur eine Sachinformation, die er für uns hatte.

«Anruf aus Berlin-West. Der Bruder der Tschupsch soll bei ihr in der Spessartstraße gesehen worden sein.»

15. Szene
St. Gertrauden-Krankenhaus

Ich saß auf dem Flur und hatte zu warten. Die Ärzte waren gerade bei Sibylle Schierholz im Zimmer.

Glück ist die Summe des Unglücks, dem wir entgangen sind. Ich freute mich, gesund und munter zu sein und vertiefte mich wieder in meinen Eibl-Eibesfeldt.

Auf der Seite 252 war das Foto eines Mannes zu sehen, der meinem Freund und Kollegen Vogeley ein wenig ähnlich war. Die Kommentierung des Bildes ließ mich stutzig werden:

Die Bewohner des Intals unterscheiden sich von den von uns neu kontaktierten Lauennag durch ihre Bekleidung: Ihre Rotangürtel sind überbetont wie auch ihre Peniskalebassen...

Ich hatte zuerst Inntal gelesen und mich gewundert, was der deutsch-österreichische Inn in Westguinea zu suchen hatte, und dann an ‹Intal› denken müssen, das Cromoglicinsäure-Pulver, das Heike im Sommer zu inhalieren hatte, um ihrem Heuasthma vorzubeugen. Egal, interessant waren allein die Peniskalebassen. Ich stellte mir vor, daß die Ärzte hier solche trichterförmigen Rohre vor sich her trugen. Der Chefarzt mit der längsten Peniskalebasse, der Assistenzarzt mit der kürzesten. Wie konnte ich es schaffen, die deutschen Männer dahinzubringen, Peniskalebassen zu tragen. Dann mit modischen Stücken als erster auf dem Markt sein und Millionen machen. Kein Gieren nach der Beförderung in den höheren Dienst, sondern die Autonomie des reichen Mannes. Schön, die Feministinnen würden Amok laufen und die Kalebassen abzubrechen suchen, aber wenn man mit dieser Männermode in Berlin begann, waren wir endlich mal besser als New York, wirklich *der* Trendsetter des neuen Jahrtausends. Die Berliner Peniskalebassen eroberten die Welt. Ich hörte Heike eifern: ‹Mit einer Peniskalebasse kommst du mir nicht mehr in die Wohnung. Du mit deiner pathologischen Schwanzfixierung!› – ‹Nicht ich: die Eipo sind das doch gewesen.›

«Herr Mannhardt, Sie können jetzt zu Frau Schierholz rein.»

Sibylle Schierholz war an der Bandscheibe operiert worden. Ein Vorfall, sequestriert.

«Drei Tage noch, dann kann ich wieder aufstehen. Fünf Tage insgesamt fest liegen.»

«Wenigstens sind Sie dem Rollstuhl entgangen.» Ich erzählte ihr, daß ich vor einigen Tagen den Film «Passion Fish» gesehen hatte.

«Ja, sie haben gute Ärzte hier...»

Ich erfuhr noch, daß sie ein Zweite-Klasse-Zimmer mit Telefon und allem aus ideologischen Gründen strikt abgelehnt hatte.

«Wie sind Sie denn dazu gekommen, daß Ihre Bandscheibe Sie so geärgert hat? Ein Unfall...?»

«Nein, nein...» Sibylle Schierholz war Sozialarbeiterin und hatte sich in den letzten Jahren für ihre Klientinnen aufgeopfert. «...bis mein Körper nicht mehr mitgemacht hat. Ich hatte mir zuviel aufgeladen. Die Warnsignale nicht rechtzeitig beachtet. Abends war ich immer so richtig erschossen...»

«...nicht so ganz aber wie Luise Tschupsch...»

«Jeder Mensch stirbt seinen vorbestimmten Tod. Alles Geschehen existiert bereits – nur dadurch, daß wir es schrittweise erfahren, entsteht für uns der Eindruck von Zeit. Alles hängt mit allem auf eine sinnvolle Weise zusammen – und der Schuß auf Luise Tschupsch hat gewiß im kosmischen Ablauf eine ganz bestimmte Funktion – nur sind wir Menschen nicht in der Lage, sie auch zu erkennen.»

Sie gefiel mir. Mitte Dreißig. Ein Gesicht, das ganz einfach lieb war. Mit ihr hätte ich gerne vier, fünf Jahre meines Lebens verbracht. Das war sicher der wahre Grund, warum die Leute so süchtig nach Fernsehserien waren: Man konnte sich identifizieren mit einem der Helden und dann sein Leben x-mal multiplizieren. Wir hatten nur einen Leib, okay, aber konnten tausend Seelen auf Wanderschaft schicken. Ich sah mich, wie ich diese Frau gesund pflegte, dann mit ihr in die Karibik flog und sie im lauen Wasser bis zum absoluten Wahnsinn liebte.

Während ich dies alles erlebte, erzählte sie mir, warum sie trotz ihrer Schmerzen nach Oranienburg gefahren war. «Ich habe es ganz einfach tun müssen. Sie können es glauben oder auch nicht: Ich hatte letzten Montag einen Traum... Ich war eine KZ-Ärztin... In Oranienburg, in Sachsenhausen. Vielleicht weil ich mit meiner Esoterik-Gruppe vorher da war, aber wie auch immer... Jedenfalls: Es kann sein, daß meine Seele vorher in dieser KZ-Ärztin gewesen ist und ich nun als Sozialarbeiterin bis zur Erschöpfung, bis zur Erkrankung und zur schweren Operation Gutes tun muß, damit diese Seele erlöst wird und nicht mehr an das Rad der Wiedergeburt geflochten ist.»

Die muß ja ganz schön ein Rad ab haben, dachte ich spontan. Aber, nun ja... Vielleicht war ich es auch, der nur beschränkt und einspurig denken konnte. Ich bemühte mich, freundlich und sachlich zu sein. «Sie haben also in der S-Bahn gesessen, die um 20 Uhr 40 in Oranienburg abgefahren ist...?»

«Ja, ich hatte da mit ein paar Freunden noch etwas gegessen...»

«... und dann in Fahrtrichtung wo gesessen?»

«Links.»

«Und da ist Ihnen dann etwas aufgefallen?»

«Ja, ich hatte ja Zeit genug, Zeitung zu lesen. Alles lang und breit, wie Frau Tschupsch die Freier beobachtet und die Ehefrauen angerufen hat. Das ist ja für die Boulevardblätter 'n gefundenes Fressen gewesen.»

«Zum Glück für uns. Und als sie auf der Brücke über den Oder-Havel-Kanal waren, da...»

«... da habe ich ganz intensiv auf den Lehnitzsee hinausgesehen... trotz der Dunkelheit... weil ich da letzten Sommer mal mit der ‹Moby Dick› auf Grund gelaufen bin, der Kapitän total besoffen...»

«Aber kein Dampfer, sondern...»

«Ein BMW auf der Straße unten am Wasser... So unter 'ner Laterne... Und ein Mann davor mit einem länglichen Gegenstand in der Hand, einem Schirm vielleicht. Normalerweise hätte ich das ja sofort wieder vergessen, aber weil es doch genau am Tatort war und so zur Tatzeit etwa... Kann sein, daß es albern ist, Sie deswegen aus Oranienburg... Aber...» Sie schien nun doch Schmerzen zu haben.

«Nein, nein, das kann schon sehr wichtig sein... So viele Menschen werden sich da nicht aufgehalten haben.» Und es paßte auch sehr gut ins Bild vom Killer, der mit einer ‹sauberen› Waffe schnell seinen Job erledigte.

Ich zog eine bunte Karte hervor, das nächste Stück für unsere Pinnwand, und schrieb mit dickem Filzer: SUCHE NACH MANN MIT BMW UND SCHIRM.

16. Szene
Bordellbetrieb

Ich ging die Treppe hoch. Mit dem Fahrstuhl wäre es mir zu schnell gegangen. In der dritten und der vierten Etage sollte es sein. Ich hatte schon gegenüber im Hausflur gestanden und nur in die Wohnung der Tschupsch hinauf gewollt, da war mir ganz spontan der Gedanke gekommen, mit dem Geschäftsführer des «Club Dionysos» zu sprechen. Was es auch immer an Möglichkeiten gab, am wahrscheinlichsten war ja, daß Luise Tschupsch von einem ehrenwerten Mitglied der Berliner High Society ermordet worden war, das hier verkehrt hatte und von ihr nicht aus dem Verkehr gezogen werden wollte.

Für mich war es ein rein dienstlicher Besuch, nichts weiter. Ehe ich aber mein Verslein so richtig murmeln konnte, war ich von einer eher biederen Dame eingelassen und in eine Art Warteraum geführt worden, in dem drei Mädchen saßen. Das Ganze erinnerte ein wenig an die Praxis eines Arztes für Haut- und Geschlechtskrankheiten. Zwei der ‹Patientinnen› waren furchtbar aufgetakelt und ziemlich abschreckend, die dritte aber war genau der Typ, den ich seit Jünglingstagen im Kopf hatte, wenn ich es alleine tat. Ein Audrey-Hepburn-Gesicht, kurzer schwarzer Rock, der weiße Slip zu sehen, braune Schenkel, Pumps.

Hinter solchem Mädchen war ich schon auf dem Schulhof in jeder Pause hinterhergelaufen – leider immer vergeblich...

Auf solche Frauen war ich bei x Tanzveranstaltungen scharf gewesen – immer vergeblich...

Mit solchen Kolleginnen hatte ich es ein Leben lang treiben wollen – immer vergeblich...

Nun brauchte ich bloß ein paar Geldscheine hinzulegen und es ging. Alles war nun kinderleicht, geschah von selbst.

Aber...

...das war Verrat an Heike und Sylvester!

...das war womöglich ein Mädchen aus Rußland oder Polen, das sie hier zur Prostitution gezwungen hatten, das konnte ich nicht machen!

...das brachte mir ein Disziplinarverfahren ein und das Ende meiner Polizeilaufbahn!

Egal, es mußte sein. Morgen konnte ich schon tot sein. Als einziger Mann, der es noch nie mit einer Nutte getan hatte. Meine Erektion war schmerzhaft stark. Und, mein Gott, endlich keine Hemmungen mehr! Es hatte ewig gedauert, aber endlich war ich der, der ich schon immer sein wollte.

«Du, ich möchte gerne mit dir.»

Sie stand auf und lächelte.

«Ich bin die Roxana...»

«Ich der... Volker...»

Wir gingen einen langen Flur entlang. Ich war völlig high. Ich hatte die große lebenslange Schlacht gegen mein allmächtiges Über-Ich endlich gewonnen. Gleich würde ich auf dem Rücken liegen und Roxana mit hochgeschobenem Rock und zerrissenem Slip auf mir sitzen und ihren Wahnsinnsritt beginnen. Meine Erregung zeichnete sich schon mit einem kleinen feuchten Fleck vorne auf der Hose ab.

Da ging eine der Türen auf, und der Geschäftsführer des «Club Dionysos» kam heraus. Mit ihm Petra Zechow, meine alte Westberliner Kollegin.

Ich hätte sie ermorden können.

«Du hier...!?» Sie starrte mich an und lächelte maliziös.

Ich lief rot an, hatte viel Schweiß auf der Stirn und stotterte herum, daß wir sie suchten.

Sie grinste. «Haste nich was anderes gesucht...?»

Langsam hatte ich mich wieder im Griff. «Daß du hier 'ner unerlaubten Nebentätigkeit nachgehst, ist ja wohl der größere Skandal...!»

Roxana zog wieder ab, und mir blieb nichts, als ihr traurig hinterherzusehen. Ich sah mich schon aufgebahrt in einer Friedhofskapelle liegen, ohne je mit einer Edelnutte gevögelt zu haben. Es war kein Trost, dadurch beim Jüngsten Gericht bessere Karten zu haben.

Ich ging mit Petra Zechow und dem Geschäftsführer ins Büro.

«Wir haben natürlich keine Liste unserer Besucher», sagte der Mann vom «Club Dionysos».

«Und ebenso natürlich auch kein Interesse daran, daß wir Ihnen die potentiellen wie potenten Kunden vergraulen – so wie Luise Tschupsch das ja getan hat...»

«Wollen Sie damit sagen, daß ich...» Der Geschäftsführer tat empört. Es war derselbe Yuppie-Typ, derselbe erfolgreiche Jungmanager in Designer-Klamotten wie Wolfram Schwermer auch. Heute gehört uns Deutschland, morgen die ganze Welt. Das alte Lied mit neuen Sängern. Die neue Führungselite, die neue Kaste. Unaufhaltsam.

«Sie hätten immerhin ein Motiv, das sich sehen lassen kann.»

Petra Zechow wurde noch direkter. Sie nannte ihm Tag und Tatzeit. «Wie issen dit mit Ihrm Alibi?»

Scheiße, der Mann hatte eins. Und was für eins. «Ich war mit einem hohen Kriminalbeamten zusammen essen. In einer Pizzeria hier in der Blissestraße...»

«Und mit wem, wenn man fragen darf?»

«Einem aus Oranienburg...»

«Koppatz doch nicht etwa...!?»

«Woher wissen Sie...?»

«Danke.» Ich wandte mich zur Tür. «Wie schon Freund Friedhelm Rott zu sagen pflegt: Die ganze Welt ist ein Bordell.»

«Der war auch hier... Auch zum Recherchieren.»

Petra Zechow lachte. «Schade, det mein Mann imma nur am Wochenende mit mir recherchiert...»

«Koppatz, Rott, Schwermer...» Ich ließ mir die Namen auf der Zunge zergehen. «Wie sagt der Weise: Alles hängt mit allem zusammen.»

«Bloß wie?»

Damit traten Petra Zechow und ich ins Treppenhaus und stiegen zur Straße hinunter.

«Wie heißt es immer so schön: anything goes... Die Hälfte der Mädchen im ‹Club Dionysos› kommt aus den GUS-Staaten, aus Polen, Bulgarien, Rumänien... Und warum sollte nicht mein heiß geliebter Vorgesetzter Karl Ernst Koppatz in einer dieser Mafia-Gruppen aus dem Osten drinstecken – die Vergangenheit dazu hat er allemal – und im Auftrage dieses Menschen hier die Tschupsch abschießen, die sittenstrenge Oberlehrerin, die dabei war, ihnen das lukrative Vögelgeschäft kaputtzumachen.»

Petra Zechow blieb stehen. «Koppatz, nee du, ick hab da 'n janz andren Favoriten...!»

«Wen denn?»

«Eenen, der mit der Roxana uffs Zimma wollte...» Sie grinste mich an.

«Mich? Aus Angst vor Heike, daß ich die Tschupsch sozusagen schon prophylaktisch...»

«Klar, du warst ja da in Oranienburg...»

«Heike ist nicht so, die hätte Verständnis dafür.»

«Det sagen se alle.» Sie holte erst umständlich ein Tempotaschentuch hervor, um ihre Schnupfennase zu entsorgen. «Aba ma Spaß beiseite...»

«Wen meinst du denn nun?»

«Kennste ooch: diesen Knallkopp da von ENTER-EINS.»

«Den Großinquisitor...?»

«Du sagstet. Der hat 'ne Frau, Mann du, da sitzt der jeden Abend bei sich zu Hause uff'm elektrischen Stuhl.»

17. Szene
Wohnung Luise Tschupsch

Die Wahrscheinlichkeit ging gegen Null, das war mir schon klar, aber Ludger Tschupsch war genau der Typ von Mensch, dem man auch zutraute, die eigene Schwester zu erschießen. Mitte Fünfzig mochte er sein, und sein exakt geschnittener Vollbart war in einer Weise schwarz-grau marmoriert, daß ich unwillkürlich an einen Aktendeckel denken mußte. Ich fand ihn zum Kotzen. Das mochte aber daran liegen, daß er mich an Joao erinnerte, Heikes letzten latin lover. Er war dabei, das Zimmer seiner Schwester auf den Kopf zu stellen. Mit dem Instinkt eines Aasgeiers war er pünktlich in Berlin erschienen.

Viel Russisches war ausgebreitet. Ein Samowar, die Basilius-Kathedrale bunt glasiert in Porzellan, Ikonen, ein Lenin-Orden, Dutzende von Mützen der Roten Armee, eine Balalaika, Ferngläser und etliches andere.

«Alles geerbt?» fragte ich.

«Nein, selber aus Rußland mitgebracht. Ich hab da einen Stand auf dem Flohmarkt. Straße des 17. Juni. Mit Sergej zusammen.»

Schon möglich, daß sein Komplize Luise Tschupsch erschossen hatte. Die alleinstehende Oberstudienrätin hatte, so unsere Erkenntnisse, mehr als 100000 DM im Wertpapierdepot – und ihr Bruder erbte dies nun alles.

«Ich habe gehört, Sie hätten in den USA bei der NASA als Techniker gearbeitet...?»

«Als Diplom-Ingenieur, ja. TU Berlin mit Eins, dann Massachusetts Institute of Technology und NASA. Aber '86 bin ich da entlassen worden, nicht gefeuert. Der Stellenabbau...»

«Und dann?»

«Halten Sie mich für den Mörder meiner Schwester?»

Ich ging zum Fenster und zeigte auf einen alten Mann, der mit einer schlaffen Plastiktasche in der Hand in Richtung U-Bahn humpelte. «Sehen Sie den alten Herrn da unten?»

«Ja...»

Ludger Tschupsch hatte den unangenehmen Mundgeruch eines Menschen, der trotz eines schweren Magenleidens immer wieder Knoblauch aß.

«Das ist der einzige in Berlin, der noch nicht unter Tatverdacht steht.»

Ludger Tschupsch zeigte auf den «Club Dionysos» hinüber. «Ist doch klar, daß es ein Kunde von denen da gewesen ist, den meine Schwester aufgeschrieben hat. Ein ganz hohes Tier, Senator oder so. Und das darf natürlich niemals herauskommen...»

«Ein Senator, ach... Wer das perfekte Mißmanagement beherrscht, dem muß nicht auch zwangsläufig der perfekte Mord gelingen...» Ich besah mir seine Schätze und mußte natürlich wieder an die ‹Ikonen-Mafia› und die ‹Balalaika-Bande› denken, von der der BKA-Mann in Oranienburg gesprochen hatte. «Was hatte denn Ihre Schwester für...»

Roxana öffnete drüben im Bordellbetrieb das Fenster. Wahrscheinlich hatte sie es gerade einem Kunden kräftig besorgt, ihm das gegeben, was mir versagt geblieben war. Meine Hoden registrierten es mit krampfartigen Schmerzen.

Ludger Tschupsch hatte keine Erklärung dafür, daß ich die Luft ausstieß und fragte nach.

«...ihre Schwester, ja. Was hatte die denn für eine Affinität zu Rußland?»

«Eigentlich gar keine. Aber sie wollte unbedingt wissen, wo dieser Waldemar v. Woerzke vergraben worden war. Und darum hat sie mich jetzt überall rumgeschickt, wo die Russen die Archive alle aufgemacht haben.»

«Und Sie haben das herausgefunden?»

«Ja. Im Schmachtenhagener Forst.»

«Nun lebt er aber doch noch...»

Ludger Tschupsch war sich ganz sicher. «Ich habe im NKWD- bzw. KGB-Archiv mit eigenen Augen gesehen, daß er da als Toter eingetragen war. Ich habe Luise die Fotokopien alle geschickt. Warten Sie mal...»

Nach kurzem Suchen hatte er alles gefunden. Ich überflog die wichtigsten Daten.

> Name: v. Woerzke
> Vorname: Waldemar
> Geburtstag und Ort: 23. 1. 1928, Friedrichsheide Kreis: Oranienburg
> Beruf: Schüler
> Ort der Festnahme: Friedrichsheide
> Straftat: Aktive Teilnahme an einer untergrundterroristischen Organisation, Sammlung u. Übergabe von Spionagenachrichten f. einen ausl. Staat
> Verurteilendes Gericht: Militärtribunal d. Sow. Armee
> Verurteilt am: 6. 5. 1946
> Strafdauer lt. Urteil: 10 Jahre Arbeitslager
> Grundsätzliche Bemerkungen für die Beurteilung der Gefangenen: Der umseitig Genannte war in der hiesigen Strafanstalt (Sachsenhausen) inhaftiert gewesen und ist hier am 14. 11. 1946 verstorben.
> Todesursache: Herz- und Kreislaufschwäche.
> Diagnose: Bauchwassersucht.

Was blieb mir anderes, als zu schweigen. Wer schloß denn aus, daß ich nicht selber eines Tages in einem solchen Lager saß und starb. Wenn Schirinowski und seine deutschen Helfershelfer... Nichts schien ja mehr undenkbar zu sein.

Ich mußte mich zwingen, zu Waldemar Woerzke und Luise Tschupsch zurückzukehren. Da hatte sie fast fünfzig Jahre für ihn und mit ihm gelebt, in Gedanken und in einer virtuellen Welt, und war dann einen Tag vor seiner Rückkehr nach Deutschland gestorben.

Ein Drama für Heiner Müller oder eine Serie für Felix Huby – der Stoff gab beides her.

Oder ein Mordfall für mich...

Ich fixierte Ludger Tschupsch. «Wir haben uns natürlich kundig gemacht... Da sind einige Vorstrafen aus den USA, alles Gewaltdelikte, aggressive Schübe. Wenn Sie mir bitte mal darlegen würden, wann Sie Ihre Schwester zuletzt gesehen haben und was Sie am Tattag in der Zeit von, sagen wir, 19 bis 23 Uhr alles so gemacht haben...»

Ludger Tschupsch mußte ein Weilchen nachdenken. «Ich habe bei Sergej geschlafen, in der Uhlandstraße 123, und bin dann zu Fuß zu Luise her, 'ne knappe halbe Stunde. Dann haben wir noch zusammen gefrühstückt, und sie ist nach Oranienburg gefahren. Zu 'ner ehemaligen Klassenkameradin, Ingeborg Bückwitz oder so...»

«Bücknitz, ja. Und Sie selber?»

«Ich hab hier gelegen, meine Mitbringsel aus Moskau geordnet, mit ein paar Geschäftspartnern telefoniert und dann ferngesehen und geschlafen.»

«Und abends?»

«Bin ich mit der S-Bahn durch Berlin gefahren.»

«Allein?»

«Mit ein paar Flachmännern in der Tasche. Ich sauf mir öfter mal einen an und fahr dann umher. Ich hatte mal 'n hochbezahlten Job, ich hatte mal 'ne Zukunft, ich hatte mal eine hübsche Frau und zwei intelligente Kinder – jetzt hab ich nur noch meinen Doppelkorn und die Berliner S-Bahn. Aber einen IQ von 140, 150. Womit ich in der öffentlichen Verwaltung nie einen Job kriegen würde... 50 Punkte zu hoch.»

Einerseits tat er mir leid, andererseits konnte ich ihn partout nicht ausstehen. Er war einer von der Sorte, die auch als Stadtstreicher noch eine unheimliche Arroganz an den Tag legen konnte. Nicht ich bin das arme Schwein, denn ich bin frei und kann stolz darauf sein. Du aber verkaufst dich Tag für Tag und läßt dich erniedrigen.

«S-Bahn, ja, mit der S 1 nach Oranienburg, Ihrer Schwester hinterher...?»

«Sagte ich nicht, daß ich einen IQ habe, der 50 Punkte über dem eines normalen Beamten liegt...»

18. Szene
Gransee

Ich war richtig neidisch auf Yaiza Teetzmanns neuen lover aus Gransee. Ich hatte sie leider nur als Kollegin. Zwar machte er lausige Reklame für seinen Laden (‹Spare Zeit, fahr nicht weit – gleich Elektro-Pritzkoleit›), aber als Heimatforscher war Enrico große Klasse.

Wir hatten bei ihm zu Hause Kaffee getrunken und den Kuchen gegessen, den Yaiza aus Oranienburg mitgebracht hatte, und spazierten nun ein wenig durch die Stadt. Ich durfte Sylvesters Kinderwagen schieben.

Wunderschön die Backsteingotik der Marienkirche, noch schöner die tiefe Symbolik ihrer einen Glocke. Enrico Pritzkoleit erklärte uns das alles.

«Bei der großen Feuersbrunst 1771 stürzen alle Glocken nieder und ihre Bronze schmilzt zusammen. Daraus macht dann der Glokkengießer J. Jacobi in Berlin vier neue Glocken, und auf die eine kommt eine wunderschöne Inschrift: ‹Gleiche Glut zerstörte mich, / Gleiche Glut erneute mich...›»

Heike fand, das sei möglicherweise eine Verherrlichung des Krieges, fein versteckt, aber dennoch. «So wie der Mephisto. Der versteht sich auch als ‹Ein Teil von jener Kraft, / Die stets das Böse will und stets das Gute schafft.›»

Das war uns allen zu hoch, und Enrico führte uns zum Luisen-Denkmal.

«Am 19. Juli 1810 ist die vom Volk geliebte preußische Königin in Hohen-Zieritz gestorben, am 25. begann die Überführung nach Berlin... Bei glühender Hitze...»

«Wird se schon 'n bißchen jerochen ham», bemerkte Yaiza Teetzmann in ihrer unnachahmlichen Mir-kann-keener-Art.

Enrico fand das ein wenig unpassend und zählte in nervtötender Vollständigkeit alle Würdenträger auf, die den Zug begleitet hatten und sich bei Fontane wiederfanden. «Herzog Karl v. Mecklenburg,

Oberhofmeisterin Gräfin v. Voß, Schloßhauptmann v. Woerzke, Oberstallmeister v. Jagow...»

Ah, da war er wieder, der Name v. Woerzke. Waldemars Ahnen waren also dabeigewesen, als der Leichenzug hier in Gransee Station gemacht hatte. «Da, wo der Sarg mit der Königin in der Nacht vom 25. auf den 26. Juli 1810 gestanden hat, sehen wir heute dieses herrliche Denkmal, vom großen Schinkel entworfen...»

Wir gingen mehrmals um den Sockel herum. Über dem Sarg erhob sich, von Säulen getragen, ein Baldachin. Eine goldene Krone, Lotosblumen. Das Schönste aber waren die Inschriften.

an dieser Stelle sahn wir jauchzend ihr entgegen, wenn
sie die herrliche in milder herbheit glanz mit
engelfreundlichkeit vorüber zog.

an dieser Stelle hier ach flossen unsre thränen
zwir dem stumme zuge betäubt entgegensahn
o jammer sie ist hin.

«O Jammer, sie ist hin!» Yaiza Teetzmann wie Heike konnten sich gar nicht mehr einkriegen vor lauter Fröhlichkeit.

Enrico war gekränkt. «Ihr habt wirklich keinen Sinn für echte Gefühle!»

«Weil wir halt Frauen sind», lachte Heike. «Wie sollten wir auch.»

«Zum Waldemar-Tor noch, dann ist Schluß.»

Wir liefen zur wunderschönen alten Stadtmauer, und alles war so sehr wie damals, daß mir nur Louis Armstrong einfallen wollte: The time stood still. Zwar nicht auf dem Blueberry Hill, aber am Granseer Waldemar-Tor.

Enrico gab erneut sein Bestes. «Es geht die Sage, daß dieses Tor im 14. Jahrhundert zugemauert werden mußte, weil die Granseer zugelassen hatten, daß hier der ‹Falsche Waldemar› einmarschiert war.»

Yaiza Teetzmann war noch immer furchtbar albern. «Falschen Hasen kenn ick, aba falschen Waldemar... Wat issen ditte?»

Enrico scheuchte sie weg. «Kommt, geht Eis essen!»

Die beiden Frauen verschwanden auch prompt in der nahen Eisdiele. Ich blieb. Enrico zuliebe wie aus eigenem Interesse. Bei Fontane stand herzlich wenig darüber.

«Also... 1319 stirbt der letzte Askanier, der Markgraf Waldemar, und wird beigesetzt in Chorin. Die Mark Brandenburg ist herrenlos. Die Herrscher von Anhalt und Sachsen, der Kaiser, der Papst und die Wittelsbacher, die Bayern, alle wollen sie Sie haben. Alles geht drunter und drüber, alles versinkt in Anarchie und Chaos. Raubritter, Fehden und so weiter. Da erscheint auf dem Fürstentag zu Magdeburg ein mysteriöser Fremder und hält eine sehr anrührende Rede: ‹Ich bin Waldemar von Askanien, rechtmäßiger Markgraf von Brandenburg. Ein anderer Leichnam ruht statt meiner in der Choriner Gruft. Ich aber wallfahrtete barhäuptig ins Heilige Land und lebte in klösterlicher Abgeschiedenheit. Nun bin ich zurückgekehrt, mein Land aus der Verwüstung zu retten.»

«Das gibt's doch nicht!» Mein Kommentar mochte Enrico Pritzkoleit nicht sonderlich intelligent vorgekommen sein, aber ich war zu aufgewühlt, um Druckreifes von mir zu geben.

Enrico erzählte die Geschichte zu Ende, ohne sich um meine Reaktion zu kümmern. «Die Askanier sind glücklich und glauben die Geschichte oder tun jedenfalls so. Sie führen Heinrich von Mecklenburg ins Feld, der auch 26 Jahre lang im Orient festgehalten worden ist. Die Stände huldigen Waldemar. 35 märkische Städte öffnen ihm ihre Tore. 1348 belehnt ihn Kaiser Karl IV. mit der Mark Brandenburg. Endlich gibt es einen Regenten, der Ordnung schafft.»

«Und warum nun der ‹Falsche Waldemar›?»

«Na, die Gegenpartei, das Haus Wittelsbach, behauptet, dieser Mann sei kein anderer als der Müllersbursche Jakob Rehbock aus Niemegk, und er sei von den Askaniern aufgebaut und manipuliert worden.»

«Aber das Alter muß doch gestimmt haben, das höfische Auftreten... Viele Dutzende von Bürgermeistern, Ratsherren, Pfarrern und Beamten können doch nicht bestochen oder blind gewesen sein...!?»

«Tja...» Enrico machte eine Geste der Hilflosigkeit. «Zwar erkennt ihm derselbe Karl später die Echtheit wieder ab, aber immerhin: sieben Jahre lang bleibt er in Amt und Würden. Dann verschwindet er irgendwo im Anhaltinischen. Die Gruft in Chorin hat niemand geöffnet. So weiß bis heute keiner, ob es nun der echte oder der falsche Waldemar gewesen ist...»

Für mich stand das überhaupt nicht in Frage, ich war mir hundertprozentig sicher, daß *mein* Waldemar wirklich ein falscher Waldemar war, daß Wolfram Schwermer, die Havelland-Invest und ihre mafiösen Hintermänner einen Doppelgänger aus dem Hut gezaubert hatten, um in Friedrichsheide ihre Millionengewinne zu machen. Und damit er nicht entlarvt wurde, hatten sie vorher noch Luise Tschupsch erschießen lassen.

Quod erat demonstrandum.

19. Szene
Schloßhotel Friedrichsheide

Mein falscher Waldemar ließ auf sich warten. Ich schlenderte durch die Halle des Schloßhotels und sah mir die aufgehängten Ölgemälde an. Alles märkische Motive. Darunter immer Schildchen mit Erklärungen und Versen. Sehr hübsch das alles.

«Großbeeren, Bülow-Pyramide» mit den Worten des Generals von Bülow: «Unsere Gebeine sollen *diesseits* Berlin bleichen, nicht jenseits». Also vor den Toren Berlins, um Napoleon an der Eroberung der Hauptstadt zu hindern. Mir fielen die Gebeine ein, die nun doch jenseits Berlins gelegen hatten – in Zinnas Garten. Da war auch noch nachzuhaken.

«Lindow, Klosterruine» mit einem wunderbar elegischen Gedicht: «Und Gräberreihen auf und ab; / Des Sommerabends süße Ruh / Umschwebt die halbzerfallnen Grüfte.»

«Theodor Fontane, Portrait» mit einigen Zeilen seines Gedichtes «Meine Gräber»: «Auf den Gräbern Blumen und Aschenkrüge, / Vorüber in Ferne rasseln die Züge, / Still bleibt das Grab und der Schläfer drin – / Der Wind, der Wind geht drüber hin.»

Nun ja... Fast fünfzig Jahre war der Wind über die Gräber bei Schmachtenhagen hingegangen, über die Massengräber des Speziallagers Nr. 7, aber der Schläfer drin, der war nicht still geblieben, der war wiederauferstanden von den Toten und zurückgekommen aus Bethlehem, Pennsylvania. Standardwendung meines Vaters: «Det kannste doch eenem erzählen, der sich die Hose mit der Kneifzange anzieht.» War nur die Frage, wie es Schwermer & Co. geschafft hatten, einen Mann zu finden, der so ohne weiteres bereit und fähig war, die Rollen des falschen Waldemar zu spielen. Aber die Netze der Mafia-Clans waren weitgespannt und in ihren Reihen gab es bestimmt auch Leute, die etwas von deutscher Geschichte verstanden und für ihren Hauptdarsteller das rechte Drehbuch schreiben konnten. «Der Friedrichsheide-Coup» mit William Black als Waldemar v. Woerzke. Im Verleih der Havelland-Investment GmbH. Regie: Wolfram Schwermer. Was der askanischen Mafia vor 600 Jahren geglückt war, das war der sizilianischen oder tschetschenischen von heute schon lange möglich. Papiere ließen sich ohne großen Aufwand und Menschen für alle Zwecke kaufen. Schermers Protagonist konnte x Namen haben, sicher, bei mir lief er aber seit der Meldung im *Oranienburger Generalanzeiger* einzig und allein unter dem Namen William Black.

Für mich war das alles von einer 2×2=4-Logik: Schwermer, ein zweifellos hochbegabter Mensch, hatte die Fäden fast genial gesponnen, war in die USA gereist und hatte einen geeigneten und willigen Mann für die Waldemar Rolle gesucht und gefunden, dann aber bei seinen Recherchen in Oranienburg bemerkt, daß es da noch einen Risikofaktor gab, der unbedingt ausgeschaltet werden mußte: Luise Tschupsch. Beide, der echte Waldemar und sie, hatten sich damals sehr nahe gestanden, und Luise hätte den falschen Waldemar im Nu entlarvt. Darum also der Einsatz eines Profikillers und der Kopfschuß an der Eisenbahnbrücke über dem Oder-Havel-Kanal. Wobei sie insofern leichtes Spiel hatten, als Luise Tschupsch wegen ihrer Anti-Bordell-Aktion sowieso auf der Abschußliste einiger Dutzend Männer stand.

Das nun galt es zu beweisen.

Woerzke – oder wie auch immer er hieß – ließ weiter auf sich warten. Ich bat die Rezeption, noch einmal bei ihm im Zimmer anzurufen, dann ließ ich mich wieder in einen der viel zu tiefen und zu weichen Sessel fallen, um meinen Eibl-Eibesfeldt zu Ende zu lesen. Seite 185 ff.: DIE EIPO. Neusteinzeitliche Pflanzer in den Bergen Irian Jayas...

In dieser Sekunde hielt der Fahrstuhl dicht vor meinen Augen, und Waldemar v. Woerzke alias William Black erschien. An seiner Seite eine Frau, die eine verdammte Ähnlichkeit mit Peggy Bundy hatte – «Married ... with children» bzw. ‹Eine schrecklich nette Familie›. Love and marriage. Das war schon ein Paar, das einem den Atem nahm: Herbert von Karajan an der Seite von Peg Bundy.

Mein Englisch war grausam, aber ich wollte diesem Menschen von vornherein unterschwellig deutlich machen, daß ich ihn nicht für Waldemar v. Woerzke hielt, sondern für William Black.

«Excuse me, Mister ... My name is Mannhardt. I'm from the German criminal police. We are searching the murder of Luise Tschupsch, your girl friend in former times.»

«Sie können deutsch mit mir sprechen, ich bin Deutscher!» rief William Black. «Woerzke mein Name.»

Ich gab ihm die Hand. Kein Schweiß, kein wabbliges Fleisch, ein fester Händedruck. «Willkommen in Ihrer neuen Heimat.»

«In meiner alten Heimat!» betonte er. «Ich bin aufgewachsen hier in Friedrichsheide, und meine Wiege hat in diesem Schloßhotel gestanden.»

Ich wollte ihn weiter provozieren. «Aber die sowjetische Militärregierung hat ja noch vor 1949 alles enteignet, und es wird nun Volkseigentum bleiben, so wie die Rechtslage ist ...»

«So wie die Rechtslage ist, werde ich als Opfer des Stalinismus alles zurückerhalten – bis zum letzten Quadratmeter, was mein Land betrifft, und bis zum letzten Reagenzglas, was die Firma angeht.»

Ich nickte. «Warten wir's ab ...»

Er stellte mir die Frau an seiner Seite vor. «Das ist Joan. Wir haben letzten Oktober geheiratet.»

Peg Bundy drückte mir erfreut die Hand und erzählte mir einiges auf englisch, das ich beim besten Willen nicht alles verstand. Irgendwie fand sie Friedrichsheide entzückend und hatte in Oranienburg auch schon viele Freunde gefunden. Kein Wunder. Sexmonster wie sie mochte man halt. Rothaarig und mit grünen Katzenaugen. Wahrscheinlich hatten ihr die Arrangeure im Hintergrund die Weisung gegeben, ihren ‹Ehemann› in Ruhe zu lassen und sich andere Kerle ins Bett zu holen. Damit ihnen der falsche Waldemar nicht schon vorzeitig abkratzte. Sicher war sie ein arbeitsloses Model, das für ein paar tausend Dollar und einige Versprechungen im Hinblick auf die künftige Karriere alles tat, sogar eine Ehe mit einem alten Herrn einging und ihm nach Deutschland folgte. Mit den Worten, daß sie noch zum Friseur müßte, verließ sie uns.

Wir setzten uns, und William Black lud mich zu einem Whisky ein.

«Danke, ja... Aber lassen Sie mich schon ein paar Fragen stellen, Mister... Woerzke. Luise Tschupsch betreffend...»

Er fiel mir ins Wort. «Ich bin gerade ein paar Stunden in Oranienburg, da erfahre ich es. Furchtbar für mich. Ja, ich habe noch oft an sie denken müssen.»

«Waren Sie denn schon an Ihrem eigenen Grab im Schmachtenhagener Forst...?»

«Ja. Gestern nachmittag. Die Rosen, ich weiß... Von Deiner großen Liebe...»

«Und... Sie haben sie auch geliebt?»

«Ja...» Er schien mir ein wenig zu zögern. Offenbar war ihm dieses Terrain doch zu unsicher. «Wie das so war in den letzten Tagen des Krieges: Mitnehmen, was noch mitzunehmen war. Nicht sterben, ohne mit einer Frau geschlafen zu haben.»

«Und im Oktober 1945 sind Sie dann verhaftet worden?»

«Ja... Hier im Schloß hat die Rote Armee gesessen, und ich war regelrecht befreundet mit einigen jüngeren Offizieren. Plötzlich aber hieß es, ich hätte für den amerikanischen Geheimdienst spioniert.»

«Und – haben Sie?»

«Nein. Ich vermute, daß das ein Racheakt gewesen ist... von Leuten, die mein Vater irgendwie geschädigt hat.»

«In der F. F. Runge-Chemie haben doch auch KZ-Häftlinge aus Sachsenhausen gearbeitet...?»

«Ja. Andererseits hat mein Vater auch jüdischen Häftlingen zur Flucht verholfen. Das hat mich dann letztendlich auch gerettet... vor dem Schlimmsten jedenfalls.»

Der Whisky kam, und in unserem Gespräch entstand eine kleine Pause. Zeit für mich, eine erste Bilanz zu ziehen. Mein falscher Waldemar war ganz sicher kein so einfaches Gemüt wie der Müllersbursche Jakob Rehbock in der historischen Parallele. Sein Deutsch war einwandfrei, abgesehen von einem gewissen amerikanischen Akzent, beim r zum Beispiel oder beim w, das er doch leicht wie ui aussprach. Aber ansonsten... Auch ohne soziolinguistisches Gutachten des BKA war festzustellen, daß das obere Mittel- bis untere Oberschicht war. Von daher hatte Schwermers Clan eine gute Wahl getroffen.

Wo war da die Schwachstelle, wie konnte ich ihn in die Falle locken. Ich versuchte es nach dem ersten Schluck Whisky noch einmal mit Luise Tschupsch. «Eines versteh ich nicht...»

«Ja...» Er sah mich mißtrauisch-forschend an.

«... warum Sie nicht nach Ihrer Flucht aus dem NKWD-Lager gleich hin sind zu Luise...? Wenn das doch die große Liebe war...»

Er starrte auf den preußischblauen Teppichboden und konnte nicht gleich eine Antwort finden. «Ja... Das quält mich nun auch schon fast fünfzig Jahre lang... Ich wollte kein Risiko eingehen... so schnell wie möglich raus aus der sowjetischen Zone, um nicht gefaßt zu werden. Ich wollte sie nicht in Gefahr bringen, daß sie nicht auch noch ins Lager kam.»

«Haben Sie sich denn von Amerika aus bei ihr gemeldet?»

Wieder zögerte er. Klar, er mußte ja wie ein Schachspieler schnell bedenken, welche Folgen es haben konnte, wenn er einen ganz bestimmten Zug tat oder aber unterließ. Schließlich kam ein entschiedenes Nein.

«Ah, ja...» Ich frohlockte innerlich. Der erste Punkt für mich. War er mir also auf den Leim gegangen. Die richtige Antwort hätte nämlich lauten müssen: Ja, natürlich. Denn der wirkliche Waldemar v. Woerzke, wäre er dem Speziallager entronnen und wirklich in die USA gelangt, hätte seiner Geliebten ganz sicher ein Lebenszeichen zukommen lassen, William Black, der falsche Waldemar, hatte aber ganz anders gedacht: Woerzke ist tot gewesen, also kann er sich gar nicht bei ihr gemeldet haben.

Ich wußte, ich war auf der richtigen Spur. Und wenn es mir gelang, den ‹Falschen Waldemar› des Jahres 1994 mit *gerichtsverwertbaren Beweisen* zu entlarven, dann konnten auch meine ärgsten Feinde nicht mehr verhindern, daß ich zum Führungskräftelehrgang nach Hiltrup kam und endlich zum Kriminalrat befördert wurde. Ich wußte, daß ich es nur im Alleingang schaffen konnte. Meine Vorgesetzten waren für solche Geschichten viel zu konventionell und neigten stets dazu, mich als ‹armen Irren› abzustempeln.

William Black erhob sich. «Haben Sie sonst noch Fragen, vielleicht nach meinem Alibi...?»

«Wenn Sie so fragen...» Ich nannte ihm die entsprechenden Daten.

«Da war ich an Bord der Lufthansa-Maschine von Frankfurt. Ab 20 Uhr 30, Ankunft in Tegel 21 Uhr 35. Mit genügend Zeugen.»

«Danke sehr.» Das hatten sie natürlich absolut wasserdicht gemacht.

William Black wandte sich zum Lift. «Sie halten mich auf dem laufenden...»

«Aber natürlich, Herr v. Woerzke...»

Da schaute er mich ganz komisch an, und irgendwie sah ich einen Mafia-Killer schon in Tegel landen. Denjenigen, den sie für mich ausgewählt hatten.

20. Szene
Mordkommission

Ich nahm den Hörer ab, nachdem es dreimal geklingelt hatte. Nichts. Nur ein mysteriöses Knacken. Ich litt zwar noch nicht direkt unter Verfolgungswahn, es schien aber so, daß mich William Black und seine Hintermänner langsam auf kleiner Flamme gar kochen wollten. Jedesmal dasselbe Signal: Hör auf, da nachzubohren – sonst bohren wir mal: dir ein Messer ins Herz.

Yaiza Teetzmann hatte eine andere Erklärung für dieses dauernde Klingeln. «Diese Scheißtelefonanlage. Wenn unten 'n Fax eingeht, bimmelt's hier oben.»

«Quatsch...» Es war unmöglich, sie in alles einzuweihen, was den falschen Waldemar betraf, sie hätte doch nur gelacht. Auch Volker Vogeley, obwohl ja Künstler, war mir da viel zu realistisch. Als ehemalige MUK-Leute waren sie meiner Meinung nach immun gegen jede spielerische Phantasie bei der Lösung außergewöhnlicher Fälle.

Wir setzten uns zu einer kleinen Lagebesprechung zusammen. Im Mittelpunkt stand der ‹Mann mit dem BMW›, von dem mir die Sozialarbeiterin Sibylle Schierholz im St. Getrauden-Krankenhaus berichtet hatte.

«Wenn das Leben ein Film wäre», sagte Volker Vogeley, «dann müßte das der eingeflogene Killer der Mafia sein.»

Yaiza Teetzmann lachte. «Schlagt euch doch det aus'm Kopp, det die Tschupsch wat mit da Mafia zu tun hatte.»

Fast hätte ich auf deren Schlüsselrolle im «Coup Friedrichsheide» hingewiesen, konnte mich aber gerade noch bremsen und erzählte nur etwas von den russischen Verwicklungen ihres Bruders. «Dieser Ludger Tschupsch hängt meines Erachtens in einer dieser Gangs mit drin – ‹Ikonen-›, ‹Balalaika-› oder Sonstwie-Mafia. Und vielleicht ist seine Schwester ihnen irgendwie auf die Schliche gekommen und hat sie anzeigen wollen. Ihre Art kennen wir ja, wie sie eintritt für Recht und Ordnung. Siehe die Sache mit den Freiern vom Bordell gegenüber.»

Yaiza Teetzmann sah mich an. «Weiß denn unsere SoKo ‹Taiga› was von?»

«Nein, noch nicht. Ich hab vorhin aber angerufen.»

«Und die Kollegen in Berlin, sind die denn irgendwie weitergekommen?» fragte Volker Vogeley.

«Ach ja...» Ich schlug mir mit der flachen Hand gegen die Stirn. «Gleich wird einer meiner Favoriten hier auftauchen, ich hab ihn für elf Uhr herbestellt: unseren Großinquisitor von ENTER-EINS.»

«Diese elende Kreuzung von Dschingis-Khan und einem Schwein!» Volker Vogeley haßte ihn.

Yaiza Teetzmann konnte sich gar nicht halten vor Begeisterung. «Mann, det is meine Lieblingssendung und ick hab ma ooch beworben. Kann ick'n ja gleich mal 'n bißchen anmachen...»

«Er soll eine Frau haben, die furchtbar streng zu ihm ist und einen mächtigen Skandal vom Zaune brechen wird, wenn sie's erfährt. Das überlebt er nicht.»

«Dann sag ich's ihr, wenn's die Tschupsch nicht schon getan hat.»

Ich sah Volker Vogeley warnend an. «Datenschutz, du...»

«Ich hab bei meiner Übernahme den heiligen Eid geschworen, das Grundgesetz *aktiv* zu verteidigen. Wie heißt es da im Artikel 1, erster Absatz: ‹Die Würde des Menschen ist unantastbar.› Und was macht dieses Schwein: Er tastet sie dauernd an und zieht sie in den Schmutz.»

Yaiza Teetzmann brachte das Grundgesetz auf den neuesten Stand: «‹Die Würde des Menschen ist unantastbar – aber nur bis zu einer Summe von 10000 Mark.› Und da liegta doch aba weit darüba.»

Wir legten nun gemeinsam fest, wer wann was und wo tun sollte. Volker Vogeley und Yaiza Teetzmann sollten in der Nähe des Tatortes die Leute befragen, ob sie den Mann mit Schirm und BMW gesehen hätten. Ich selber sollte im Büro bleiben und auf den Großinquisitor warten.

Was ich dann auch tat. Als zur festgelegten Zeit die Tür aufging, war es aber lediglich mein Chef.

Koppatz schien nicht die beste Laune zu haben. «Wir müßten uns einmal über Ihre nächste Beurteilung unterhalten...»

Ich fand es zum Kotzen, daß ich in meinem Alter und als mehrfacher Vater und Großvater noch ebenso Zensuren bekam wie ein Erstkläßler. Trotz meiner Kompetenz, trotz meiner Erfolge in all den Dienstjahren. Ein Scheißsystem diese Polizeibürokratie, wie sie einen immer wieder demütigen und kleinhalten mußte. Und dazu noch dieser Koppatz, dieser Mielke-Knecht und Honecker-Zujubler... Ich riß mich zusammen. «Unterhalten wir uns...»

«Sie kennen ja Ihre Schwachpunkte...»

«Daß ich zu kritisch, zu linkslastig und zu selbständig bin...?»

«Daß Sie es einfach nicht schaffen, mit Ihren Vorgesetzten konfliktfrei zu kooperieren.»

Es war ihm anzumerken, daß er in Westberlin und Nordrhein-Westfalen etliche Fortbildungsveranstaltungen besucht hatte. Es zerriß mich fast vor Wut und Haß. Er hatte den Posten bekommen, der eigentlich mir zugestanden hätte, war Kriminalrat geworden, obwohl er eigentlich ins Gefängnis gehört hätte. Der Giftliste für die Stasi wegen. Und spielte sich nun auf als einer, der turmhoch über mir stand. Ich konnte nicht anders als zurückzuschlagen. «Wenn Sie das bemängeln... das könnten wir ja gleich mal ändern.»

«Was?»

«Na, das mit der mangelnden Kooperationsbereitschaft meinerseits...»

«Was meinen Sie'n damit...?»

«Ich meine damit, daß wir beide ganz, ganz eng zusammenarbeiten... Was Ihre Frau betrifft...»

Koppatz nahm sein Tempotaschentuch heraus und schnaubte hinein. «Was hat denn Kirsten damit zu tun?»

«Sie würde sicherlich nicht sehr glücklich darüber sein, daß Sie so oft in der Spessartstraße waren, im ‹Club Dionysos›... Der Ehebruch, die AIDS-Gefahr...»

Er schwieg. Ich starrte aus dem Fenster und erinnerte mich dabei an ein Lied, das Volker Vogeley des öfteren gesungen hatte: ‹Bild dir nur nichts ein, bild dir nur nichts ein – früher oder später wirst auch du ein Schwein...›

«Wie kommen Sie'n darauf...?» Koppatz schien ganz ruhig zu sein, gefährlich ruhig.

«Der Mordfall Tschupsch. Der Geschäftsführer braucht ein Alibi von einem seiner... von Ihnen.»

Wieder überlegte mir Koppatz viel zu lange. Offenbar mußte er viele Züge bedenken. Vielleicht gehörte er selber zur Schwermer-connection.

«Gut», sagte er schließlich. «Das mit dem Alibi geht in Ordnung – und das mit Ihrer Beurteilung auch.»

Er ging, ohne mich noch einmal anzusehen. Ich hatte wenig Freude an meinem Triumph.

Wenig später tanzte auch der Großinquisitor an. Vom Bildschirm her kannte ich ihn nur in der Verkleidung des Scharfrichters, des Henkers, maskiert also, und trotz unserer kurzen Begegnung beim Pinkeln in Friedrichsheide hatte ich irgendwie fest damit gerechnet, daß er live fett und aufgeschwemmt aussehen würde, fies und verlebt. Irrtum. Es war ein kleines, liebenswürdiges Männchen, das mich ein wenig an den legendären Fernsehkommissar erinnerte, an Erik Ode.

Ich hatte ihn zusammenscheißen, mit ihm so umspringen wollen wie er mit seinen Kandidaten. Und setzte nach den Begrüßungsfloskeln auch an dazu.

«Jetzt will ich doch mal sehen wie das bei Ihnen selber geht: Flüchten oder Standhalten? Also: Sie kennen Luise Tschupsch?»

«Ja...»

«Sie sind von Ihr ausfindig gemacht und angerufen worden?»

«Ja...»

«Und Frau Tschupsch hat Ihnen gedroht, Ihre Frau anzurufen, wenn Sie Ihre Bordellbesuche nicht einstellen würden...?»

«Ja...»

«Und: haben Sie...?»

Sein Schweigen war Antwort genug.

«Stimmt es, daß Sie erledigt sind, daß ENTER-EINS Sie feuert, wenn in den Boulevardblättern überall steht, daß Sie ein Hurenbock sind...?»

«Ja...»

«Und Sie waren vorher?»

«Bevor ich die Idee für ‹ENTER-EINS – Elektrischer Stuhl›... Da war ich Angestellter im öffentlichen Dienst...»

«Und als was?»

«Als Jugendpfleger, als Bewährungshelfer.»

Was blieb mir da anderes, als loszulachen. «Den Dezernenten möcht ich sehen, der Sie heute noch nimmt.»

«Eben. Aber... Mit meiner Frau, da hat das schon seit Jahren nicht mehr geklappt, und ich bin süchtig nach Sex... Wie andere nach Drogen...»

«Und für ein paar Gramm Heroin bringt man schon Leute um...»

«Ich habe diese Frau Tschupsch nicht erschossen.»

«Und Ihr Alibi?»

Der Großinquisitor stöhnte auf. «Das ist es ja. Ich war zur Tatzeit bei Roxana im Club...»

Der hatte die also gevögelt, und ich... O Gott... Hoffentlich wurde er zu Hause kastriert, wenn seine Frau davon erfuhr. Während ich aufstand und im Zimmer umherwanderte, nannte er mir Zeugen. Roxana, Babsy, Vanessa. Ich hörte gar nicht mehr hin.

«Werden Sie meine Frau auch befragen...?»

«Eigentlich müßte ich... Wir können ja nicht ausschließen, daß Luise Tschupsch nicht von einer der Ehefrauen erschossen worden ist... Bei einem Erpressungsversuch womöglich.»

Wenn er dich jetzt zu bestechen versucht, dachte ich, dann tue ich es wirklich.

Doch der Großinquisitor fiel nur in sich zusammen und bat um ein Glas Wasser, um seine anderthalb Valium zu schlucken.

«Sie können gehen», sagte ich.

Er stand auf und umarmte mich.

Das ganze Leben war zu einer Vorabendserie verkommen.

Kaum war der Großinquisitor gegangen, klingelte das Telefon. Ich nahm ab und murmelte müde meinen Spruch.

«Hier spricht Gerhard Uhlig.»

Ich kannte keinen Gerhard Uhlig. «Ja, bitte...»

«Ich bin ein ehemaliger Klassenkamerad von Woerzke, von Waldemar...»

Ich war sofort hellwach. «Wunderbar...» Das war ein Geschenk des Himmels, das ersparte mir tagelanges Suchen. «Und was ist der Grund Ihres...?»

«Ich muß einmal mit Ihnen reden. Nicht am Telefon, unter vier Augen.»

«Ja, gerne...»

«Ich wohne oben in Lindow, an der Klosterruine.»

21. Szene
Am Wutzsee

Eines brachte der Beruf des Kriminalbeamten sicher mit sich: daß man viele Menschen kennenlernte. Es gab Fälle, in denen eine Mordkommission über 500 Hinweisen nachzugehen hatte. Ganz so viele waren es zwar bei Luise Tschupsch derzeit noch lange nicht, und dennoch fiel es mir schon schwer, die bislang angefallenen Zeugen und möglichen Täter sauber auseinanderzuhalten. Um das besser zu schaffen, versuchte ich, bei ihnen ganz bestimmte – wenn auch manchmal weithergeholte – Ähnlichkeiten mit Schauspielern, Politikern und anderen Prominenten zu entdecken und sie dann in diese Schublade zu stecken. Dies ohne jede Wertung. So konnte ein Mörder bei mir durchaus als Jesus abgespeichert sein und ein Wohltäter der Menschheit als Joseph Goebbels. Jetzt, wo es um Luise Tschupsch und Waldemar v. Woerzke ging, umfaßte meine ‹Besetzungsliste› auch schon etliche Namen. Bürgermeister Harry Zinna = Erich Honecker; Wolfram Schwermer = Ex-Wirtschaftsminister Jürgen Möllemann; der Großinquisitor = Cliff Barnes, der ewige Versager aus der ‹Dallas›-Serie; Waldemar v. Woerzke = Herbert von Karajan; Hermann Hackenow = Herbert Wehner.

Als ich nun am Wutzsee stand und am Tor eines flachen Fischerhauses klingelte, kam eine weitere ‹Type› auf mich zu: J. R. Ewing bzw. Larry Hagman, ‹Southfork Ranch›, ‹Dallas›. Es war Gerhard Uhlig, der Mann, der mich Woerzkes wegen angerufen hatte.

Wir wechselten einige Worte, dann bat er mich zu warten. «Ich zieh mir nur noch schnell meine Stiefel an, dann gehen wir ein bißchen spazieren.»

Er schien mich nicht gerne bei sich im Haus zu haben. «Okay, ich warte da vor der Klosterruine...»

Wer als Fontane-Fan nach Lindow kam, für den war dieses Kloster ein Muß. Schließlich hatte Adelheid, die Halbschwester des legendären Dubslav von Stechlin, als Domina das Damenstift Kloster Wutz geleitet – für Fontane eine Horrorfigur. Woldemar (dieser mit o), ihr Neffe, bemängelte an ihr ‹das märkisch Enge, das Mißtrauen gegen alles, was die Welt der Schönheit oder gar der Freiheit auch nur streifte›. Hätte auch noch gut in die SED-Zeit gepaßt, die Dame. Das Städtchen selbst hatte Fontane geliebt.

«Lindow ist so reizend wie sein Name», hatte Fontane geschrieben und vom Wutz-, früher Klostersee geschwärmt: «Wie seh ich, Klostersee, dich gern! / Die alten Eichen stehn von fern, / Und flüstern, nickend, mit den Wellen. / Und Gräberreihen auf und ab; / Des Sommerabends süße Ruh / Umschwebt die halbzerfallnen Grüfte.» Das hatte ich doch neulich erst gelesen... Ah, ja, im Schloßhotel Friedrichsheide beim Warten auf William Black.

Die Eichen flüsterten auch heute wieder mit den Wellen, obwohl es Winter war und ein eisiger Ostwind vom See her wehte, drei, vier Kilometer über die offene Fläche.

Ein Jogger in papageienbunter Kleidung schnaufte vorüber, streifte mich fast. Ich sprang zur Seite. Komisch. Der hatte doch in dem roten Audi 80 gesessen, der mir schon in Oranienburg aufgefallen war. Und in Löwenberg, etwa zur Hälfte der Strecke, hatte er mich überholt. Verfolgungswahn? Oder hatte es wirklich jemand auf mich abgesehen? Die Schwermer-/Woerzke-connection?

Ich ging über den Parkfriedhof, suchte im Gestrüpp nach den verwitterten Steinen der Stiftsdamen und guckte mir die Mauerreste von Kirche und Refektorium an. Aus und vorbei mit aller Herrlichkeit. Auch den Seinen nahm's der Herr im Schlafe.

Gerhard Uhlig war endlich winterfest gekleidet, und wir machten uns an die Umrundung des Sees. Es ging auf einem Knüppeldamm durch sumpfiges Gelände. Ein ungutes Gefühl hatte ich schon, denn irgendwie war Uhlig für mich der Prototyp eines Stasi-Majors.

Zugleich hatte ich aber auch Volker Vogeley im Ohr mit seinem Opus 81: ‹Wenn ich das höre, tut's mir in der Seele weh: Klischee, Klischee...!›

Uhlig machte den Eröffnungszug. «Sie werden sich wundern, warum ich Sie angerufen habe...?»

«Nach so vielen Dienstjahren wundert mich überhaupt nichts mehr...»

«Ich bin tatsächlich mit Waldemar v. Woerzke und Luise Tschupsch zur Schule gegangen.» Er schilderte mir das mit Einzelheiten, die wirklich überzeugend waren. «Und daß Luise bei uns in Oranienburg ermordet worden ist, das ist mir schon sehr nahe gegangen... Obwohl wir nie wieder etwas miteinander zu tun gehabt hatten, seitdem. Zu dem Klassentreffen, das von der Ingeborg Bücknitz organisiert worden ist, konnte ich leider nicht hin.»

Ich wollte mich langsam an seine Biographie herantasten. «Sie hatten beruflich immer in der DDR zu tun...?»

«Ja...» Uhlig brauchte zwanzig, dreißig Meter Bewegung, ehe er weitersprach. «Ich war dabei, als Wilhelm Pieck am 2. September 1945 in Kyritz die Bodenreform ausgerufen hat. ‹Fort mit Feudalherren und Junkertrug, das Land kommt unter Bauernpflug. Junkerland in Bauernhand!›»

Ich war noch sehr vorsichtig. «Und nun sind Sie empört darüber, daß der Herr v. Woerzke alles wiederhaben will...?»

«Das könnte ja noch angehen, das wäre immerhin noch der berühmte ‹formal korrekte Unrechtsakt›... Aber nicht einmal das scheint mir hier gegeben.»

«Wieso?»

«Weil dies nicht mein alter Klassenkamerad Waldemar ist, sondern ein ganz anderer, den die Geier aus dem Westen aus dem Hut gezaubert haben.»

Ich blieb unwillkürlich stehen. War ich also nicht der einzige, der da eine Ahnung hatte. Irgendwie war ich aber auch enttäuscht darüber, daß auch andere so klug und clever waren und ließ daher ein spontanes, abwertendes Lachen hören: «Der Müllersbursche Jakob Rehbock aus Niemegk, was...!?»

Uhlig fühlte sich dadurch offenbar in hohem Maße verletzt und ließ die Deckung fallen. «Ich war lange genug der ‹Genosse

1. Kreissekretär›, um meine Leute zu kennen. Dieser angebliche Waldemar v. Woerzke ist kein anderer als der ehemalige DDR-Bürger Werner Wolmir aus Oranienburg.» Er holte einen kleinen Zettel aus der Tasche. «Geboren am 14. 2. 1929 in Friedrichsheide. Gelernter Bankkaufmann. Bis Mai 1961 beschäftigt bei der Sparkasse in Oranienburg, dann Flucht nach Westberlin. Eröffnung einer Wechselstube in der Badstraße im Wedding. Nach Errichtung des ‹antifaschistischen Schutzwalles› Überwechseln in das Antiquitätengeschäft. Zeitweilig große Gewinne und Eröffnung einer Filiale in New York, dann aber steiler Abstieg und Konkurs. Erhebliche Altschulden. Wohnsitz seit 1987 in Hannover-Kirchrode. Tätigkeit als Reisevermittler, aber ohne großen Erfolg. Gelegentlich Aufenthalte in den USA. Verdacht der Tätigkeit für CIA und/oder BND. Bei Einreise in die DDR stets besondere Beobachtung.» Damit war Uhlig am Ende seiner Auflistung.

«Und woher wissen Sie das alles...?» Es war eine zugegebenermaßen blöde Frage, aber ich mußte sie wohl stellen und auch selber beantworten. «Der Segen der Stasi, ich weiß...»

Der Jogger kam uns nun entgegen, und wir mußten ein Stückchen zur Seite treten. Ich sah ihm hinterher. So als hätte er hinten auf dem Trainingsanzug den Namen seines Mafia-Clans mit großen Lettern aufgeklebt.

Uhlig ging nun wieder schneller. «Ich will mich nirgends mehr einmischen, um mein bißchen Rente und das meiner Frau nicht auch noch zu gefährden... Darum meine Bitte an Sie, daß das, was ich Ihnen da eben gesagt habe, nicht auf mich zurückgeführt werden kann. Aber schweigen zu allem: nein.»

«Ich danke Ihnen, Herr Uhlig, daß Sie mir da... Sie kennen ja die Geschichte vom ‹Falschen Waldemar›, den historischen Fall, und da ist ja bis heute auch nicht alles klar. Ich bin auch schon selber auf den Gedanken gekommen, daß Woerzke nicht echt sein könnte, ich hab schon mit ihm gesprochen. In Friedrichsheide. Weil ja Luise Tschupsch, seine große Liebe von damals, genau einen Tag vor seiner Rückkehr ermordet worden ist...»

«Eben!» rief Uhlig. «Sie hätte ihn ganz sicher identifizieren beziehungsweise überführen können.»

«Meinen Sie nicht, daß Sie das ebenfalls könnten?»

Uhlig zögerte einen Augenblick. «Ich soll mit Wolmir...?»

«Mit Wolmir, ja. Bei mir privat heißt er William Black, aber... Sie könnten ihn ganz zufällig treffen...»

«Ich habe mich für den Rest meines Lebens verkrochen. Eine Schnecke, die ihr Haus nicht mehr verläßt. Tut sie es, wird sie nur zertreten.»

«Schnecken zertritt man im allgemeinen mitsamt ihrem Haus.»

22. Szene
‹Seeblick Lehnitz›

Nun nicht gerade mit klopfendem Herzen, aber doch mit einiger Spannung öffnete ich die Tür des Restaurants. Erst war der Wirt zu begrüßen und der Schnee von Kapuze und Jacke zu entfernen. Ich hatte meinen Wagen in der Nähe des S-Bahnhofs Lehnitz geparkt und beschlossen, die anderthalb Kilometer bis zum Restaurant ruhig zu Fuß zu gehen, größtenteils direkt am See entlang. Es war zwar ein naßkalter Wintertag, und bei einer Temperatur von knapp unter Null war hin und wieder mit Schneeschauern zu rechnen, doch nach einem langen Vormittag im Büro schien mir das eine angenehme Alternative zu sein. Außerdem war ich eine halbe Stunde zu früh.

Nun denn... Ich warf einen prüfenden Blick in den langgestreckten Gästeraum. Nur zwei der vielen Tische waren besetzt. Und an einem saß in der Tat William Black (?) bzw. Waldemar v. Woerzke (?) bzw. Werner Wolmir (?) – neben Gerhard Uhlig und seiner Frau (?) Joan (?). Uhlig hatte mich vor zwei Stunden im Büro angerufen und mir gesagt, daß er sich bei ‹unserem falschen Waldemar› gemeldet und sich mit ihm um 13 Uhr im «Seeblick Lehnitz» verabredet habe. Ob ich nicht ganz zufällig auch vorbeikommen wollte? Aber selbstredend. Meine ‹Hausaufgaben› hatte ich inzwischen gemacht, das heißt, bei allen möglichen Landeseinwohnerämtern nach Werner Wolmir geforscht. Stets mit demselben Ergebnis: unbekannt verzogen. Eines aber stand jedenfalls fest: Es gab einen Menschen dieses Namens, der 1928 in Friedrichsheide bei Oranienburg zur Welt gekommen war. Insofern hatte Uhlig mir keinen Bären aufgebunden. Und auch Uhligs Vita selber war keine Legende. Daß er sich nun doch entschlossen hatte, aus seinem

Schneckenhaus zu kommen und dem ‹Amerikaner› (?) auf den Zahn zu fühlen, war ihm hoch anzurechnen. Er riskierte immerhin, daß sich einige Bürgerrechtler wieder für ihn interessierten und in aller Öffentlichkeit gefordert wurde, ihm als ‹Systemverbrecher› die Rente zu entziehen. Oder fühlte sich die ‹alte Garde› schon wieder stark genug, in die Offensive zu gehen? Wahlen standen an, und wollte man mit dieser Sache auf Stimmenfang gehen? Dann war ich letztendlich mit meinem Jagdeifer ein nützlicher Idiot der ‹roten Socken›...

Ich näherte mich dem Tisch der drei und tat überrascht.

«Das ist ja 'n Zufall: Sie hier, Mister Woerzke...!? Mit Ihrer Frau...» Uhlig, so unsere Absprache, wollte ich noch nie gesehen haben. Ich ging auf Joan zu und küßte ihr die Hand. «Alter Berliner Portiersadel zwar nur, aber immerhin...» Mir fiel ein, daß sie ja kaum drei Worte Deutsch verstand, und ich versuchte es mit meinem Pidgin-English. «I'm not a member of the Prussian...» Gott, was hieß Adel auf Englisch? «...nobility but...» Portiersadel ließ sich nicht übersetzen. Ich begann, fürchterlich zu schwitzen.

William Black sagte etwas auf englisch zu ihr, das ich nicht verstand. Die beiden lachten jedenfalls herzlich.

«Keinen Dienst heute?» Black sah mich ungläubig an.

«Doch... Ich hab mich noch einmal am Tatort umgesehen – Luise Tschupsch, an der Eisenbahnbrücke unten bei Lehnitz – und hatte dann Hunger. Auch Beamte müssen essen.»

«Okay.» Black/Woerzke/Wolmir (ich konnte mich für keinen entscheiden) zeigte auf Gerhard Uhlig, nannte mir seinen Namen und sagte mir, daß das ein alter Klassenkamerad aus Friedrichsheide sei. «Sommer '34 sind wir beide eingeschult worden. Hier, er hat ein Foto mitgebracht.»

Ich zog meine Jacke aus, hängte sie über den Stuhl, setzte mich und sah mir alles an. Die übliche bräunlich-vergilbte Aufnahme. Der Lehrer in der Mitte. Ein Hindenburg, wenn auch ein bißchen geschrumpft. Alle hielten sie Schultüten in den Händen. Die erste Reihe kniete, die zweite stand. Aus den Ranzen hingen Lappen und Schwamm. Man lernte das Abc ja noch auf Schiefertafeln. Uhlig war deutlich zu erkennen, sah damals schon ein wenig aus wie J. R. Ewing.

«Und das hier bin ich...» Black/Woerzke/Wolmir zeigte auf

einen Knaben, der sich neben dem Lehrer plaziert hatte und alle überragte.

«Als Adliger keinen Hauslehrer?» fragte ich.

Er lachte. «‹Ein Volk, ein Reich, ein Führer.› Mein Vater wollte keine Extrawurst für mich.»

«Ah, ja...» Ich gab ihm das Foto zurück. «Dann will ich Sie mal nicht weiter stören... beim Austauschen alter Erinnerungen.»

Der Ober kam, und ich vertiefte mich in die Lektüre der Speisekarte.

«Kannst du dich noch an Bimbo erinnern?» fragte Uhlig.

«Bimbo...?» Black/Woerzke/Wolmir sah auf den Lehnitzsee hinaus, wo ein leeres Schubschiff Richtung Polen seine Furchen zog. Der See war so eklig grau wie ein nasser Scheuerlappen. «Bimbo...? War das der mit der Hasenscharte...?»

Uhlig schüttelte den Kopf. «Das war der Manni Radeland. Bimbo war der Massige mit den Lederhosen. Seine Großeltern wohnten in Garmisch.»

«Mein Gedächtnis...! Es ist so lange her. Erst das Lager, dann die ganze Zeit in den Staaten. Neue Eindrücke, schlimme Eindrücke...»

«Na, sicher...» Uhlig nickte. «Aber den Stuka, den müßtest du doch noch kennen, der hat doch immer bei euch auf'm Schloß gehockt und gebastelt.»

«Ja... Flugzeugmodelle.»

Das ist ja nun kinderleicht, dachte ich, da wäre ich als gänzlich Fremder auch noch drauf gekommen. Daß Stuka Sturzkampfbomber hieß und ein Pimpf mit einem solchen Spitznamen was mit Flugzeugen zu tun haben mußte.

«Genau. Der wollte immer Flieger werden...» Uhlig machte eine kleine Pause, damit sein Gesprächspartner die Pointe selber bringen konnte.

Doch Black/Woerzke/Wolmir kam nicht darauf, reagierte nur mit einem zustimmenden Lächeln.

«...ausgerechnet Stuka ist bei einem Tieffliegerangriff ums Leben gekommen. Als Flakhelfer...»

«Ja, jetzt erinnere ich mich. Ich war ja zu der Zeit 'ne Zeitlang evakuiert. Bei meiner Tante in Groß Pankow, 'nem Dorf zwischen Pritzwalk und Perleberg, in'er Prignitz oben.»

Immerhin mußte man dem ‹Amerikaner› lassen, daß er sich sehr geschickt zu verteidigen verstand. Was hatte es aber damit auf sich, daß er sich in der brandenburgischen Geographie so gut auszukennen schien? Das konnte sorgfältiges Kartenstudium sein, wahrscheinlicher schien mir aber doch Uhligs Annahme, daß wir es bei Waldemar v. Woerzke mit Werner Wolmir zu tun hatten.

Sie redeten jetzt über den Lehrer, der den Namen Schierbaum getragen hatte. Da schien Black / Woerzke / Woldemir wieder gut Bescheid zu wissen.

«... Schierbaum – Bierschaum! Haben wir immer gesungen, wenn er draußen war. Und hat fürchterlich nach Knoblauch gestunken.»

Ich konnte ihrem Dialog an dieser Stelle nicht mehr hundertprozentig folgen, denn zuerst kam der Ober, um meine Bestellung aufzunehmen, einmal ‹Professorentoast› bitte, dann versuchte Joan, die sich fürchterlich zu langweilen schien, mit mir ins Gespräch zu kommen.

«You're born in Berlin?»

«Yes, and I have my family in Berlin. But they have sent me to Oranienburg to built up an new police here, because the police in the former German Democratic Republik was very authori... authoritarian...» Ein Scheißwort war das, und ich schwitzte schlimmer als bei jedem Vorstellungsgespräch, wenn es um die Bewerbung für eine höhere Stelle ging. «Today we have to...» Aufklären...? Gott, was hieß denn bloß aufklären auf Englisch...!? «... to clear up the fall of the girl friend of your husband.» Es war der reine Horrortrip. Zumal ich mit einem Ohr noch zuhörte, wie Uhlig weiterhin versuchte, Black / Woerzke / Wolmir aufs Glatteis zu führen.

«Am meisten hatte ich später mit Lothar Zülch zu tun. Als ich Kreissekretär geworden bin, habe ich ihn als Betriebsleiter in die ‹F. F. Runge-Chemie› geholt. Trotz seines Sprachfehlers...»

«Mir hat er immer leid getan...»

«Dir...!?» Uhlig bekam geradezu einen Lachanfall. «Erinnerst du dich nicht mehr daran, wie Schierbaum mal aus der Haut gefahren ist, als du ihn immer nachgemacht hast...?»

«Nein, du... Mein Gedächtnis...»

«Der Lothar hat doch immer so geprustet, gezischt und gespuckt, wenn er ein Z sprechen mußte. Schon bei Zülch, der Arme. Und Schierbaum hat ihn dann immer wieder sagen lassen: ‹In Zermatt zog Zacharis Zülchs Zeitung aus des Zauberers Zylinder.› Du hast neben Zülch gesessen und mit seiner feuchten Aussprache gerufen: ‹Ich hab doch zur Zeit keine Brause bestellt!›»

Black / Woerzke / Wolmir lachte und sagte, daß es ihm heute noch leid täte.

Uhlig tat erstaunt. «Ich dachte, du würdest einen Wutanfall bekommen, wenn ich dich daran erinnere...»

«Wieso 'n Wutanfall...?»

«Weil dir Schierbaum doch 'ne Strafarbeit aufgegeben hat. Hundertmal schreiben: ‹Ich soll meinem Klassenkameraden nicht nachäffen.›»

«Klar, Mensch, ja doch...»

Das ging noch zehn Minuten so, dann warf mir Uhlig einen Blick zu, der nicht eindeutiger hätte sein können: Das ist ein Hochstapler hier, das ist garantiert der falsche Waldemar.

23. Szene
Gelände des Speziallagers Nr. 7

«Ende April 1945 werden die Häftlinge des Nazi-KZs Sachsenhausen endlich befreit – am 10. August 1945 richten die Befreier auf demselben Gelände ihr Lager ein, das Speziallager Nr. 7 des NKWD... Und ich war bei den ersten 2000 Mann dabei... Am 6. Juli, morgens um 7 Uhr, steht ein Kommunist mit roter Armbinde bei uns vor der Tür und bittet mich mitzukommen. Ich soll im Rathaus ein paar Aussagen machen. Meine Mutter ahnt von nichts. Wir wohnten damals im Pförtnerhäuschen der Chemie-Fabrik. Im Schloß waren sowjetische Offiziere. Im Rathaus werde ich von zwei russischen Soldaten in Empfang genommen, durchsucht und trotz meiner Proteste in den Keller gesperrt. Das Wort ‹Werwolf› fällt. Nach ein paar Tagen werden wir nach Weesow gebracht, das ist in der Nähe von Werneuchen. Dort hatten die Russen in Scheunen und Ställen eine Sammelstelle eingerichtet. Auch Gustaf Gründgens ist dabeigewesen. Mit meinen siebzehn Jahren war ich längst nicht der Jüngste. Welche waren vierzehn und fünfzehn, ein Elfjähriger ist mir auch noch in Erinnerung. Wir waren alle nicht einmal verurteilt worden, nur so mitgenommen auf irgendeinen Verdacht hin oder eine Denunziation. Etliche Nazibonzen dabei, Schreibtischtäter, Verbrecher, aber auch völlig harmlose Leute... bis hin zum Widerstandskämpfer gegen die Nazis. Eben alle, die den geplanten Aufbau der DDR irgendwie gefährden konnten.»

Wir standen im oberen Teil des Turms A, der Torkontrolle. Unter uns das Gitter mit dem schmiedeeisernen Spruch ARBEIT MACHT FREI. Hier hatten die Posten gestanden. Mit freiem Schußfeld und freier Sicht, die ganze Längsachse des Lagergeländes entlang. Das KZ Sachsenhausen ruhte quasi als Dreieck auf der Bernauer Straße, die Spitze zeigte nach Norden.

Black / Woerzke / Wolmir hatte mich noch im «Seeblick Lehnitz» gefragt, ob ich nicht Interesse daran hätte, mir einmal von ihm selber zeigen zu lassen, wo er in Sachsenhausen gelebt und gelitten habe und wie ihm das Wunder seiner Flucht gelungen sei. Aber ja...

Warum er das getan hatte...? Ich wußte es nicht. Ob er instinktiv spürte, wie sehr ich ihm mißtraute und daß ich ihn längst für einen Schwindler hielt? Oder suchte er nur jemanden, der an seinem Schicksal Anteil nahm?

«Und wie sind Sie von Weesow nach Oranienburg gekommen?» fragte ich ihn, leise geworden, betroffen von allem. Wenn es stimmte, was er sagte, wenn wirklich der echte Waldemar neben mir stand, war ich ein Riesenschwein.

Er schloß die Augen. «Von Weesow hierher...? Zu Fuß natürlich. Nur für die Gebrechlichen gab es Pferdefuhrwerke. Von der Lehnitzschleuse her sind wir durch dieses Tor hier gekommen. Lasciate ogni speranza, voi ch'entrate.»

«Dante...?»

«Ja... Laßt, die ihr eingeht, alle Hoffnung schwinden.»

Ich wurde wieder etwas schwankend. Woher sollte ein so vergleichsweise einfacher Mensch wie Werner Wolmir Dante kennen.

«Haben Sie denn nicht sehr schnell an Flucht gedacht? Sie kamen doch aus der Gegend hier... Und das ist doch ein unschätzbarer Vorteil gewesen.»

«Eine Flucht war praktisch ausgeschlossen...»

«Wie...?» Ich konnte es nicht recht fassen, daß er das so offen sagte.

«Nach Süden zum Lehnitzsee hin, zur Bernauer Straße, da standen die russischen Kasernen, da war kein Durchkommen. Auch zur Stadt hin nicht, weil die angrenzenden Häuser von Russen belegt waren. Die Leute in der Stadt, die Deutschen, halfen einem auch nicht, die hatten Angst, dabei erwischt zu werden und dann selber hier zu landen. Wir fürchteten aber auch, daß man nach einer geglückten Flucht statt uns die nahen Angehörigen herbringen würde. Auch den zurückgebliebenen Mithäftlingen stand Schlimmes bevor.»

Ich sah ihn an. Es war wie bei einem Vexierbild. Im Augenblick war er für mich eindeutig der echte Waldemar v. Woerzke. Wie er mir da die Struktur des Lagers erklärte. Die Zone 1 sei das schon erwähnte Dreieck, wo es nur Internierte gegeben habe. Rechts davon die Zone 2 mit den Baracken, in denen er zum Schluß gesteckt hätte.

«...und auf der linken Seite dann die Arbeitszone, der Industriehof, von uns der ‹Heike-Hof› genannt...»

Ich zuckte zusammen. «Wie denn das...?»

«Das war der Name einer Lebensmittelfirma, wenn ich mich recht erinnere.»

«Und Sie haben da auch gearbeitet?»

Woerzke nickte. «Reparaturen im Lager, Arbeiten für die NKWD-Offiziere... Die haben sich Stiefel und Garderobe anfertigen lassen, Bilder mußten wir malen... Gerätschaften für die Häftlinge herstellen, Schüsseln und so... In der Gärtnerei hab ich auch mal gearbeitet. Bevor ich hier verurteilt worden bin... Wegen Spionage für den amerikanischen Geheimdienst.»

«Ah ja...» Ich fragte ihn nun nach den Sicherheitsvorkehrungen, um die Wahrscheinlichkeit einer geglückten Flucht besser abschätzen zu können.

«Um das ganze Lager herum eine Mauer... zwei Meter siebzig hoch... Stacheldraht, elektrisch geladen, obendrauf gesetzt. Davor der Postenweg, zum Lager hin... Dann der eigentliche elektrisch geladene Stacheldrahtzaun und noch einmal Drahthindernisse, Verhaue...»

«Und trotzdem gab es gelungene Fluchtversuche?»

«Die können Sie an den Fingern einer Hand abzählen. Der spektakulärste ist nach meiner Zeit geschehen. Frühjahr 1948, in der Zone 2. Dort hat sich eine größere Gruppe von Häftlingen einen Tunnel gegraben.»

Ich kam zum Kern der Sache. «Und Ihre eigene Flucht?»

«Die ist ja nie bekannt geworden. Ich bin ja ganz offiziell gestorben und in den Listen auch so geführt worden.»

«Wie das ...?»

«Das ist noch einmal eine lange Geschichte.»

Wir verließen den Turm A und begaben uns in die rechte untere Ecke des Dreiecks, wo drei langgestreckte dunkelgrüne Holzbaracken standen: der Krankenbau. Dahinter lagen Pathologie und Leichenkeller. Woerzke erzählte mir, daß ausschließlich deutsche Pfleger und Ärzte hier gearbeitet hätten.

«Die Toten kamen in die Pathologie und wurden dann nachts vom Leichenkommando nach draußen geschafft. Hinter der Zone 2 gab es ein großes Gräberfeld, weiter zum Lehnitzsee hin die heute sogenannte ‹Sturmbahn› und drittens dann die Stelle ein paar Kilometer weiter weg im Schmachtenhagener Forst, wo die Luise das Kreuz für mich hingestellt hat.»

Wir standen auf dem schütteren Rasen direkt über dem Leichenkeller.

«Da haben Sie schon drin gelegen ...?»

«Nein ... Hier unter dieser Pappel ist der Leichenwagen beladen worden. In der Nacht natürlich. Es war November und ziemlich neblig.» Woerzke malte das mit breiten Gesten aus. «Ich hab also hier in der Krankenbaracke gelegen, bin offiziell gestorben und in die Pathologie gebracht worden, ohne vorher auf dem Seziertisch zu landen. Unten im Keller hab ich mich dann versteckt und abgewartet, bis die Leichen nach oben getragen worden sind.»

Ich sah ihn mehr als ungläubig an. «... das soll keiner gemerkt haben ...?»

«Doch, natürlich haben die das gemerkt.»

Mein Erstaunen ging über in ein fast ein wenig höhnisches Lächeln. «Und auch noch gewinkt ...»

«Das nicht, aber ... Die waren natürlich eingeweiht, gekauft, bestochen ...»

«Die Russen?»

«Nein, die deutschen Apparatschiks sozusagen. Die Russen hatten uns ja alles zur Selbstverwaltung überlassen. Es gab eine ausgeprägte Hierarchie. Wir hatten richtig Zehner- und Hundertschaftsführer. Jede Baracke wurde von einem deutschen Kompanieführer geleitet, so hieß das wirklich, einem herausgehobenen Mithäftling. Dann kam der Bataillonsführer... und so weiter. Und man konnte mit den meisten Leuten auch handeln. Ich hatte Glück im Unglück... Wir hatten im Schloß ein Billard, und noch Mitte '44 wurde da gespielt. Mein Großvater war ein Meister des Queues. Er will mir einen Kunststoß zeigen, und ich gehe in die Knie, um alles besser verfolgen zu können, Kopf in Höhe der Bande. Mein Großvater rutscht ab, sein Stoßball trifft mich mitten ins Gesicht, und ich verliere einen Schneidezahn. Er ist untröstlich über meinen Schmerz und läßt mir einen Goldzahn einsetzen. Den breche ich mir hier im Lager raus und gebe ihn meinem Kompanieführer. Für einen Arbeitseinsatz außerhalb des Lagers. So kann ich meine Mutter sehen – und die steckt mir jedesmal das eine oder andere zu, was ich dann weitergebe. Sie werden mich in die Krankenbaracke bringen, obwohl ich nichts weiter habe als einen leichten Schnupfen. Der Baracken-, der Kompaniesanitäter wird nicht merken, daß ich simuliere. Das Leichenkommando wird nicht so genau achtgeben in der entscheidenden Nacht. Die Krankenpfleger haben ihre Kuhle Brot und warme Sachen bekommen. Es ist an alles gedacht. Der Arzt ist ein alter Freund der Familie, hat mit meinem Vater zusammen in Tübingen studiert. Ja, so sterbe ich dann, werde abgehakt und in den Schmachtenhagener Forst gekarrt. Bevor alles abgeladen wird, krieche ich raus und verschwinde im Gebüsch. Ich kenne die Gegend, ich schaffe die vielleicht zwanzig Kilometer bis Berlin, bis nach Frohnau. Das ist französischer Sektor. Zum Glück hatten wir keine Sträflingskleidung an, sondern zivile Sachen. Allerdings: der Kopf war kahlgeschoren. Aber ich hatte ja eine Mütze, und die Sonne ging vor halb acht nicht auf. Meine Mutter ist schon weg aus Friedrichsheide. Wir treffen uns bei einer Tante in Charlottenburg. Bloß weg aus Deutschland. Für immer. Am nächsten Tag sind wir in Dahlem bei den Amerikanern. Mit der Einwanderung gibt es keinerlei Schwierigkeiten.»

«Und nun sind Sie doch wieder zurückgekommen...?»

«Ja, Joan hat mich überredet, ein neues Leben wagen.»

«Wie sind Sie denn überhaupt dahintergekommen, daß die F. F. Runge-Chemie...?»

«Ein Bericht in der *FAZ*. Hab ich auf dem Flugplatz in Washington gesehen...»

Woerzke war sichtlich erschöpft. Wir gingen schweigend zum Eingang der Mahn- und Gedenkstätte zurück.

In dieser Minute war ich hundertprozentig überzeugt davon, den echten Waldemar v. Woerzke vor mir zu haben. Es war ihm wirklich anzumerken, daß er das alles selber erlebt hatte. Da stimmte jedes Detail. In meiner Sucht, groß rauszukommen, hatte ich mich wieder einmal verrannt. Der ‹Falsche Waldemar› des Jahres 1347 hatte keinen Nachfolger gefunden. Und den Mörder von Luise Tschupsch hatten wir auch anderswo zu suchen als im Umkreis Woerzkes.

Nun ja...

Wir traten auf die Straße der Nationen hinaus, und ich fragte Woerzke, ob ich ihn im Dienstwagen bis zum Bahnhof beziehungsweise bis zum Taxenstand mitnehmen könnte.

«Vielleicht mit dem kleinen Umweg über den ‹Seeblick Lehnitz›... Joan wartet dort, wir wollen gleich essen.»

«Aber gerne...»

Beim Wenden hätte ich fast einen Mitarbeiter der «Stiftung Brandenburgische Gedenkstätten» angefahren. Ich sah seine Plastikkarte vorne am Parka. Ein Herr T. Er wartete offensichtlich auf eine Gruppe, die sich für eine Führung durch das KZ angemeldet hatte.

Als er Woerzke erkannte, winkte er ihm zu wie einem guten alten Bekannten...

24. Szene
Mordkommission

Kaum war ich wieder im Büro, suchte ich mir die Nummer der Gedenkstätten-Stiftung heraus. Das war gleich nebenan bei uns in Oranienburg. 81 09 12. Ich hatte Glück, Herr T. war gerade von seinem Rundgang zurück.

Ich knüpfte an unsere kurze Begegnung vor dem Eingang an.

«Mannhardt mein Name, Mordkommission, wir haben uns ja eben schon kurz gesehen... Weswegen ich mich für den ganzen Komplex interessiere, das Speziallager des NKWD, ist folgendes: das Opfer, die Frau Tschupsch, hat sich kurz vor der Tat bei den Massengräbern in Schmachtenhagen aufgehalten und war die Jugendliebe von Herrn Woerzke. Warum ist sie ausgerechnet kurz vor seiner Heimkehr nach Oranienburg erschossen worden? Zufall oder ein Umstand, der mit dem Lager zusammenhängt...? Und darum die Frage an Sie, ob Ihnen in der letzten Zeit etwas aufgefallen ist, das uns weiterhelfen könnte...?»

Herr T. überlegte einen Augenblick. «Nein... Eigentlich nicht...»

Ich mußte etwas direkter werden. «Sie haben sich doch sicher ausgiebig mit Herrn Woerzke unterhalten...»

«Ja, er hat an einer der üblichen Führungen teilgenommen und mir danach erzählt, daß er damals selber hier gewesen ist.»

Danach... Das war das entscheidende Wort.

«Gut...» Einen direkten Verdacht gegen ihn auszusprechen, hielt ich nicht für opportun. Ich versuchte, das Ganze ins Private abzubiegen. «Sie sammeln die Aussagen ehemaliger Häftlinge für die Veröffentlichung...?»

«Ja.»

«Da hat Ihnen Woerzke ja sicherlich tüchtig weiterhelfen können.»

Herr T. zögerte ein wenig. «Das meiste ist doch schon bekannt und wiederholt sich immer wieder...»

Ich lachte, so harmlos ich konnte. «Da haben Sie ihm mehr erzählen können als er Ihnen.»

«Fast, ja.»

«Mich interessiert das Thema auch... Gibt's denn da schon Literatur drüber?»

«Ja, sicher...» Herr T. nannte mir einige Veröffentlichungen. «Benno Prieß, ‹Unschuldig in den Todeslagern des NKWD›, oder die Fachtagung über die Internierungspraxis in Ost- und Westdeutschland nach 1945...»

«Ah ja...» Ich bedankte mich und legte wieder auf.

Die Sache war klar. Black oder Wolmir, wie auch immer, hatte sich vorher kundig gemacht, Bücher gelesen und Herrn T. auf geschickte Weise ausgefragt. Für die Presse reichte sein Wissen allemal. Auch ich war ja voll darauf reingefallen. Was ihm zugute kam war der Umstand, daß sich komplexe Erlebnisse wie eine Operation, das Erringen einer Meisterschaft, ein Kriegseinsatz oder ein KZ-Aufenthalt im nachhinein leicht auf wenige Sätze, Bilder und Klischees reduzieren ließen und der Zuhörer oder -seher dennoch einen ganzheitlichen Eindruck von allem gewann, weil bei ihm auf wenige Signale fast immer feuerwerksartig viele Assoziationen folgten. Sagt einer zu mir ‹Weihnachten›, dann denke ich sofort an Kirche, Kerzen, Tannenbaum, Weihnachtsmann, Geschenke, Gänsebraten, ohne daß mir das alles ausführlich berichtet werden müßte. Und sagt einer ‹KZ›, dann weiß ich ebenso Bescheid, ohne daß ich Einzelheiten gehört hätte. Auf diesen Effekt hatte auch der zweite falsche Waldemar gebaut. Wie leicht sich Menschen doch austricksen ließen. Jetzt galt es erst recht, ihn zu entlarven. Aber nichts überstürzen, die Sache mit aller Vorsicht angehen...

So wandte ich mich erst einmal meinen Zeitungen zu. Der erste Blick galt der Sportseite des *Oranienburger Generalanzeigers*. Ich zuckte regelrecht zusammen...

«Motor Hennigsdorf gegen Energie Cottbus»

War die DDR über Nacht auferstanden aus ihren selbst geschaffenen Ruinen...?

Nein, da stand auch etwas von Eintracht Oranienburg. Nicht Empor, Vorwärts, Stahl, Aktivist oder Dynamo. 6:2-Sieger gegen Rot-Weiß Flatow. Flatus, der Furz. Dann schon lieber in Berlin zu Hause.

Was gab's ansonsten noch im neuen Großkreis Oberhavel?

Forstarbeiter aus Gransee waren im «Dorfkrug» von Linow mit einer Motorsäge, einer Schreckschußpistole und einer Axt auf die Einheimischen losgegangen.

In der Wittstocker Heide, zwischen den Gemeinden Flecken Zechlin und Schweinrich, hatte jemand aus Protest gegen den dortigen Bombenabwurfplatz einen Gemarkungsstein mit schwarzer Farbe beschmiert.

Die *Märkische Allgemeine* meldete, daß man in der Uckermark-Kreisstadt Prenzlau einen Kamm aus dem Mittelalter gefunden hatte.

Des weiteren
– Fontane-Preis für Nachwuchsforscher
– Seit 85 Jahren heißt es in Bergfelde «Wasser marsch!»
– Verkehrsinfarkt im Hennigsdorfer Zentrum.

Ich legte den Kopf auf die Schreibtischplatte, um ein wenig zu schlafen. Sylvester hatte die halbe Nacht gekräht und durch die Wohnung getragen werden müssen.

Yaiza Teetzmann kam hereingestürmt und schrie auf.

«Mann, ich dachte, dich hamse aschossen!»

«Wie, haben sie nicht...?»

«Nee.»

«Gut, danke. Was gibt's Neues?»

«Eine Zeugin aus Lehnitz hat sich die Autonummer gemerkt!»

«Welche?»

«Na, die von dem BMW-Fahrer an'er Brücke da.»

«Und?» Ich gähnte und hätte am liebsten weitergeschlafen.

«Det is 'n Italiener... Fabricio Longare.»

Ich sprang auf.

25. Szene
U-Bahnhof Gesundbrunnen

Ich kam die wahrscheinlich längste Rolltreppe Berlins herunter und fühlte mich wie auf einer Sprungschanze. Es ging an dieser Stelle so tief hinunter, weil schon die S-Bahn in einem Einschnitt unter der Bad- und Brunnenstraße lag und die U-Bahn-Linie 8 noch einmal etliche Meter unter deren Gleisen. Man hatte beim Umsteigen die Chance zu einer kleinen innerstädtischen Wanderung. Zwar gab es einen direkten Verbindungstunnel zwischen S- und U-Bahn, aber der war gesperrt worden, um den Rasern unter den Autofahrern auch an dieser Stelle das Totfahren von Leuten zu ermöglichen. Die Verkehrspolitik des Berliner Senats war halt von sympathischer Konsequenz.

Ich hatte diesen U-Bahnhof schon als Kind gefürchtet. Er war zu niedrig, zu lang und zu unübersichtlich, irgendwie bedrohlich. Vielleicht weil er in einer leichten Kurve lag, wahrscheinlich aber löste die Doppelreihe mennigeroter Pfeiler dieses Unbehagen aus.

Es waren doppelte T-Träger, genieteter Stahl, überaus massig, und hinter, beziehungsweise in ihnen konnte sich ein Mann gut verstekken. Der böse Mann. Fünfzig Jahre lang verfolgte er mich schon auf diesem Bahnhof.

Ich hätte anders fahren sollen. Aber wenn man von Oranienburg kam und nach Neukölln wollte, war das der optimale Weg: hier in Gesundbrunnen umsteigen von der S1 in die U8.

Fabricio Longare, Pizzeria «Capo Secco», der Mann im BMW...

Ich hielt mich krampfhaft in der Bahnsteigmitte auf, wo der große Stadtplan angebracht war, und hätte mich am liebsten wie ein Magnet an seiner Glasabdeckung festgesaugt.

Paß auf, sie wollen dich hier vor die U-Bahn stoßen!

Schwermer und seine Leute, Black / Woerzke / Wolmir.

War das der Instinkt des alten Hasen oder der Wahn des psychisch Kranken?

Wenn Woerzke wirklich der falsche Waldemar war, dann war ich der einzige, der ihnen das Viele-Millionen-Geschäft noch vermasseln konnte.

Während ich so tat, als studierte ich das Berliner Liniennetz, drehte ich den Kopf immer wieder unauffällig zur Seite, um nach möglichen Tätern Ausschau zu halten. Kandidaten gab es eine ganze Menge. Einsame Wölfe, die sich stets in Deckung hielten.

Der Araber / Türke / Jugoslawe mit der schwarzen Lederjacke...

Nein, der fuhr die Rolltreppe hoch.

Eberswalder Straße, Weberwiese, Attilastraße, Raoul-Wallenberg-Straße... War das eigentlich Berlin? Sie hatten nach der Wende bei U- und S-Bahn so viele Stationsnamen geändert, daß ich meine Zweifel hatte. Wenn das nicht Berlin war, wo war ich dann, wer war ich eigentlich...? Ich kannte dieses fürchterliche Gefühl, mich aufzulösen, schon von früher her. Die Angst zog meine Brust zusammen. Ich hustete und röchelte, um wieder Luft zu bekommen.

Gleich schlagen sie los!

Der mit der Baseballjacke hinten. Breit und bullig wie ein American football-Spieler, die blonden Haare kurz geschoren, Doc Martins-Stiefel.

Die Stationsnamen fielen auseinander und verloren sich in irren Assoziationen.

Hans-A.-Platz... Wer war Hans A.? Wahrscheinlich Hans Apel. Ex-Finanz- und Verteidigungsminister, gescheiterter Bürgermeisterkandidat in Westberlin. Schön, daß sie ihm jetzt einen Bahnhof gewidmet hatten.

Jan-Nowitz-Brücke... Wer war Jan Nowitz? Sicherlich ein Widerstandskämpfer gegen die Nazis.

Alex-Sander-Platz... Wer war Alex Sander? Der Mann von Jil Sander...? Warum aber mußten sie ausgerechnet den...? Connections wieder mal.

Leo-Pold-Platz... Das freute mich, daß sie den geehrt hatten. Aber hieß der Kabarettist nicht eigentlich Gerhard Polt...?

Ich war dicht davor, zum zweitenmal in meinem Leben abzustürzen.

Da kam der Zug aus Neukölln, und Zinna stieg aus, der PDS-Bürgermeister aus Friedrichsheide, erkannte mich und konnte nicht mehr anders, als mich zu begrüßen.

«Sie hier...?»

«Der Zufall macht vor keinem halt.»

Das war Zinna zu sophisticated, man sah es ihm an. «Ich war Einkaufen am Alexanderplatz...»

«Ja», sagte ich. «Alexanderplatz und Jannowitzbrücke und Leopoldplatz...»

Zinna suchte mit anrührendem Ernst nach der Logik, die in meinen Worten stecken mußte, fand sie aber nicht. «Nein: Alexanderplatz, Weinmeisterstraße, Rosenthaler Platz, Bernauer Straße, Voltastraße...»

Travolta... Keine Folter für Travolta.

Ich fing mich wieder. «Was machen denn Ihre Knochen?»

Zinna wich unwillkürlich einen Schritt zurück. «Meine... was?»

«Ihr Skelett. Das Skelett bei Ihnen im Garten.» Hatte ich völlig vergessen. Unendlich wichtiger war es, Luise Tschupschs Mörder wie den falschen Waldemar zur Strecke zu bringen.

Zinnas Erstaunen wurde noch um einiges stärker. «Wissen Sie denn nicht, was da außerdem noch...? Die Arbeiter haben's aber gemeldet.»

«Nein, was denn?»

«Daß man in der Nähe des Toten noch Gegenstände gefunden

hatte, die offensichtlich im Lager angefertigt worden sind... Eine selbstgefeilte Gabel, eine Art Amulett...»

«In welchem Lager: Im KZ oder im NKWD-Lager?»

«Im späteren Lager...»

Ich sah meinen Zug einfahren und schwankte einen Augenblick. Der Impuls, Zinna schnell auf Wiedersehen zu sagen und nach Neukölln zu fahren war stark, doch ich unterdrückte ihn. Black/Woerzke/Wolmir war wichtiger. Es ratterte bei mir. Die Zinnas waren irgendwie mit den Russen von NKWD liiert gewesen... Das Grundstück am Bahndamm, wo sie das Skelett gefunden hatten, gehörte der Familie Zinna seit 1928... Wenn nun Zinnas Vater Woerzkes Flucht entdeckt, ihn gestellt und dann erschlagen hatte...? Sein Haß auf die alte Junkerkaste. Das war allemal ein starkes Motiv. Die Frage war nur, warum er ihn bei sich am Ende des Gartens vergraben hatte, anstatt seinen deutschen und russischen Freunden diese Tat freudig zu melden? Wahrscheinlich aus Angst davor, daß ihn die Leute in Friedrichsheide in Zukunft nicht mehr grüßten und symbolisch vor ihm ausspuckten.

Ich freute mich. Meine Hypothese vom falschen Waldemar erhielt damit neuen Auftrieb. Von wegen nach Frohnau geflüchtet – oben in Friedrichsheide hatte alles ein Ende gefunden.

Zinna fühlte sich durch mein langes Schweigen sichtlich irritiert. «Sie glauben es auch...?»

«Was soll ich glauben?»

«Daß mein Vater einen Flüchtling aus Sachsenhausen erschlagen und begraben hat...»

Er sagte «einen Flüchtling» und nicht «Woerzke», das war interessant. «Nein. Wer behauptet denn so was?»

«Na, die Leute von der Havelland-Invest, Schwermer und seine Hintermänner. Um mich zum Abschuß freizugeben.»

«Ihre Sache ist doch eh verloren. Jetzt, wo Woerzke zurück ist. An seinen Rückübertragungsansprüchen gibt's doch keinen Zweifel mehr.»

«Nein.»

Ich dachte nach. Für Zinna war dieser Mensch ohne jede Frage der echte Waldemar. «Und die wollen Sie als PDS-Mann aus dem Bürgermeisteramt weg haben, aus Friedrichsheide generell, wenn Woerzke da wieder das Regiment antritt...?»

«Genau das ist der Fakt.»

Ich überlegte, ob ich Zinna für mich und meine Sache instrumentalisieren sollte und konnte. Um Black/Woerzke/Wolmir und seine Hintermänner zu verunsichern und zu Zügen zu verleiten, die schlecht für sie waren. Ja, nein. Doch, ich mußte es riskieren.

Ich lächelte den Bürgermeister an. Pfiffig, tricky, cool. «Verbreiten Sie doch einfach das Gerücht, Woerzke selber hätte den Mann am Bahndamm erschlagen. Um in dessen Kleidung und mit dessen Geld und Papieren zu fliehen. Wahrscheinlich sei es ein Cousin von ihnen gewesen, noch immer vermißt, ein ganz lieber Junge, Flakhelfer, Klavierspieler, fast ein Genie. So ähnlich jedenfalls. Vorabendserie... Etwas, was Mitgefühl auslöst.»

26. Szene
Pizzeria «Capo Secco»

Ich hatte erst einmal gegrillten Lachs bestellt und ließ es mir schmecken. 19,50 DM waren für einen Beamten des gehobenen Dienstes eigentlich zuviel, aber schließlich hatte ich Nazireich, Krieg, Blockade, Chruschtschow-Ultimatum und Mauerbau wie -fall lebend überstanden und somit das Recht, mich derart zu belohnen.

Drei jüngere italienische Ober in auberginefarbenen Jacken wuselten durch das genormte Ristorante und waren auffallend höflich. Der Chef saß an einem kleinen Tisch und ging irgendwelche Bestellungen durch. Ein dunkler Buddha mit einer schwarzen Mönchstonsur, nicht unbedingt gefährlich. Was bedeutete es, daß mein Fisch 19,50 DM kostete? Die Kollegen, die von der Organisierten Kriminalität etwas verstanden, hatten da die folgende Faustregel: Ist der Preis zu niedrig, kann man auf Geldwäsche schließen, ist er zu hoch, dann kann von Schutzgelderpressung ausgegangen werden. Hier im «Capo Secco» schien er mir zu niedrig zu sein. Gehörte Fabricio Longare also einem Clan, einer Mafia-Familie an? Derselben wie Wolfram Schwermer und seine Hintermänner? Und hatte Fabricio Longare Luise Tschupsch sozusagen prophylaktisch getötet? Das war hier die Frage.

Ich sah mir die Ölgemälde an, die die Italiener ringsum aufgehängt hatten. Sizilien offenbar. Dachte ich ganz automatisch. Bis ich auf einer an die Wand gemalten Landkarte entdeckte, daß das Capo Secco auf Vulcano lag, einer der Liparischen Inseln. Corleone auf Sizilien wäre mir lieber gewesen, siehe Don Corleone im «Paten».

Da ich die eitle journalistische Onanie, die sich *Spiegel* nannte, schon lange nicht mehr mochte, kaufte ich mir ab und an ein *Focus*-Heft und las es beim Essen. Warum eigentlich? Die interessierten sich in keinster Weise für mich, warum sollte ich das umgekehrt machen? 99,99 Prozent der Informationen, die sie mir verkauften, waren für mein tägliches Handeln absolut bedeutungslos und machten mich nur reif für die Psychiatrie. Wie dieser Bericht (*Focus* 2/1994, S. 148):

> **Mord ist ihr Geschäft**
> Aus purer Geldgier verrichten die Scharfschützen in Sarajevo ihr blutiges Geschäft. Serbische Gefangene bestätigen: Der Generalstab der serbischen Einheiten vergibt Mordaufträge nach festen Tarifen: für Kinder und Rentner 400 Mark, für Frauen 600, für Schwangere 700 und für Männer 800 Mark. Das höchste Kopfgeld (1000 Mark) ist auf UN-Soldaten, ausländische Journalisten und Mitarbeiter humanitärer Organisationen ausgesetzt.

Darüber ein Bild, das einen Soldaten in gefleckter Kampfuniform auf einem Dachboden zeigte. Das Gewehr im Anschlag, zielte er aus einer Schießscharte auf gegenüberliegende Häuser respektive eine Straße. Ein ausgebauter Autositz sorgte für eine angenehme Wartezeit.

«Hat's Ihnen geschmeckt?» fragte der Ober.

«Ja, danke, sehr gut.»

«Möchten Sie etwas trinken von Haus?»

«Einen Sambuca bitte...»

Sanft und scharf zugleich. Die züngelnde Flamme und dieser wunderbare Geruch. Ich dachte an Heike. Und daran, daß in dieser Sekunde der Soldat auf dem *Focus*-Foto gerade wieder abdrückte.

«Zahlen, bitte.»

Bevor ich das erledigt hatte, wollte ich den Dialog mit Fabricio Longare nicht beginnen. Um gar keine Mißverständnisse aufkommen zu lassen.

Ich ging zum Zweiertisch, an dem er saß und arbeitete. «Pardon, Signore, die Kripo Oranienburg...» Ich hielt ihm meine Marke hin.

Longare musterte sie mit demselben stoischen Nichtinteresse, das ansonsten seine Gäste an den Tag legten, wenn der x-te dunkelhäutige Rosenverkäufer ihren Tisch belagerte.

«... wir suchen Sie dringend als Zeugen.»

Longare schmunzelte. «Mein Deutsch ist nicht so gut, aber... zum Zeugen...? Soll die deutsche Polizei mit Mafia-Blut aufgefrischt werden...?»

Der Mann hatte Witz. Ich erklärte ihm die ganze Sache. Wie Luise Tschupsch unter der Eisenbahnbrücke über den Oder-Havel-Kanal bei Lehnitz erschossen worden war und daß ihn jemand mit BMW und Schirm von der S-Bahn aus beobachtet hatte. Am Tattag gegen 20 Uhr 40. Unseren Ermittlungen zufolge mußte der tödliche Schuß in den Mund zwischen 20 Uhr 30 und, wenn Luise Tschupsch sich arg verlaufen haben sollte, 20 Uhr 50 gefallen sein, eher aber etwas früher. Der Zug mit Sybille Schierholz hatte die Brücke genau um 20 Uhr 42 passiert. «Haben Sie das über den Mord nicht in der Zeitung gelesen?»

«Tut mir leid, im *Il Giorno* stand das nicht...»

«Aber Sie bestreiten nicht, zu dieser Zeit in Lehnitz an der Brücke gewesen zu sein?»

Longare war sehr verwundert darüber, daß ich ihm das automatisch unterstellte. «Nein, warum sollte ich...? Hier...» Er zog aus dem Berg seiner Unterlagen mehrere Skizzen, Blaupausen und Kostenvoranschläge hervor. «Wir wollen dort ein Ristorante eröffnen, ‹Vulcano›. Das ist alles. Ich war da, um noch einmal zu gucken. Kann sein, zu Ihrer Zeit.»

«Und da ist Ihnen nichts aufgefallen, da haben Sie keinen Schuß gehört?»

«Nein...»

«Komisch...»

Longare kniff die Augen zusammen. «Doch... Warten Sie... Da ist ein Mann unter der Brücke hervorgekommen...»

Der Täter oder der große Unbekannte? Ich hoffte, die Beschreibung von Hermann Hackenow würde jetzt kommen: gelbe Jacke, Landstreicher, sah aus wie Herbert Wehner...

Aber nein.

«Es war ein jüngerer Mann. Bleich. Dick angezogen. So 'n feiner Mantel aber. Wie einer, der zu einer Feier geht. Mit einem Blumenstrauß in der Hand.»

27. Szene
FHVR Berlin

Am liebsten hätte ich mich zu Hause eingeschlossen, wäre den ganzen Tag über im Bett geblieben, die Decke über den Kopf gezogen. Wenn ich keinen sehe, kann mich auch keiner sehen. Es war eine fixe Idee, ich wußte es, doch ich hatte ständig das Gefühl, Kopfhörer über den Ohrmuscheln zu haben und aus einem unsichtbaren Walkman den immer gleichen Text zu hören: «Der Mensch versuche die Götter nicht... Laß Woerzke in Ruhe! Sie bringen dich um!»

Ganz schlimm wurde es, als ich den dunklen Hochhausblock in Friedrichsfelde vor mir sah, in dem seit Beginn des Jahres – neben einigen Behörden – die Fachhochschule für Verwaltung und Rechtspflege, die FHVR, ein neues Domizil gefunden hatte. Es war die ehemalige Stasi-Bezirksverwaltung Berlin, in der nun der gesamte gehobene Dienst des Stadtstaats herangebildet wurde, die Beamten der allgemeinen nichttechnischen Verwaltung ebenso wie die Rechtspfleger, die Steuereintreiber und die Polizisten, Schupo und Kripo. Mich hatte das Projekt «Neubau von Verwaltung und Polizei in Ostberlin und Brandenburg» als eine Art «Zeitzeugen» eingeladen, und obwohl es keinen Pfennig dafür gab, war ich von Neukölln aus zum Tierpark gefahren.

Ich machte mich auf die Suche nach dem Hörsaal 6B168. Alles war noch eine ziemliche Baustelle. Radlader rasten umher, Bulldozer schoben Sandberge zur Seite, Rüttelmaschinen täuschten kleinere Erdbeben vor. Maler waren noch am Überrollen der Wände, Mechaniker verschraubten Geländer und Deckenelemente, Teppichverleger robbten über die Böden, Elektriker hingen auf ihren

Leitern und zogen Drähte aus den Kabelschächten. Zwischen allen wuselten Studentinnen und Studenten umher.

Ich hätte einfach fragen können, wo dieser verdammte Hörsaal 6B168 denn sei, aber das verstieß gegen mein heiliges Prinzip, solche Probleme als *detective* alleine zu lösen.

Langsam begriff ich auch die Struktur dieser Anlage. Wie ein großes L umfaßten die alten Stasi-Gebäude, die düsteren Hochhäuser mit ihren Waschbetonplatten an den Fassaden, das gesamte Gelände, und in der Mitte dieses L's hatte man – völlig neu und in blendendem Weiß – den Hörsaaltrakt errichtet. Ein gläserner Übergang verband die beiden Teile. Ich war erleichtert, soweit alles durchschaut zu haben.

Ein überdachter Innenhof spaltete den Hörsaalkubus in zwei Hälften. Das erklärte auch das B. Meinte also die 1 in der Hörsaalcodierung wahrscheinlich die 1. Etage.

Ich blieb stehen, um noch einmal in meiner Einladung nachzusehen, ob 6B168 wirklich richtig war. Dabei hatte ich das sichere Gefühl, daß hinter meinem Rücken einer stand und mit einer Waffe auf mich zielte. So einer Laserpistole, wie man sie in Science-fiction-Filmen sah.

Verfolgungswahn, schizophrene Schübe...

Ich fuhr herum und sah Ludger Tschupsch, vielleicht zehn Meter hinter mir. Sofort war ich neben ihm.

«Wie kommen Sie denn hierher...?»

«Mit dem Wagen da...» Er zeigte auf einen VW-Transporter, auf dessen Dach bündelweise blanke Kupferrohre lagen. In allen Regenbogenfarben war der Firmenname aufgeklebt.

GWH – Roland Anders
Gas- & Wasserinstallation / Heizungsbau
16515 Oranienburg
24 Stunden-Havariedienst

Fast hätte ich ihn gefragt, wo er das Fahrzeug gestohlen habe. «...ich sehe da immer noch keinen Zusammenhang...?»

«Und das als Kripo-Mann...» Ludger Tschupsch schüttelte den Kopf. «Ganz einfach: Ich bin da beschäftigt. Ich bin Ingenieur und hab da 'ne Stelle bekommen. Erst mit der NASA zum Mars, dann mit Roland Anders als Gas-Wasser-Scheiße-Monteur. Es kommt immer anders, als man denkt. That's life!»

Zu schön, um wahr zu sein. Viel wahrscheinlicher war, daß ihm seine connection aus irgendwelchen Gründen diese Rolle verschafft hatte. Vielleicht um den großen Coup mit dem falschen Waldemar besser abzusichern, vielleicht um mich an dessen Enttarnung zu hindern. Soviel an Zufall gab es nicht.

Ich sah Ludger Tschupsch ein wenig spöttisch an, bemühte mich um denselben Ton wie er. «Hat das Erbe Ihrer Frau Schwester nicht für ein sorgenfreies Leben gereicht...?»

«Ich hab bis jetzt nicht viel gefunden.»

«Als alleinstehende Oberstudienrätin müßte sie doch in all den Jahren einiges angehäuft haben...?» Ich verstand das nicht.

«Sie ist viel verreist, sie hat viel gespendet...»

«Schön...» Ich brach ab, weil mir jemand von hinten auf die Schulter geklopft hatte. Mein alter Westberliner Kollege Thomas Hundt, der inzwischen im Referat O (Organisierte Kriminalität) Karriere gemacht hatte.

Ich verabschiedete mich mit ein paar knappen Worten von Ludger Tschupsch. Er schulterte einen Warmwasserboiler und verschwand in einer der Türen des alten Gebäudes.

Hundt sah mich fragend an. «Bist du auch eingeladen worden?»

«Eingeladen worden? Nein, höchstens in die U-Bahn vorhin. Wozu?»

«Zum Vortrag unserer sehr verehrten Kriminaldirektorin Karin Aurak...»

«Die trägt mir nichts vor, sondern höchstens was nach: daß ich sie nicht so liebe und achte, wie das Gesetz es befiehlt.»

«Thema: ‹Die Kriminalpolitik des Jahres 2000 – Gegen eine permissive Demokratie›.»

«Na, dann... Ich könnte euch ein paar schöne Vorschläge machen, wie diese Demokratie noch zu retten ist. Meine Definition von organisiertem Verbrechen ist ein bißchen weiter gefaßt als deine, sie ist sozusagen Partei-lich...»

«Psst!» Hundt sah sich um. «...keine anarchistischen Gedanken hier auf dem Stasi-Gelände. Aber sag mal: Was gibt's denn Neues in Oranienburg?»

Ich erzählte ihm alles vom Mordfall Tschupsch und einiges über

Schwermer und Woerzke. «Wie der den aus dem Hut gezaubert hat, ist mir nicht so ganz geheuer. Komisch eben, daß die Tschupsch gerade in dem Augenblick von der Bühne des Lebens abgetreten wird, per Kugel auch noch, als ihr alter lover heim ins Reich gefunden hat... Ob du mal so nett bist und nachsiehst, ob seine Frau bei euch irgendwo im Computer abgespeichert ist, eine Joan Woerzke, v. Woerzke.»

«Okay, kümmere ich mich drum.»

Die Aurak traf ein, die Frau, die mich als Wortführer der «Progressiven Polizisten» nach Oranienburg geschickt hatte, in die Verbannung. Sie ging unter einem Kranausleger entlang, an dem ein Eisenträger hing. Ich machte meine Augen zu Laserkanonen, um das Stahlseil zu durchtrennen.

Doch nichts geschah.

Sie kam an mir vorbei und übersah mich mit großer Aufmerksamkeit, indem sie Hundt begrüßte. Der folgte ihr aufs Wort.

Wo war denn nur dieser Scheißhörsal 6B168...!? Als ich ihn endlich gefunden hatte, war er leer. Mein Projekt mußte sich anderswo versammelt haben. Ich machte mich auf die Suche. Irgendwo mußte es doch eine Stelle geben, die von solchen Verlegungen wußte. Es wurde ein Slalomlauf durch viele Flure und immer wieder um Ecken herum. Dutzende von Türen waren aufzustoßen und wieder zu schließen, manche nur mit Gewichtheberkraft. Nach einigen Minuten war ich im alten Gebäude und irrte durch einen endlosen Keller, ein Labyrinth von Gängen. Die Türen, an denen ich rüttelte, waren verschlossen. Panik erfaßte mich, der Atem schien mir wegzubleiben. Verdammt, es mußte doch einen Ausgang geben! Ich erinnerte mich an das, was ich in der Psychiatrie gelernt hatte.

Ich bin ruhig, sicher, fest und frei.
Mein Herz schlägt ruhig, kräftig und gleichmäßig.
Mein Atem geht ruhig und gleichmäßig.

Endlich ein Fahrstuhl, der mich nach oben bringen konnte. Die Tür stand offen. Ich stieg ein. Ein altes DDR-Modell. Ich drückte den Knopf für die 2. Etage. Vielleicht war dort die Verwaltung des Fachbereichs 1.

Ein Schnarren, ein Rütteln, los ging's. Ich kam mir vor wie in einem überladenen Flugzeug der ‹Air Baikal›. Kurz vor dem Absturz bei Irkutsk.

Plötzlich ein Ruck, die Kabine stand still, das Licht ging aus.

28. Szene
Mordkommission

«Ja, warum ich hier bei Ihnen auftauche, ist klar. Das laß ich nicht auf mir sitzen. Ich habe einen ehrbaren Beruf gelernt: Feinmechaniker. Ich war Metallprüfer bei der ORA-Stahl in Oranienburg. Erst als meine Frau mich verlassen hat, habe ich mit dem Trinken angefangen. Dann habe ich meine Wohnung verloren. Weil der Vermieter ein Unmensch gewesen ist. Wie meine Frau. Ohne Herz. Ich bin nicht freiwillig ein Penner geworden, die haben mich dazu gemacht. Ich würde auch lieber in einer Villa wohnen und nicht im Wald oder unter der Brücke...»

Ich ging schnell dazwischen. «Apropos: Brücke. Da lassen Sie mich mal einhaken, Herr Hackenow. Sie haben also ab und an unter der Brücke geschlafen, unter der Frau Tschupsch ermordet worden ist.»

«Da am Wasser doch nicht. Ich hab schon Rheuma genug. Das mit den Brücken, das sagt man doch so. Unter den Brücken von Paris.»

Ich hielt ihm vor, daß ich ihn doch selber dort gesehen hätte.

«Klar, weil da am Bahndamm – Treidelweg und so – Lauben sind, wo ich schon mal nachsehe, ob da 'ne Tür offensteht oder man irgendwie reinkommen kann. Soll ich draußen erfrieren?»

Ich ließ mich nicht ablenken. «Wenn ich das richtig verstehe, waren Sie also an dem Abend, als Luise Tschupsch ermordet worden ist, da in der Nähe?»

Hermann Hackenow sprang auf. «Ich bin kein Mörder! Und wenn ich mal jemanden ermorde, dann höchstens mich selber!» Er fiel wieder auf seinen Stuhl zurück, holte seinen Flachmann aus der Tasche und nahm einen Schluck Nordhäuser Doppelkorn. «Schon damit ich wieder mal schön sauber bin... Der Leichenwäscher... Wie meine Mutter früher. So richtig abgeseift wird man da. Ich weiß, daß ich stinke!»

«Ganz im Gegenteil...» Der Berber, der Stadt- und Landstreicher Hermann Hackenow saß mir in einem geradezu vornehmen dunkelblauen Anzug gegenüber, so richtig mit weißem Hemd und rotem Schlips. Auch Bart und Haar waren absolut sauber und gepflegt. So war er vor zehn Minuten hier hereinspaziert, ein ganz anderer als der, nach dem wir mit Hilfe des ORB gefahndet hatten. Nichts von gelber Winterjacke, nichts von Penner-Look und kein Uringestank, keine ‹olfaktorische Belästigung›.

Ich nahm einen neuen Anlauf. «Herr Hackenow... Ich glaube zwar an den Zufall als einzige göttliche Kraft, aber in Ihrem Falle ist mir selbst das ein bißchen viel... Ich seh Sie – von der S-Bahn aus – da, wo die Tschupsch erschossen worden ist, ich seh Sie im Schmachtenhagener Forst am Grab von Woerzke, an dem Kreuz, wo Luise Tschupsch gerade ihren Strauß abgelegt hatte...»

Hermann Hackenow reckte sich hoch. «Ich bin ein alter Freund von Waldemar. Ich sage nur: Friedrichsheide. Mein Vater hat in der Chemie gearbeitet, und wir hatten da 'ne Werkswohnung. Waldemar war 'n Spielkamerad von mir. Was wir da für Streiche gemacht haben, ich kann Ihnen sagen...! Wir waren der Schrecken der Gegend. Waldemar hat nachts die Chemikalien aus der Fabrik geklaut, und dann haben wir Knallkörper gebastelt und auf die Schienen gelegt. Bei Zinna hinten auf'm Bahndamm. Einmal is sogar 'ne Ferkeltaxe entgleist.»

Er geriet in eine derartige Begeisterung, daß ich an der Wahrheit seiner Worte kaum zweifeln konnte. «Und deswegen sind Sie öfter hin zu den Massengräbern...?»

«Das nicht, ich hab doch gleich nebenan mein Zuhause, im Wald da, meine ‹Villa Erdloch›, wenn Sie wissen, was ich meine.»

«Sicher.» Jetzt kam die entscheidende Frage. «Haben Sie denn mit Woerzke schon gesprochen, seit er aus den USA zurück ist?»

«Natürlich. Auferstanden von den Toten... Da muß man doch hin. Ins Schloßhotel Friedrichsheide. Da wollten sie mich nicht reinlassen und haben mich wieder rausgeschmissen. Bis dann mein Freund Waldemar den Befehl gegeben hat: Der Hackenow kriegt 'n Zimmer mit Bad und 'n passenden Anzug mit allem darunter!»

«Wie in 'ner Fernsehserie, herrlich!» Ich mußte mich beherrschen. «Und Woerzke... Wie war das so, haben Sie den gleich wiedererkannt...?»

«Der Waldi, klar: ganz der Alte! Genau wie früher.»

Was konnte ich anderes machen, als Hermann Hackenow mit herzlichem Dank nach Hause schicken. Nicht in die ‹Villa Erdloch›, sondern ins «Schloßhotel Friedrichsheide».

Ein geschickter Schachzug von Black / Woerzke / Wolmir. Daß er zu immer besserer Form auflief, zeigte mir der Blick in den *Oranienburger Generalanzeiger*. Da erschien jetzt seine Fluchtstory als eine Art Fortsetzungsroman. Anhand einer detailreichen Skizze sollten wir glauben, daß er vom Schmachtenhagener Forst sofort Richtung Borgsdorf, Birkenwerder, Hohen Neuendorf, Frohnau gelaufen war, also auf keinen Fall auf dem Grundstück von Zinna jemanden getötet haben konnte.

Das Telefon klingelte. Ich nahm ab und freute mich, Hundt am Apparat zu haben.

«Du, ganz schnell mal wegen dieser Joan Woerzke...»

«Ah, ja, was gibt's...? Die Ex-Geliebte Clintons?»

«Nein. Aber so ganz falsch scheinst du nicht zu liegen. Kellnerin, Fotomodell und möglicherweise eine Affäre mit Giancarlo Caccia, einem Neffen aus dem Caccia-Clan. Rauschgift, Prostitution, das übliche. Deswegen steckt sie drüben auch im Computer drin. Aber ein dickes Fragezeichen dahinter. Nichts ist bewiesen, keine Anklage erhoben worden. Vielleicht hat sie bei Caccia auch wirklich nur im Ristorante als Kellnerin gearbeitet...»

«Und wo war das alles?»

«In Bethlehem...»

«Oh...» Paßte ja herrlich zur Auferstehungsgeschichte.

«Das ist die Stahlstadt in Pennsylvania. Woerzke hat in der Nähe des ‹Pennsylvania Dutch Contry› eine Art Vergnügungspark betrieben, ein kleines Dorf nachgebaut. Nicht als Woerzke, sondern als William Black Schrägstrich Wilhelm Schwarz. Wie im Erzgebirge. Wolkenstein. Soll aber nur so la-la gegangen sein das Geschäft. Joan hatte er angeheuert, um in alten Trachten die Leute anzulocken. Al Bundy an der Seite einer schönen Bäuerin aus Old Germany. Woerzke hat dann mit der Polaroid-Kamera die Fotos gemacht.»

«Schön, ja...» Das paßte wunderbar in mein Puzzle. Klar, daß sich ein Hungerleider wie Wilhelm Schwarz / William Black die Chance nicht entgehen ließ, in Friedrichsheide als Waldemar

v. Woerzke aufzutreten und dafür von der Mafia vielleicht hunderttausend Dollar einzusacken. Das alles von seiner jungen Frau vermittelt, der er vermutlich hörig war. Das war's. Tusch! Ich bedankte mich bei Hundt und legte wieder auf.

Wilhelm Schwarz, William Black, Waldemar v. Woerzke... Irgendwann war der Sack zuzubinden. Noch aber wagte ich es nicht, mit den Indizien, die ich hatte, bei meinen Vorgesetzten vorzusprechen. Ich wußte, daß sie alle Bedenkenträger waren, preiswürdig. Wenn nicht, wären sie nicht so weit aufgestiegen. Investoren wie Schwermer und Woerzke waren die großen Heilsbringer fürs Brandenburger Land, heilige Kühe, die man nicht schlachtete. Ich mußte also alles mit der simplen $2 \times 2 = 4$ -Gewißheit haben, sonst hatte eine Offensive keinen Zweck. War also noch eine Menge zu tun.

Yaiza Teetzmann kam herein. «Soll ick dir mal 'ne kleine Freude machen?»

«Gerne. Wenn Enrico nichts dagegen hat.»

«Sau du!»

«Danke.»

«Wir ham 'n Juwelier jefunden, wo von der Tschupsch 'n alte Brosche uffjetaucht is. Hier die Phantomzeichnung, die wa ham machen lassen. Vom Vakäufa.»

Ich sprang auf und schrie «Treffer!», denn das war genau der Mann, den mir Fabricio Longare in seiner Neuköllner Pizzeria beschrieben hatte.

29. Szene
S-Bahnhof Oranienburg

«Der kauft jeden Morgen 'ne Zeitung bei mir, da bin ich mir ganz sicher.»

Aufgrund dieser Aussage der Frau im Kiosk standen wir um halb sieben auf dem westlichen der beiden Bahnsteige, da wo die Züge der S1, von Wannsee kommend, ihre Endstation hatten. Mit der Phantomzeichnung des vermutlichen Tschupsch-Mörders waren wir in den letzten beiden Tagen unermüdlich durch Oranienburg gezogen und hatten, nachdem auch die Tageszeitungen eingeschaltet worden waren, genau 91 Hinweise zu Protokoll nehmen können. Manche recht detailliert, viele sehr verschwommen. Es war erstaunlich, wie viele Mitbürger einen Nachbarn für einen Mörder hielten. Vom Tschupsch-Täter wurde allgemein nur noch als ‹Der Abknaller› gesprochen. Zu befürchten war, daß er seinem Namen bald einmal alle Ehre machen würde.

«Zu je'm Krimi gehört 'ne zweete Leiche», sagte Yaiza Teetzmann denn auch, während sie gymnastische Übungen machte, um sich warm zu halten. «Und wenn wa uns nich baeiln, isset inna Realität hier ooch bald so, paß ma uff.»

«Warten wir's ab...» Ich hatte ihr, was Woerzke betraf, bis jetzt noch nichts erzählt. Sie war zu materialistisch-realistisch für so eine Story. Vieles sprach dafür, daß kein Raubmörder oder Triebtäter auf die Tschupsch geschossen hatte, sondern ein Profi. Unter dem Gesichtspunkt der Kosten-Nutzen-Analyse war es für einen planvoll vorgehenden Raubmörder ziemlich idiotisch, eine Frau hier in Oranienburg zu erschießen, um dann in Berlin-Friedenau ihre Wohnung auszuräumen. Und ein Triebtäter mit einem wie auch immer gearteten Tötungszwang wäre mit hoher Wahrscheinlichkeit nicht zum Ausräumen der Wohnung in die Stadt gefahren.

Wir musterten alle Männer, die mit dem 6 Uhr 40-Zug südwärts wollten. Das Gesicht auf der Phantomzeichnung erinnerte an den Oliver Hardy aus den frühen «Dick und Doof»-Filmen. Es war breit, gemütlich, kindlich. Und das Bärtchen auf der Oberlippe machte aus dem Menschen auch keinen Mann.

Als mir das so recht bewußt wurde, trat ich vor Wut von hinten gegen den Zeitungskiosk. Diese Erkenntnis hatte meine ganze Killertheorie ad absurdum geführt. Es sei denn... Natürlich: die ganze Sache war getürkt. Der Juwelier steckte mit Longare unter einer Decke, und sie wollten uns bewußt in die Irre schicken. Wir waren Idioten, daß wir hier standen.

Scheißberuf, Scheißwetter. Die Kälte kroch den Körper hinauf, und trotz dicker Schuhsohlen hatte ich das Gefühl, mit nackten Füßen auf dem Bahnsteig zu stehen. Eine lange deutsche Unterhose hätte wohl geholfen, aber die wagte ich Heikes wegen nicht ‹in Anwendung zu bringen›. Schließlich wollte ich auch als lover noch im Rennen bleiben und nicht als Opa-Drohne gelten. So zog ich mir lediglich Handschuhe an.

Lieber hätte ich noch auf Godot gewartet als auf unser Puddinggesicht. Auf den benachbarten Gleisen fuhren Fern- und Regionalzüge ein und aus. Alle noch mit dem Emblem DR = Deutsche Reichsbahn (der DDR) beklebt. Obwohl es seit Jahresbeginn nur noch die Deutschen Bahnen gab. Manche schienen den Untergang ihres Staats immer noch grandios zu verdrängen. Das ärgerte mich ebenso wie die Tatsache, daß das Hinweisschild auf die S1 nicht rosa war, wie es laut Netzplan hätte sein müssen, sondern blau. Früher war hier die S10 (blau) gefahren und man hatte nur die Null mit einem weißen Farbklecks übermalt.

«Du hast Sorgen», brummte Yaiza Teetzmann, als ich meiner Empörung darüber lautstark Ausdruck verliehen hatte.

«Diese Ignoranz, die...»

Wir schwiegen wieder und froren weiter. Ich hoffte auf eine Blasenentzündung und eine Krankschreibung für mindestens drei Wochen.

Yaiza Teetzmann erzählte mir, daß sie mit Enrico ins frühere Ostpreußen fahren wolle, wo seine Großeltern aufgewachsen waren, die Pritzkoleits alle. «Nach Gumbinnen.»

«Gumbinnen, ah ja... Da fällt mir Friedrich Wilhelm IV. ein, unser geliebter preußischer König. An den haben die Bürger von Gumbinnen mal geschrieben und ihn untertänigst gebeten, doch bitte den Namen des Flusses zu ändern, an dem ihr Städtchen liege...»

«An welchem hattet denn jelegen?»

«An der Pissa.»

«Quatsch!»

«Doch. Solche Namen gibt's nun mal. Ich hab 'ne Tante, die kommt aus Wassersuppe. Das ist hier in Brandenburg, die Ecke Hohennauen, Rathenow. Elli Schmitt, geboren in Wassersuppe.»

Yaiza Teetzmann freute sich. «Aba wat is nu mit Gumbinnen?»

«Die wollten also nicht an der Pissa liegen. Antwort des Königs: ‹Genehmigt. Empfehle Urinoco.›»

«Du, entschuldige...!» Yaiza Teetzmann stieß mich an. «Das da könnta sein...» Sie zeigte unauffällig auf einen Mann, der eben aufgetaucht war.

Es gab zwei Möglichkeiten, von der Straße auf den Bahnsteig zu gelangen: einmal durch das Empfangsgebäude hindurch und zum anderen auf direktem Weg eine Treppe herauf, die direkt hinter den Prellböcken am Ende der Strecke angelegt worden war.

Der Mann trug einen Wintermantel, der zu einem Rentner von achtzig Jahren gut gepaßt hätte. Ein breiter Gürtel, eine Khaki- oder Lodenfarbe, die unmöglich war. Dabei mochte er gerade Anfang Dreißig sein. Er war um einiges zu dick und hatte einen leichten Watschelgang. Und dies sollte Schwermers Killer sein: O Gott... Regelrecht verarscht kam ich mir vor.

Der Zug nach Wannsee bestand aus sechs Waggons. Wir waren etwa in der Mitte postiert, und unsere «Zielperson» ging gerade am Dienstabteil vorbei, also der letzten Tür des letzten Wagens. Der war schon ziemlich besetzt, und wer jetzt noch einen Sitzplatz haben wollte, vor allem am Fenster, der mußte schon ein ganzes Stückchen nach vorne laufen. So konnten wir davon ausgehen, daß unser Mann an uns vorbeikommen mußte. Wie einer, der die etwa zwanzig Minuten bis Frohnau und die Dreiviertelstunde bis Friedrichstraße stehen wollte, sah er wahrlich nicht aus. Er war so bieder, kraft- und harmlos, daß ich ihn mir eher mit einer Nuckelflasche in der Hand als mit einem Revolver vorstellen konnte. Ich sah keinen Grund, so richtig aufzuwachen. Yaiza Teetzmann schien es nicht anders zu gehen.

«Nach Wannsee – einsteigen bitte...»

Wir sahen uns an. Sollten wir auf den Mann zurennen, ihn festhalten und...? Oder sollten wir ihn in den letzten Wagen einsteigen lassen, selber in die Tür springen, die direkt vor unserer Nase offenstand, dann auf der nächsten Station aussteigen, nach hinten rennen und ihn...?

Yaiza Teetzmann wollte das eine, ich das andere.

So spurteten wir zunächst einmal in die entgegengesetzte Richtung, stoppten ab, liefen wieder aufeinander zu und fingen an, uns zu beschimpfen.

«Hier lang, Mann!» Sie wollte mich in ihre Richtung ziehen.

Ich riß mich los. «Quatsch! Komm, steig ein hier! Den kriegen wir doch in Lehnitz viel besser als hier.»

«Nach Wannsee – zurückbleiben!»

Die roten Lampen an den Wagen flammten auf, die Alarmsirenen schrillten, die Türen schlugen zu.

Ich sprang hin, um die mir nächstgelegene Tür wieder aufzureißen. Doch der Wagen stammte aus den dreißiger Jahren, und seine Technik war äußerst robust. Ich schaffte es nicht, gegen die Druckluft anzukommen. Der Spalt war viel zu schmal für mich. Es blieben mir nur Zehntelsekunden. Abspringen oder als S-Bahn-Surfer draußen kleben bleiben, bis wir Lehnitz erreichten... oder mich die Pfeiler an der Brücke abstreiften und die Räder mich zerschnitten...

30. Szene
Am Bahndamm

«...das muß im April gewesen sein... '45 natürlich, kurz vor Kriegsende. Der Zug ist von Oranienburg her gekommen und war voll mit Flüchtlingen. Auf den Trittbrettern haben sie gestanden, sogar auf der Lok vorn... auf den Dächern gesessen, auf den Pufferbohlen zwischen den Wagen. Ich war zwölf damals. Wir sind vor den Russen geflüchtet. Von der Oder, ja, aus Steinau. Das war in der Nähe von Liegnitz. Meine Mutter wollte ins Wasser gehen, wenn es so weit war, dann sind wir aber doch nach Berlin und von da weiter nach Friedrichsheide. Hier bei den Zinnas oben im ersten Stock sind wir einquartiert worden, meine Mutter, mein Bruder und ich. Mein Vater war noch Soldat. An der Westfront damals. Von da kam er dann in französische Kriegsgefangenschaft und hat in Lothringen in den Kohlebergwerken arbeiten müssen...»

Es war wie auf einer Geburtstagsfeier mit vielen älteren Verwandten. Krankheiten, Jugenderinnerungen, Kriegserlebnisse. Nur saßen wir nicht gemütlich am feingedeckten Kaffeetisch, sondern standen im eklig kalten Schneeregen in Harry Zinnas Garten und sahen zum Bahndamm hinauf. Aber nicht seine Familie war gekommen, sondern außer mir die örtlichen Printmedien und der ORB mit Uwe Madel, um für «Täter – Opfer – Polizei» etwas Spektakuläres zu haben. Und wem da alle lauschten, das war nicht meine Tante Elfie, sondern die Diplom-Medizinerin Elfriede Hinkel, derzeit ansässig in Wismar oben an der Ostseeküste. Sie kam langsam wieder auf den Vorfall zurück, um den sich heute alles drehte.

«...ja, der Zug. Vorn am Bahnübergang war ein Wehrmachtswagen steckengeblieben. Notbremsung. Viele Leute fielen herunter, vor allem die, die auf den Dächern saßen und keinen Halt mehr fanden. Es gab eine Menge Verletzte, Knochenbrüche, Kopfplatzwunden, Gehirnerschütterungen. Einen hat es aber besonders schlimm getroffen. Einen jungen Mann, achtzehn vielleicht. Der hatte auf den Puffern gesessen und war zwischen zwei Wagen auf die Schienen gefallen. Ein Arm und ein Bein abgetrennt...»

Wir schwiegen einen Moment und starrten auf den aufgeweichten Boden.

«Also nicht abgehackt», sagte Zinna in die Stille hinein.

Die Ärztin fuhr fort. «Ich habe vorhin bei den Kollegen angerufen, die mit der Untersuchung des Skeletts beauftragt sind. Noch ist das Gutachten nicht fertig, fest steht aber, daß es sich wirklich um eine ‹Eisenbahnüberfahrung› handelt. Die Knochen sind in typischer Art zertrümmert. Das sieht ein Fachmann ganz genau, ob das eine Axt gewesen ist, eine Säge oder der Spurkranz eines Eisenbahnwaggons. Ein Mord scheint ebenso ausgeschlossen wie ein Selbstmord. Typisch für eine Selbsttötung ist vor allem, daß man den Kopf auf die Schienen legt – und zwar in Bauchlage. Auch die Verletzungen am Kopf, so die Spezialisten, deuten in unserem Falle ohne jeden Zweifel auf einen Unfall hin.»

Ich sah Zinna von der Seite an. Er wirkte sehr zufrieden, fast triumphierend. Sicher, nun war er reingewaschen.

Die Frau aus Wismar wurde vom Reporter des *Generalanzeigers* gebeten, doch einmal genauer zu schildern, was mit dem Unfallopfer denn anschließend geschehen sei.

«...das liegt doch auf der Hand: nach ein paar Minuten ist er gestorben. Ich weiß nur, daß alle fürchterlich geschrien haben und die Blutung nicht mehr zu stillen war.»

Ich konnte mir nicht verkneifen, etwas zu murmeln, das Zinna böse gucken ließ. «...und da beschloß sie, Ärztin zu werden.»

«Bitte...!?» Die Ärztin fixierte mich.

«Nichts weiter, Entschuldigung.» O Gott, wenn ich in dieser Sekunde einen Herzinfarkt erlitt, schickte sie mich sicherlich vollends ins Jenseits hinüber.

War das der Beweis, der Beweis dafür, daß Zinna hier gewaltig trickste? Daß er eine alte SED-Gefährtin angeschleppt hatte, um uns diese Story aufzutischen. Wenn ja, war das sehr geschickt gemacht. Keine andere als eine Ärztin hätte das so gut verkaufen können.

«Ein langgezogener Pfiff von der Lokomotive vorn, alle sprangen wieder auf. Der Zug fuhr weiter, der Tote blieb zurück. Meine Mutter und Frau Zinna hoben dann ein Grab für ihn aus. Hier am Bahndamm gleich, wo er dann gelegen hat, bis ihn die Bauarbeiter neulich... Was sollten sie machen: ein ordentliches Bestattungswesen gab es ja nicht mehr. Wer der Mann war und wen sie benachrichtigt haben, weiß ich nach so vielen Jahren natürlich nicht mehr.»

Hinter uns in Zinnas doppelstöckigem Haus klingelte das Telefon. Die Tür zum Garten stand offen. Seine Frau lief hinein.

Die Medizinerin war mit ihren Ausführungen am Ende. «Weiter weiß ich nichts mehr. Ja, meine Mutter und die alte Frau Zinna sind schon seit Jahren tot und können keine Auskunft mehr geben.»

«Und mit Reinkarnation läßt sich da nichts machen?» Ich wollte die Ärztin, die mir zu machtbewußt und böse erschien, soweit provozieren, daß sie ihre Deckung ein wenig fallen ließ.

Aber obwohl die Umstehenden lachten, blieb sie voll beherrscht. «Nein. Das wird ein so guter Mensch gewesen sein, daß er ohne weitere Umwege ab ist ins Nirwana.»

Damit war sie die Siegerin, und als ich Zinna fragte, was denn mit den Gegenständen sei, die möglicherweise aus dem Lager Sachsenhausen stammten, zuckte er nur mit den Schultern.

«Keine Ahnung. Die sind ja auch nicht direkt da gefunden worden, wo der Tote begraben war, sondern weiter zum Zaun hin. Wer weiß, was da noch...»

Die ORB-Leute baten die Ärztin, zum Bahnhof Oranienburg mitzukommen. Da standen noch ein paar alte Eilzugwagen, und man konnte das, was sie erzählt hatte, besser ins Filmische umsetzen, wenn man zusätzlich zum Bahndamm hier noch die Puffer zeigte, auf denen der junge Mann gesessen hatte, und die Räder mit ihrer Guillotine-Wirkung.

Als man losziehen wollte, erschien Frau Zinna in der Tür und suchte ihren Mann.

«Du, da war 'n Anruf... der Uhlig ist tot.»

Ich fuhr zusammen. Mein Kronzeuge dafür, daß Woerzke nicht Woerzke war.

«Der Gerhard Uhlig aus Lindow, vom Wutzsee der...?» hörte ich Zinna fragen.

«Ja.»

31. Szene
Kreiskrankenhaus

Für einen Toten war Gerhard Uhlig ziemlich munter. Zwar hatte man ihn mit einem Höchstmaß an Gips- und Mullverbänden, Schläuchen, Kabeln und dergleichen ausgestattet, doch die Ärzte auf der Intensivstation hatten nichts dagegen, wenn ich knappe zehn Minuten mit ihm sprach. Ich desinfizierte mir die Hände, bekam einen weißen Kittel gereicht, zog ihn an und trat ans Krankenbett.

«Hallo, Herr Uhlig. Herzlichen Glückwunsch zum Überleben und gute Besserung.»

«Danke. Wenn Sie hier sind, dann...»

«...ist es mehr als ein gewöhnlicher Verkehrsunfall, ja...» Ich setzte mich auf den Stuhl neben das Bett. Direkt vor seine Ente, in der Urin von einer Farbe schwappte, wie ich sie noch nie gesehen hatte. Orange war das schon.

«Vom Fahrer noch immer keine Spur?»

«Nein.» Ich hatte mich natürlich umgehört. «Wie ist es denn passiert?»

«Auf dem Fahrrad. Ich wollte nach Klosterheide rauf zu meiner Schwester. Kurz hinter Lindow. Plötzlich stößt mich eine Riesenhand nach vorn und ich fliege durch die Luft... Das ist das Ende... Irgendwie bin ich erleichtert, so richtig gespannt, was nun noch kommen wird... Ein Schmerzstoß, dann versinke ich irgendwie in einem weißen Nichts... Als wenn ein Flugzeug durchsackt, durch die Wolken durch.» Er schloß die Augen.

Etwas, was ich auch ganz gerne getan hätte. «Bei Zinna hieß es, sie seien tot...?»

«Totgesagte leben länger...»

Wenn ich etwas haßte, dann Phrasen dieser Art. Aber von einem schwerverletzten Menschen konnte man sicher keine Aperçus erwarten, von einem ehemaligen SED-Kreissekretär erst recht nicht.

Ich mußte zur Sache kommen, die Minuten verrannen. «Haben Sie denn noch einmal über Woerzke nachgedacht...?»

«Über Werner Wolmir, ja. Und herumtelefoniert überall. Aber er ist und bleibt verschwunden.» Uhlig brach ab und hob den Kopf ein wenig. «Meinen Sie, daß die mich vielleicht deswegen...?»

«Das ist mit an Sicherheit grenzender Wahrscheinlichkeit nicht auszuschließen.»

«Was werden Sie jetzt tun?»

Ich reagierte ausweichend. «Es wohl weiterhin auf kleiner Flamme kochen müssen...»

«Soll ich noch mal mit Koppatz reden?»

Ich erschrak. «Haben Sie denn schon?»

Er war erstaunt. «Sollte ich denn nicht?»

«Doch, doch...» Ich hatte nur anderthalb Minuten, um da nachzuhaken. Unser Gespräch war in Teilen viel schleppender abgelaufen, als sich dies hier schildern läßt. «Sie waren befreundet, Koppatz und Sie...?»

«Ja...»

Ich hörte das Aber heraus und wollte mehr darüber wissen.

«Nun...» Uhlig fiel das Sprechen immer schwerer. «Eine alte Rechnung, der Schnee von gestern... Seine Mutter hat 1953/54 treu zu Walter Ulbricht gehalten, meine Eltern standen Zaisser und Herrnstadt ziemlich nahe... Sie wissen ja: Verlust aller Funktionen, Ausschluß aus der Partei...»

«Aber als es gegen den falschen Waldemar ging, da war er Ihnen als Verbündeter gerade recht?»

«Ja...»

«Herzlichen Dank dann, Herr Uhlig.»

32. Szene
Mordkommission

«Da fällt mir zunächst nichts weiter ein als der Witz mit dem Papagei, der auf dem Ozeandampfer fährt...» Koppatz mußte einen Moment nachdenken, bevor er die Geschichte zusammenbekam. «Sitzt er auf der Kommandobrücke und krächzt: ‹Geh doch endlich unter, du verdammter Kahn!› Sekunden später gibt es unten im

Maschinenraum eine heftige Explosion – und das Schiff geht tatsächlich unter. Der Papagei kann an Land fliegen, leidet aber sein Leben lang unter seiner schweren Schuld, weil er glaubt, das Schiff sei nur aufgrund seines Ausrufs untergegangen.»

Sabbernd und schmatzend ahmte Volker Vogeley Reich-Ranicki nach. «Was will uns der Künstler damit sagen?»

«Daß es nichts als reiner Zufall ist, daß Luise Tschupsch ausgerechnet einen Tag vor Woerzkes Heimkehr erschossen worden ist.»

Ich hatte die nächstbeste Dienstbesprechung genutzt, um mit Koppatz über meinen Verdacht zu reden. Und zwar im Beisein von Volker Vogeley und Yaiza Teetzmann. Waren beide eingeweiht, konnten sie mich nicht so ohne weiteres eliminieren. Schwermer und seine Hintermänner, der connection, der auch ein Karl Ernst Koppatz angehören konnte. Unmöglich war ja in diesem Lande seit Barschels Tod schon lange nichts mehr.

«Daß Gerhard Uhlig fast totgefahren worden ist, wäre dann schon Zufall Nummer zwei», sagte ich mit Blick auf Koppatz.

Er senkte den Kopf. Seit er wußte, daß ich ihm wegen seiner Bordellkontakte die Hölle heißmachen konnte, war er ausgesprochen lieb zu mir. «Sicher, der hat überall gegen Woerzke gestänkert und das Gerücht verbreitet, daß er nicht echt sei. Bei mir ist er auch gewesen, deswegen. Aber Woerzke hat die notwendigen Papiere inzwischen alle beigebracht – die Geburtsurkunde, die Einbürgerungsurkunde in die USA... Und sie sind alle echt.»

Ich lachte. «Wie leicht das alles zu fälschen ist, wissen wir ja spätestens seit den Hitler-Tagebüchern.»

«Hackenow hat ihn deutlich identifiziert – und x andere auch.»

«Sie alle haben ihn seit 1945/46 nicht mehr gesehen – und da war er gerade achtzehn Jahre alt. Und Gerhard Uhlig schwört, daß es sich bei diesem speziellen ‹Spätheimkehrer› nicht um Waldemar v. Woerzke, sondern um seinen alten Spezi Werner Wolmir handelt.»

«Lieber Mannhardt, Sie haben die Phantasie eines Romanschriftstellers.»

«Das freut mich und versetzt mich in die Lage, mich in andere hineinversetzen zu können... In Wolfram Schwermer beispielsweise... So wie die Dinge standen, hätten Zinna und die Gemeinde Friedrichsheide den ganzen Woerzke-Komplex zugesprochen bekommen, um ihre Pläne zu verwirklichen. Mit Woerzkes Auferstehung aber wird die Havelland-Invest alles bekommen. Das heißt, der falsche Waldemar als ihr Homunkulus wird ihnen alles verkaufen. Für 'n Appel und 'n Ei, wenn er nicht eh ein Mafioso von drüben ist oder einer aus Rußland.»

«Brauch ick gar keenen ‹Stern› mehr lesen, wenn ick dich so höre...» Auch Yaiza Teetzmann fand das alles zu phantastisch. «Ick gloobe nur, det zwee Pfund Rindfleisch 'ne jute Brühe jehm...»

Koppatz sah sie an. «Im Klartext?»

«Der Woerzke is so echt wie mein Daumen hier, und die Tschupsch is von eenem Psychopathen abgeknallt worden, der Lehrerinnen haßt.»

«Einspruch!» Volker Vogeley hatte so lange schweigend dagesessen und in Gedanken wahrscheinlich wieder an einem Liedchen gebastelt. «Für mich ist der Täter eines der hohen Tiere, die da in der Spessartstraße rumgevögelt haben.»

Ich klopfte ihm auf die Schulter. «Mit Volker Vogeley gegen jede Vögelei!»

«Geht's ein bißchen ernster?» fragte unser Vorgesetzter.

«Etwas Karl-ernster immer», brummte Volker Vogeley.

«Gut...» Ich holte sehr weit aus – weiter ging's kaum noch. «Was man vom Weltall sieht – die Sonnen, die Nebel, die Planeten, die Monde –, das alles ist nur ein Bruchteil der Materie, die eigentlich vorhanden sein müßte. Die größte Masse ist offenbar dunkle Materie, völlig unsichtbar für uns. Und so ist es auch im Falle der Fälle Tschupsch und Woerzke. Ich sehe ganz wenig und weiß so vieles nicht. Wer was getan hat und denkt, wer falsch ist und wer echt, wer die Wahrheit sagt und wer nur blufft, vor allem aber: wer mit wem in welchen Vernetzungen steckt.»

Yaiza Teetzmann klatschte Beifall. «Mann, du solltest Professor werden! Mindestens bei der FHVR. Wenn de imma da bist, bleibste vielleicht ooch nich mehr im Fahrstuhl stecken.»

Ich überhörte ihren Spott. «Ich will nichts weiter als das Placet haben, mich ein wenig intensiver um Woerzke zu kümmern.»

Koppatz nickte. «Schön, machen Sie mal.»

Ich hoffte nur, daß das nicht mein Todesurteil war.

33. Szene
Kurfürstendamm

Schon anderthalb Stunden lang dackelte ich Black / Woerzke / Wolmir und Joan hinterher. Es war insgesamt schon der dritte Tag, an dem ich sie auf all ihren Wegen zu begleiten suchte. Unauffällig natürlich. Immer in der Hoffnung, sie beim Treff mit Leuten zu erwischen, die irgendwie etwas mit der Organisierten Kriminalität zu tun hatten. Aber nichts geschah. Fast sah es so aus, als sei er gewarnt worden. Auch mit der anderen Möglichkeit wurde es nichts. Daß er irgend jemanden besuchte, den ich hinterher nach einem möglichen Störgefühl hätte fragen können.

Wir überquerten die Leibnizstraße und gingen weiter in Richtung Gedächtniskirche. Er hatte Joan untergehakt. Sie trug Stiefel und einen Pelzmantel und hätte, langbeinig wie sie war, auch als Mannequin Chancen gehabt, sogar bei Lagerfeld. So schien es mir jedenfalls. Von daher hatte der falsche Waldemar echt Schwein. Den Mann hätte ich gerne gesehen, der mit solchem Köder im Bett nicht Volk und Vaterland verriet, zumindest aber als Werner Wolmir den Woerzke spielte.

Mir war das alles sonnenklar, doch meine Indizien hätten keinem Staatsanwalt geschweige denn Richter genügt, den großen Aufriß zu machen. Die Devise war ja: nur keinen Investor vergraulen. Und der Staat war ja eh mehr oder minder der Büttel der Feudalherren neuen Typs, der Unternehmer und Bankiers. Deren Eifer, dem falschen Waldemar die Larve vom Gesicht zu reißen, ging sicher gegen Null. Wer mir da helfen konnte, waren eigentlich nur *Bild* und die anderen verfemten Blätter. Doch mich da zu melden, wagte ich (noch) nicht. Einmal hätte ich gewaltigen Zoff mit Heike bekommen, aus ideologischen Gründen, und zum anderen ein Disziplinarverfahren riskiert, wäre, wie die Dinge standen, wohl rausgeschmissen worden.

Also blieb mir nur formal richtiges Handeln. Aussichtslos war es nicht. Ich hatte ja nicht nur die Chance, Leute zu finden, die den echten Waldemar v. Woerzke in den Jahren 1928–1946 gekannt hatten, sondern auch enge Bezugspersonen von Werner Wolmir. Wie mir die einen den falschen Waldemar bestätigen konnten, so die anderen den echten Wolmir. Yaiza Teetzmann war eifrig dabei, sich in Hannover umzuhören. Immer natürlich unterstellt, daß Gerhard Uhlig mit seiner Hypothese richtig lag. Aber auf die Stasi war in dieser Hinsicht sicherlich Verlaß. Vielleicht klappte es auf dieser Schiene.

Black / Woerzke / Wolmir und Joan erreichten die Uhlandstraße und steuerten das «Café Möhring» an. Ich wartete einen Moment am Eingang des «Maison de France» und folgte ihnen dann auf die andere Straßenseite hinüber. Ein schneller Blick durch die Fensterscheibe. Sie saßen schon an einem der Tische. Und zwar mit einem meiner guten alten Bekannten zusammen, Wolfram Schwermer von der Havelland-Invest.

Scheiße. Um das herauszubekommen, hätte ich mir nicht tagelang den Arsch aufreißen müssen.

Ich wandte mich zur U-Bahn, um nach Hause zu fahren zu Heike und Sylvester. Vom Kurfürstendamm mit der U9 zum Leopoldplatz und dann mit der U6 rauf nach Tegel.

Beim Warten auf dem Bahnhof las ich, daß sie gestern am Kudamm einen reichen russischen Ikonenhändler erschossen hatten. Geradezu «hingerichtet», wie es hieß.

Vielleicht tat mir einer den Gefallen und wiederholte das mit Black / Woerzke / Wolmir.

34. Szene
Schloßhotel Friedrichsheide

Ich saß im Restaurant, ganz versteckt in der hintersten Ecke, und wartete auf Black / Woerzke / Wolmir, der irgendwann mit Joan zum Abendessen erscheinen sollte. Der Ober hatte mir dieses schon mehrfach glaubhaft versichert.

Neben mir hatte ich Bibiana Borkowski plaziert, Wolmirs ehemalige Sekretärin aus Hannover. Yaiza Teetzmann hatte sie nach vielen Mühen aufgespürt, und ich hatte soviel Druck auf Koppatz ausgeübt, daß mir gestattet worden war, sie auf Staatskosten anreisen zu lassen. Wenn jemand den falschen Waldemar entlarven konnte, dann sie. Auf die Idee dazu war ich nach dem letzten Dialog mit Gerhard Uhlig gekommen. Er war ja nach wie vor felsenfest der Meinung, Woerzke sei kein anderer als Werner Wolmir.

Bibiana trug einen kurzen schwarzen Rock und zeigte soviel Bein, daß ich mir nichts anderes mehr vorstellen konnte als das Eine. Über uns gab es Zimmer genug. Mit ihr ins Bett fallen und damit aus der Zeit. Nur als streunende Hunde waren wir Männer richtige Männer.

Krampfhaft suchte ich nach einem Thema, das mich ablenken konnte, doch außer Wolmir gab es zunächst nicht viel.

«Er ist dann einfach abgetaucht nach Amerika...?»

«Na logo.»

«Obwohl Sie...» Ich hatte sie in Berlin vom Bahnhof abgeholt und schon von ihr erfahren, daß sie mit Wolmir auch eine ziemlich heftige Affäre gehabt hatte.

«Der hat mich doch nur zum Entsaften gebraucht.»

Hätte ich auch gerne. Und wenn das ein Kriminalroman gewesen wäre und nicht der dröge Alltag eines bundesdeutschen Kripomenschen, hätte ich schon längst über, neben oder unter ihr gelegen und mir einen abgerammelt. Aber so blieb mir nur die Verdrängung und die Phantasie. Wie es sich für den Beamten meines Ranges schickte. Statt des ekstatischen Stöhnens nur die sachlich kühle Frage nach den Umständen vor Wolmirs Abgang nach Amerika.

«Das ist doch total easy. Du hast Schulden. Was machst du da, wie kriegst du auf die Schnelle Kohle? Riesige Anzeigen in den Zeitungen, Billigangebote. Eine Woche Mallorca, was weiß ich, fünfhundert Mark. Verdienst du keine müde Mark mit, aber du hast wieder Geld in der Kasse. Damit bezahlst du die Hotels, die Fluggesellschaft und was weiß ich. Bist du erst mal gerettet. Aber das machst du nicht lange. Noch ein fetziges Angebot, Bali, die Malediven, was weiß ich. Die Leute strömen in dein Reisebüro. Du kassierst ab. Vorkasse alles. Dann nimmst du das Geld und verpißt dich.»

Bibiana hatte erkannt, wie das Leben war. Meine Lust auf sie verging mir mit jedem weiteren Wort von ihr. Und als sie nun auch noch zu rauchen anfing, war es aus mit jeder Erektion. Sie arbeitete derzeit bei Siemens und ihre ganze Liebe galt ihrem Bowlingverein. Die nächste Viertelstunde nervte sie mich mit ihren Berichten von Wettkämpfen gegen so berühmte Mannschaften wie St. Peter-Ording oder was weiß ich.

Sehnsüchtiger als ich den Black/Woerzke/Wolmir konnte auch

Wellington die Preußen nicht erwartet haben. Ich sagte ihr noch einmal, was sie zu machen hatte.

«Sie gehen auf den Tisch zu, an dem er sitzt, und fallen ihm fast um den Hals. ‹Mensch, Werner!› und so. Ich verschwinde hier durch die Tür zur Toilette, und wir treffen uns dann draußen in meinem Wagen wieder.»

«Okay, hab ich gecheckt.»

Wir langweilten uns noch etliche Minuten. Sie mich mit ihrem Bowlingsport, ich sie mit meinen Berichten über die Misere Berlins. Da erschien Black / Woerzke / Wolmir mit Joan im Schlepp. Natürlich. Ich schlüpfte hinter die Sichtblende und verfolgte, wie das Paar sich setzte. Er im dunklen Anzug, sie so aufgetufft, als würde sie am Kapitänstisch eines Kreuzfahrtschiffes sitzen.

Kaum hatte der Ober die Speisekarte gebracht, da stürmte Bibiana auch schon los. Es war schon eine schauspielerische Glanzleistung, wie sie Black / Woerzke / Wolmir umarmte. Doch dann geschah das, womit wir eigentlich hatten rechnen müssen: Joan drehte durch. Mit ein paar rüden amerikanischen Sprüchen scheuchte sie Bibiana zur Tür. Nichts da mit einer gemütlichen Plauderei zu dritt und Zeit für sie, die «Zielperson» in aller Ruhe in Augenschein zu nehmen.

Durch die Toilette kam ich zum Hof und von da auf den Parkplatz. Bibiana Borkowski stand schon frierend vor meinem Wagen.

«Na, is er's, der Wolmir ...?»

«Ja, hundertprozentig.»

35. Szene
Am Lehnitzsee

Es war kurz nach 21 Uhr. Wir, das heißt, Yaiza Teetzmann und ich, standen in der Nähe des «Eiscafé Dietrich», also auf der Oranienburger Seite des Lehnitzsees und warteten auf den Mann, der mit einiger Wahrscheinlichkeit Luise Tschupsch erschossen hatte. Bis es zu diesem Einsatz gekommen war, hatte es vieler zeit- und kraftaufwendiger Kleinarbeit bedurft, und dies hier alles im Detail zu schildern, ist nicht möglich.

«Ihr seit ja dümmer, als die Polizei erlaubt!» So Volker Vogeleys Ausruf, nachdem wir ihm von unserer morgendlichen Panne auf dem Bahnhof Oranienburg berichtet hatten. Und: «Was ihr nicht im Kopf habt, muß ich in den Beinen haben.» Richtig, denn während ich Black / Woerzke / Wolmir auf den Fersen war, hatte er mit Yaiza Teetzmann zusammen Oranienburg und Umgebung abzuklappern und die Leute zu fragen gehabt, ob sie den Mann auf unserer Phantomzeichnung wohl kannten. Während dieser Zeit kam bei Yaiza ein Krankheitsbild zum Vorschein, das sie bis dahin noch nicht gezeigt hatte, das aber in der Verwaltung an sich recht häufig anzutreffen ist: die Manie, alles in Zahlen und Prozenten festzuhalten. Bei insgesamt 5000 befragten Personen hatten 77,8% die Antwort «Keine Ahnung, kenne ich nicht» gegeben und 4,2% gemeint, «Der eine von Dick und Doof». 410 Befragte (= 82,0%) fielen also aus, genau 90 hatten Namen genannt. Diese verteilten sich auf sage und schreibe 28 Personen. Nur bei fünf Männern hatten sich die Angaben etwas gehäuft. Spitzenreiter war mit 13 Nennungen (= 2,6%) ein gewisser Jens-Olaf Paprotzki, dann folgte mit 7 Nennungen (= 1,4%) ein Bankangestellter mit Namen Sven Viebak. Und da sich Paprotzki seit vier Wochen mit einer komplizierten Viruserkrankung in einer Hamburger Klinik aufhielt, begannen wir an diesem Abend mit Sven Viebak. Er wohnte mit seiner Mutter zusammen in der Rüdesheimer Straße, die direkt zum Lehnitzsee hinunterführte. Volker Vogeley wartete dort in sicherer Deckung, um uns anzufunken, wenn Viebak das Haus verließ. Wir hatten lange hin und her überlegt, uns aber nicht für eine Hausdurchsuchung nur aufgrund unseres «Umfrageergebnisses» entschließen können. Wahrscheinlich hätten wir vom Richter eine bekommen, denn dieser Viebak war tatsächlich der Mann, der auf dem Bahnhof Oranienburg in den S-Bahnzug gesprungen war, doch Koppatz hatte dagegen argumentiert. Er würde gewarnt werden, und die Tatwaffe hätte er sicherlich nicht offen auf dem Küchentisch liegen. Besser wäre es allemal, wir würden ihn auf frischer Tat ertappen.

So kam es, daß Yaiza Teetzmann frierend neben mir stand und nicht nur eine kugelsichere Weste trug, sondern unter der weiten Kapuze ihres Anoraks auch eine Art Stahlhelm. Für den Fall, daß Viebak ein Serientäter war und auch sein zweites Opfer mit einem Kopfschuß töten wollte.

«Mann, is det unanjenehm mit dem schweren Ding uff'm

Kopp. Dauand kippta zur Seite wie bei so'm alten Teddy, wo die Sägespäne raus sind.»

«Sägespäne im Kopf, interessant...»

Yaiza Teetzmann trat mir kräftig auf den Fuß. «Fünf Mark in die Chauvikasse.»

«Dieser zärtliche Körperkontakt mit dir wäre mir auch glatt das Zehnfache wert gewesen.» Ich rieb mir mein Hühnerauge. «Obwohl du derart nach Knoblauch duftest...»

«Wir warn beim Griechen essen.»

«Auch ein so armes Land wie Brandenburg sollte seinen Beamten beim paarweisen Einsatz eine Dienstzahnbürste spendieren.»

«Wozu'n, wenn der mir nachher doch in'n Mund schießt... Wie bei der Tschupsch.»

«Hör auf!»

«Hoffentlich jehta oben spazieren inna Bernauer Straße und nich hier unten am See.»

Oben stand Koppatz, um sich um Viebak zu kümmern. «Den wird er ja nicht gerade für'n attraktives Weibsbild halten.»

«Manchmal kann 'n Irrtum ooch janz segensreich sein.»

«Du hast doch noch zuwenig Dienstjahre, um seine Stelle zu kriegen.»

«Der Arsch, der will Volker zum Lehrgang schicken und nicht mich... Obwohl ich sicher besser bin und nicht dauernd mit meiner Gitarre rumziehe, pling-pling machen.»

«Und womit begründet er das?»

Sie äffte Koppatz nach. «Sie werden ja doch bald Mutter werden...»

«Schön, wie schnell er die westlichen Verhaltensmuster übernommen hat.»

«Is mir ejal, mir is nur kalt.» Yaiza Teetzmann fror erbärmlich. Um für Viebak interessant zu sein, hatte sie sich keine langen Hosen angezogen, sondern war in Rock, heller Strumpfhose und Stiefeln erschienen.

«Mit deiner gütigen Erlaubnis könnt ich dich ja wärmen. Aber nicht, daß du nachher zum Personalrat rennst und von sexuellen Übergriffen am Arbeitsplatz sprichst.»

«Ick erlaube dir allet. Allet nich, aba...»

Es war köstlich, sie im Arm zu halten. So wie wir das Liebespaar spielten, wäre das für jeden Lehrfilm ein Knüller geworden. Ich hörte die betont sachlich-coole Stimme des Kommentators: ‹Nach Abschnitt 2.1.2.4 der PDV 100 ist bei einer Observation der Einsatz zweier als Liebespaar getarnter Polizeibeamter nur dann gestattet, wenn ausgeschlossen werden kann, daß es zum Petting kommt.›

Ich war schon ein wenig am Stöhnen, als Volker Vogeley sich meldete. «Er kommt gerade aus dem Hausflur und ... wendet sich nach rechts, zum See hin also ...»

«Okay. Bei uns läuft alles nach Plan.»

«Is dir wirklich eena abjegangen?» fragte Yaiza Teetzmann.

«Nein.»

«Du bist 'ne Marke.»

«Du nicht minder.»

Damit lief ich los. Auf einer Art Strandpromenade, einem weithin befestigten Weg, ging es nordostwärts zur Lehnitzschleuse hin. Sie lag am Ende des Sees, da, wo sich die Ausbuchtung noch weiter, das heißt, wieder zum Kanal verengte. Erst führte die B 273, die von hier nach Schmachtenhagen ging, über den Oder-Havel-Kanal, dann kam die Schleuse. Wenn Viebak an diesem diesigen Abend wirklich etwas plante, dann bot sich erst nach knapp fünfhundert Metern eine Gelegenheit. Hier lagen ein Stückchen hinter dem See zwei verschlammte Teiche, und der Weg führte durch ein Waldstück mit wenigen Bäumen und viel Gestrüpp. An dieser Stelle sollte ich auf Yaiza Teetzmann warten und eingreifen, wenn Viebak sie bedrohen sollte. In der Theorie war das alles ganz herrlich gegangen, aber jetzt stellte sich heraus, daß wir das Licht der wenigen Laternen viel heller eingeschätzt hatten, als es wirklich war. Andauernd trat ich in irgendein Loch und knickte um oder rutschte auf dem nassen Boden aus. Scheiße!

Ich rannte am Rande eines Sportplatzes entlang, erreichte das Ende der Mainzer Straße, kam an einem langgestreckten Zaun vorbei und hörte rechts von mir die Wellen gegen Schilf und Ufer klatschen. Der Schneeregen setzte wieder ein. Kein Schwein war bei diesem Wetter unterwegs. Idiotisch zu glauben, daß Viebak da auf ein Opfer hoffte.

Endlich war ich an der vorherbestimmten Stelle und versteckte mich hinter einigen umgestürzten Weiden.

Es dauerte vielleicht vier Minuten, dann kam auch Yaiza Teetzmann. Und knappe dreißig Meter hinter ihr der Mann, den ich schon vom Bahnhof kannte. Daß er schon so dicht hinter Yaiza war, verhieß nichts Gutes. Ob er nicht merkte, daß das eine Falle war? Wahrscheinlich befand er sich schon im Ausnahmezustand.

Ich hatte Angst um Yaiza. Schön, Kopf und Körper waren geschützt, aber nicht Arme, Beine und ihr herrlicher Hintern, an dem ich mich eben noch...

Viebaks rechte Hand fuhr in die Manteltasche.

Sein Revolver...

Zwar sah ich ihn nicht, aber wenn er...

Ich verlor die Nerven.

Mit zwei, drei Sprüngen war ich hinter ihm.

«Polizei! Nehmen Sie die Hände hoch!»

Er fuhr herum.

Ich warf mich auf ihn wie ein Verteidiger beim American football und rammte ihn zu Boden.

Yaiza Teetzmann war heran.

«Hast du ihn?»

«Ja.»

«Der hat wirklich 'n Revolver bei sich gehabt.»

Sie stieß ihn mit dem Fuß beiseite, um ihn aufzuheben.

36. Szene
Mordkommission

Ich wußte nicht so recht, ob ich lachen oder weinen sollte, mein Hochgefühl genießen oder voller Frust herumfluchen. Diese ewige Scheiße des Einerseits-und-anderseits. Der Mensch war und blieb in Teilen ein Raubtier, und als solches freute ich mich, meine Beute endlich geschlagen zu haben. Man konnte ersatzweise Erfolgserlebnis dazu sagen oder Selbstbestätigung, auch murmeln «...nur meine Pflicht getan», es blieb dasselbe. Wenn aber dieser Sven Viebak wirklich Triebtäter und Einzelgänger war, dann brach meine ganze schöne Killer-Konstruktion in sich zusammen und damit fast auch die Chance, Woerzke zu entlarven und Schwermer zur Strecke zu bringen. Und das ließ mich ziemlich depressiv werden, denn ich hatte mich in Woerzke furchtbar verbissen.

Immer wieder knöpften wir uns Viebak vor.

«Sie arbeiten bei der Brandenburgischen Vereinsbank in Berlin?»

«In Hermsdorf, ja... als Filialleiter.»

Ich konnte mich nicht erinnern, ihn in meiner Hermsdorfer Zeit dort gesehen zu haben... Aber, Quatsch, das war ja noch zu DDR-Zeiten gewesen, und er hatte, 34 war er jetzt, damals in Ostberlin gearbeitet.

Yaiza Teetzmann nahm den Faden auf. «Sie sind nicht verheiratet... und waren es auch nicht?» Bei Vernehmungen legte sie immer ihr bestes Hochdeutsch an den Tag.

«Nein...»

«Eine Freundin...?»

«Im Augenblick nicht...»

Ich fragte ihn, ob ihm die Spessartstraße etwas sagte, der ‹Dionysos-Club›.

«Nein...»

Das klang so, als sei er schwul, doch Volker Vogeley hatte schon herausgefunden, daß es zumindest zwei flüchtige Affären mit einer Nachbarin und einer Kollegin gegeben hatte. Kein ungewöhnliches Sexualverhalten, nur gewisse Ejaculatio-praecox-Andeutungen.

«Sie wohnen bei Ihrer Mutter?»

«Ja...»

«Und haben immer dort gewohnt?»

«Ja... Mit Ausnahme meiner NVA-Zeit.»

Da war natürlich sofort die Assoziation mit Loriot und dem «Ödipussi»-Film. Verklemmter Junggeselle. Fällt unter der Brücke über Luise Tschupsch her, die im schwachen Licht der Uferlaternen und zumal von hinten wesentlich jünger aussah, als sie war. Aber wo in der Kriminalgeschichte hatte es einen Fall gegeben, in dem eine Frau erst erschossen und dann mißbraucht worden war? Da reimte sich nicht viel zusammen. Allerdings, sie konnte sich gewehrt haben, so lange bis er die Nerven verloren hatte. Vielleicht mit Spott und abwertenden Bemerkungen, so im Ton der alten Oberlehrerin. Ging man es von daher an, war er wieder in hohem Maße verdächtig.

Volker Vogeley kam herein und flüsterte mir etwas ins Ohr.

Daß Viebak bei der Brandenburgischen Vereinsbank einen außerordentlich guten Ruf habe und nicht im entferntesten an Unregelmäßigkeiten, Veruntreuungen und dergleichen zu denken sei... Ich war um eine Hoffnung ärmer. Hätte ja sein können, daß er von Schwermer und seinem Mafia-Clan erpreßt worden war.

Volker Vogeley ging wieder, wir konnten weitermachen.

«Ihre Mutter ist zur Kur in Bad Liebenwerda?»

«Ja...»

Dieses Puddinggesicht brachte mich langsam in Rage. Wenn er nur nicht bei jedem debil gedehnten Ja oder Nein so buddhahaft gegrinst hätte. Fast mußte ich meine rechte Hand mit der linken umklammern, um ihm nicht eine runterzuhauen. Ich hörte Heikes Lästermaul: «Es ist doch euer Job, einen Pudding an die Wand zu nageln...»

«Sie sind also abends nur mal eben so spazierengegangen?»

«Ja...»

Yaiza Teetzmann stieß nach und fragte, ob das genau so gewesen sei wie an dem Abend, an dem Luise Tschupsch ermordet worden war.

«Nein.»

«Was haben Sie da gemacht?»

«Ferngesehen.»

«Und was?»

«Nichts richtig, immer nur so durch die Programme gedrückt...»

«Zum Beispiel?»

Er zählte eine Reihe von Programmen auf. Fast zu genau. Wahrscheinlich hatte er die *Hör zu* auswendig gelernt.

«Allein?»

«Ja. Meine Mutter war ja schon zur Kur.»

Als Alibi war das natürlich wenig, aber als Indiz dafür, daß er der Täter war, auch nicht mehr wert. Wie diesen Pudding an die Wand nageln...?

«Gehen Sie immer mit einer Pistole in der Manteltasche spazieren?»

«Ja...»

Auch das war bei der allgemeinen Angsthysterie in deutschen Landen noch nichts, was zur Anklage reichte.

Yaiza Teetzmann schien Sven Viebak viel gleichmütiger hinzunehmen als ich. «Und warum sind Sie denn so dicht hinter mir hergelaufen?»

«Ich bin nicht hinter Ihnen hergelaufen, sondern Sie vor mir.»

Nun riß mir doch der Geduldsfaden. «So wie Luise Tschupsch unter der Eisenbahnbrücke!»

«Ich habe Frau Tschupsch nicht erschossen!»

Yaiza Teetzmann lachte. «Und die goldene Taschenuhr von Frau Tschupsch, die wir bei Ihnen gefunden haben, die ist Ihnen so mir nichts, dir nichts in Ihren Schrank gezaubert worden...?»

Viebak verblieb in stoischer Ruhe. Er hatte die Handflächen auf die aufgestellten Knie gelegt und den Oberkörper in eine aufrechte Stellung gebracht. «Ich verdiene genug, um mir viele solcher Uhren kaufen zu können.»

Ich sprang auf und schrie ihn an. «Quatsch! Wir sind doch keine Idioten hier! Sie waren im Anschluß an die Tat in der Wohnung von Frau Tschupsch, mit deren Schlüsseln, um von sich abzulenken, einen simplen Raubmord vorzutäuschen.»

«Nein...»

«Ich weiß: Sie haben diese Uhr von einem Russen auf dem Trödelmarkt an der Straße des 17. Juni gekauft – ha-ha-ha!» Höhnischer konnte ich es nicht zum Ausdruck bringen.

«Doch, so ist es aber.»

Das war die Sicherheit dessen, der wußte, daß er mit einem cleveren Rechtsanwalt von keinem Gericht der Bundesrepublik bei diesem Sachstand in den Knast geschickt werden konnte. Das In-dubio-pro-reo schützte ihn hundertprozentig. Wer nirgendwo Fingerabdrücke, Blut, Haare und Sperma hinterließ, war wohl immer aus dem Schneider. Lebenslänglich aufgrund solcher Indizien, wie wir sie hatten, schien undenkbar. Und daß die besagte Uhr wirklich Luise Tschupsch gehört hatte, war auch nicht naturwissenschaftlich exakt nachzuweisen, sondern nur eine vage Annahme ihres Bruders, der ein solches Stück stets bei ihr gesehen hatte und nun vermißte. Vielleicht hatte sie es selber verkauft, vielleicht war es ein Pendant, vielleicht gab es Hunderte davon.

Das Telefon klingelte und erlöste mich erst einmal von der Qual des Dialogs mit Viebak. Es war Thomas Sch., ein alter Bekannter von mir, der seit Jahren im Bundesaufsichtsamt für das Kreditwesen seinen Dienst versah. Zu meiner großen Freude konnte er mir die Mitteilung machen, daß die Firma Havelland-Investment GmbH zu den Kunden der Brandenburgischen Vereinsbank zählte. Aha. Bestand also immer noch die Möglichkeit, daß Schwermer und Viebak... Ja, aber es war irgendwie absurd. Ich bedankte mich und legte auf.

«Also, Herr Viebak...» Sein Gesicht verschwamm vor meinen Augen. Das war kein Gesicht mehr, das war nur noch eine Gummimaske, die er sich übergestülpt hatte. Dieses immergleiche Womitkann-ich-dienen-Lächeln war die reinste Psychofolter für mich. Noch unerträglicher war der Gedanke, daß er die Wahrheit hinter seiner schweißglänzenden Stirn quasi-materiell gelagert hatte, ich aber an diese Wahrheit ebensowenig herankam wie an das Geld von Fort Knox.

Wenn jetzt die gute Fee gekommen wäre und ich einen berufsbezogenen Wunsch freigehabt hätte, dann nur den: «Bitte, laß diesen Viebak nicht den Mörder sein.» Mein viel höheres Ziel war es ja, Woerzke zu entlarven – und dazu brauchte ich den Profikiller, der in seinem Auftrag geschossen hatte, und keinen psychisch kranken Individualtäter wie Viebak.

Und da nahte die gute Fee auch schon und zwar in Gestalt meines Kollegen Volker Vogeley.

Diesmal flüsterte er es nicht, sondern sagte ganz laut, was er eben erfahren hatte.

«Die Waffe, mit der Luise Tschupsch erschossen worden ist, ist nicht identisch mit der, die ihr bei Herrn Viebak gefunden habt.»

37. Szene
Wohnung Viebak

Mit Mühe und Not war es uns gelungen, Sven Viebak trotz der wütenden Attacken seines Anwalts noch so lange in der U-Haft festzuhalten, bis wir seine Wohnung sorgfältig durchsucht und mit seiner Mutter gesprochen hatten. Auch die Gegenüberstellung mit dem Juwelier, bei dem die Schmuckstücke der Ermordeten aufgetaucht waren, und dem Italiener aus Neukölln, Fabricio Longare, war noch in Szene zu setzen. Wir mußten uns beeilen.

Hannelore Viebak hatte sofort nach der Verhaftung ihres Sohnes ihre Kur unterbrochen und war nach Oranienburg zurückgekehrt. Von Beruf war sie Krankenschwester, aufgestiegen zur Oberschwester. Sie war etwa in meinem Alter und genau die Frau, nach der ich mich sehnte, wenn ich irgendwelche heftigen Schmerzen hatte oder ganz einfach einen depressiven Schub. Hannelore Viebak wirkte außerordentlich souverän, war hart und herzlich zugleich, mit ihrem durchtrainierten Körper und ihrer Volleyballerinnengröße aber auch ein beachtenswertes Lustobjekt. Ein bißchen erinnerte sie mich, ich kam nicht los von dieser Macke, an Evita Perón.

Sie hatte Yaiza Teetzmann und mir schnell einen Tee gekocht, und wir saßen auf ihrem schwarzen Ledersofa wie ein lieber Besuch. Volker Vogeley war inzwischen damit beschäftigt, sich im Zimmer ihres Sohnes umzusehen.

«Das ist alles wie ein böser Traum für mich. Und eine üble Verleumdung dieses versoffenen Trödlers.» Damit meinte sie den Juwelier in Tegel, bei dem der Schmuck aus dem Besitz der Ermordeten aufgetaucht war. «Ein Racheakt, nichts weiter. Der Mann kommt aus Oranienburg und hat sich gleich nach der Wende bei der Brandenburgischen Vereinsbank mehrere Kredite erschwindelt. Um zwei pompöse Schmuckläden am Kurfürstendamm und in der Friedrichstraße aufzumachen. Aber Sven ist ihm auf die Schliche gekommen, und er hat Konkurs anmelden müssen. Jetzt hat er da in Tegel auf'm Wochenmarkt 'nen Stand. Vielleicht sogar nur 'n Bauchladen.»

Das stimmte allerdings weithin. Viebak hatte in der fraglichen Zeit tatsächlich in der Kreditabteilung der Brandenburgischen Vereinsbank gesessen, und der prätentiöse Juwelier war nach der Betrugsaffäre zum billigen Schmuckhändler herabgesunken, schwor aber weiterhin, die Uhr, die der Tschupsch gehört haben konnte, von Viebak angekauft zu haben.

«Mag ja alles sein, Frau Viebak, aber es gibt da noch einen Zeugen, der Ihren Sohn am Tatort gesehen hat.»

«Die Leute sehen zu viele ‹Tatorte›, das ist es.»

Sie erzählte uns, wie sanft und lieb Sven von Anfang an gewesen sei. Während ich ihr zuhörte, fotografierten meine Augen die Details ihres Wohnzimmers. Die mahagonibraune Schrankwand, die alles erschlug, noch Made in GDR. Couch und Sessel schon «Junge

Wohnwelt» aus dem Westen. Palmenstrand und blaues Meer in Öl von Hertie. Fernseher, Videorecorder...

«Alles da», sagte sie. «Ich habe mich immer bemüht, für Sven und mich ein schönes Nest zu bauen.»

«Sind Se also alleinerziehende Mutter jewesen?» fragte Yaiza Teetzmann.

«Ja. Mein Mann ist bei einem Arbeitsunfall ums Leben gekommen, als Sven zwei Jahre alt war. In der DDR war das ja alles kein Problem: Kinderkrippe, Hort...»

«Sie sind immer gut ausgekommen mit Ihrem Sohn...?»

«Ja, sonst würde er ja schon längst weggezogen sein.»

Mir fiel keine Frage mehr ein, obwohl ich sicher war, daß da noch vieles offen sein mußte, und ich kam mir vor wie ein Quizmaster, der seine Kärtchen vergessen hatte. Auch Yaiza Teetzmann war nicht gerade blendend heute. Man brauchte aber nur die Psychologieseiten der Frauenzeitschriften zu lesen, was ich bei Heike immer tat, um sofort das passende Gutachten zu haben: Sohn pathologisch auf charismatische Mutter fixiert, kann seine Sexualität nicht ausleben, so daß es schließlich zur Katastrophe kommt. Stellvertretend für seine Mutter will er die Tschupsch penetrieren, und als die sich wehrt, erschießt er sie. Wiederum anstelle seiner Mutter. Dann täuscht er einen Raubmord vor, um von sich abzulenken, verkauft aber Tage später den erbeuteten Schmuck, damit wir ihn festnehmen können, denn er weiß, daß die Tat gesühnt werden muß. Als es dann aber soweit ist, verläßt ihn der Mut, auch wird sein Schamgefühl zu groß, und er leugnet alles. Kann das seiner Mutter nicht antun, ein Mörder zu sein.

Ich hörte sie schon alle wiehern und spotten: So was von Klischee, o Gott!

Als ob wir nicht seit Jahrhunderten unter der Diktatur des Immergleichen lebten und alles Leben in Mustern ablief.

Das war also kein Argument gegen meine Thesen. Eher schon verwirrte mich die Tatsache, daß die bei Viebak gefundene Waffe nicht identisch mit der Tatwaffe war. Aber konnte er nicht auch zwei Waffen besessen haben...? Und zweitens hätte ich ihn ja viel lieber als Killer gesehen. Ob er nicht doch Schwierigkeiten in seiner Bank gehabt hatte... Ich fragte seine Mutter danach.

«Nein, keine beruflichen Probleme.»

«Und es hat auch niemand eine Gelegenheit gehabt, ihn zu erpressen?»

«Er ist so korrekt, daß er nicht einmal eine Büroklammer seiner Bank mit nach Hause bringt.»

Vorstellbar war ja immerhin, daß ihn Schwermer und seine möglichen mafiösen Hintermänner irgendwie eingebunden und für ihre Zwecke instrumentalisiert hatten, zur Geldwäsche beispielsweise.

«War ein Herr Schwermer von der Havelland-Invest mal als Gast bei Ihnen hier...?»

«Nein...»

Sie schien mir doch ein wenig gezögert zu haben. «Wirklich: nein...?»

«Ja.»

«Und gesundheitlich... war Sven mal beim Arzt?» Das zielte in Richtung psychiatrischer Behandlung.

«Letztes Jahr eine Menikusoperation, sonst war er kerngesund.»

Ich fragte ganz direkt nach einem Nervenarzt.

Hannelore Viebak war empört. «Hören Sie doch auf, ihn da in eine ganz bestimmte Ecke zu stellen!»

Yaiza Teetzmann erwachte aus ihrer Lethargie. «Was is'n mit 'ner Schwiegertochter, keine in Sicht?»

«Er ist mit seiner Arbeit verheiratet. Und was den Haushalt betrifft, da hat er ja mich.»

Yaiza ließ nicht locker. «So 'n junga Mann wie er, der will doch auch mal richtig bumsen...»

«Da werden sich schon einmal Gelegenheiten dazu ergeben haben...» Hannelore Viebak schien dieses Thema gar nicht zu mögen. Zuerst fiel mir natürlich das Stichwort Inzest ein, dann aber Luise Tschupsch. Wenn nun Viebak den «Club Dionysos», das Bordell in der Spessartstraße, frequentiert und Luise Tschupsch seine Autonummer notiert hatte. ‹Wenn Sie nicht aufhören, Prostituierte aufzusuchen, werde ich Ihre Frau davon in Kenntnis setzen...› Dabei nicht wissend, daß die Hannelore Viebak im Oranienburger Telefonbuch nicht seine Gattin, sondern seine Mutter war. Eine Mutter, vor der er wahnsinnige Angst hatte, die er um nichts auf der Welt enttäuschen wollte. Und wie ich Hannelore Viebak einschätzte, war Vögeln mit einer Nutte ein erhebliches Verbrechen für sie, allemal ausreichend, den Sohn zu verstoßen. Es wäre ein Verrat für sie gewesen.

Das war es. Ich stand auf und ging zu Volker Vogeley hinüber.

«Na, was gefunden, was uns weiterbringen könnte?»

«Nein.»

«Hast du mal sein Telefonverzeichnis oder so was gefunden?»

«Das silberne Büchlein hier...» Volker Vogeley gab es mir.

Ich brauchte nicht lange zu suchen. Es stand mit feinem Bleistift geschrieben.

Dionysos 030/853 und so weiter.

38. Szene
Wohnung Tschupsch

Schon seit anderthalb Stunden knieten wir auf Luise Tschupschs Dachboden und wühlten sozusagen in ihrem Leben herum. Ich hatte ihren Bruder nur kurz sprechen wollen und war vom Nachbarn raufgeschickt worden. «Der hockt da unterm Dach und sucht nach Gold und Edelsteinen.»

«Gott, was die alles gesammelt hat!» Ludger Tschupsch nahm den nächsten Pappkarton vom Stapel. Er enthielt Unmengen alter Speisekarten. Nicht nur, wie sich herausstellen sollte, welche aus Berlin, sondern aus aller Herren Länder. Offensichtlich hatte sich Luise Tschupsch nach jeder Mahlzeit die Karte, nach der sie gewählt hatte, schenken lassen, gekauft oder einfach mitgehen lassen. Bislang hatten wir schon bergeweise Theater-, Kino- und Konzertprogramme, Fahrscheine von Transportunternehmen *from all over the world*, Plastiktragetaschen und Alben mit Zigarettenbildchen gefunden. Die waren ganz besonders reizend.

DIE WELT IN BILDERN,
eine Sammlung alles dessen, was den
gebildeten Menschen interessiert.
Zusammengestellt und den Freunden der guten
Josetti-Cigaretten ‹Juno› und ‹Eljen› gewidmet...

Was es da alles gab: Kinderbilder alter Meister – Das verschneite Riesengebirge – Der Muff – Chinesische Priesterkaste – Berühmte Rennfahrer (Caracciola, ah ja!) – Boxer von Weltklasse (Jack Dempsey, Max Schmeling, Gene Tunney) – Deutsche Technik («In der Geschichte der Technik steht Deutschlands Name strahlend mit an erster Stelle... Deutsche Technik. Wir haben es nicht nötig, sie mit billigem Lorbeer zu krönen, sie, die sich selbst erhöht dadurch, daß sie Dienende wird; Dienende nicht nur des engeren Vaterlandes, sondern aller, die sich zum Licht bekennen.») Heil Hitler! Nein, das war wohl schon 1927/28 so geschrieben worden.

«Sie halten mich noch immer für den Mörder meiner Schwester?» fragte Ludger Tschupsch unvermittelt.

«Sagen wir mal so: Solange der nicht gefunden ist, bleiben Sie einer der potentiellen Täter...»

«Darf ich wissen warum?»

«Es gibt einiges zu erben hier. Die Wohnungseinrichtung, die Wertpapiere... Mindestens hunderttausend Mark, wie ich gehört habe, trotz des geklauten Schmucks immer noch.»

Ludger Tschupsch sprang auf und öffnete die Dachluke mit einer etwas sehr theatralischen Geste. «Der Himmel ist mein Zeuge, daß ich sehr an meiner Schwester gehangen habe!»

«Das eine schließt das andere nicht immer aus...»

Ich kniete immer noch am Boden, und es war schon ein wenig komisch, wie er da aus einer Position der Schwäche auf mich hinuntersah. «Ich weiß genau, warum Sie mich auf Ihrer Liste haben.»

«Da wissen Sie mehr als ich...» Das war kein Bluff, sondern die Wahrheit. Es war ebenso eine diffuse Ahnung, daß ich ihn noch einmal aufgesucht hatte wie die eher zufällige Tatsache, daß ich gegenüber im «Club Dionysos» nach möglichen Bordellbesuchen von Viebak gefragt und ihn am Fenster gesehen hatte.

Zu meiner Überraschung legte er jetzt einige seiner Karten auf den Tisch. «Ja, ich habe aus Rußland Ikonen mit nach Deutschland gebracht, geschmuggelt, wenn Sie so wollen. Um mich über Wasser zu halten, um zu überleben. Die Kontakte hatte ich seit meiner NASA-Zeit. Luise hat nichts davon gewußt, natürlich nicht. Bei ihren strengen moralischen Maßstäben, da...»

«Die Ikonen, schön, aber ich bin die Oranienburger Mordkommission und nicht die Steuerfahndung oder was weiß ich...» Zu fragen war, was er mit diesem Bauernopfer bezweckte. «Ich habe den Mord an Ihrer Schwester aufzuklären und nicht den Tod dieses Ikonenhändlers am Kurfürstendamm...» Damit erhob ich mich, um ihn nun besser im Blick zu haben.

Ludger Tschupsch starrte mich an. Er ahnte offenbar, daß das ein verdammt raffinierter Zug sein konnte, wußte aber nicht, welche seiner Figuren nun gefährdet waren. «Sie meinen, Luise hätte was gewußt und mich anzeigen wollen...?»

Ich wiederholte seine eigenen Worte. «Bei ihren strengen moralischen Maßstäben, da...»

Er fiel auf einen alten Küchenstuhl. «Da sitze ich ganz schön in der Klemme, was...?»

Es wurde Zeit, ihm Schach zu bieten, obwohl ich für ein Matt noch lange keine Chance sah. «Noch viel mehr aber durch die Tatsache, daß Sie jetzt bei der ‹Roland Anders Gas- & Wasserinstallation Oranienburg› beschäftigt sind...»

Sein Erstaunen schien echt zu sein. «Wieso das?»

«Weil besagte Firma finanziell von der Havelland-Investment GmbH des Wolfram Schwermer abhängig ist...» Das hatte ich in den letzten Tagen mühsam herausgefunden, hauptsächlich durch die Gespräche mit den Herren der Brandenburgischen Vereinsbank. «Schwermer hat mit Sicherheit dubiose Hintermänner, Stichwort Mafia, und er ist im Streit um die Woerzke-Millionen von Friedrichsheide der große Nutznießer dieser seltsamen Auferstehung des Toten vom Speziallager Nr. 7. Und Sie wissen doch genau, daß Ihre Schwester sofort herausgefunden hätte, ob das der echte oder der falsche Waldemar ist. Aber ausgerechnet sie ist kurz vor dem Auftauchen Woerzkes verschwunden... Zugleich mit Ihrem Erscheinen in Berlin. Alles hängt mit allem zusammen. Komische Zufälle – oder...?»

«Na sicher!» Instinktiv tat er nun das einzig richtige, um sich wieder etwas Luft zu verschaffen. «Ich hab doch in der Zeitung gelesen, daß Sie den Täter Dienstagabend in Oranienburg festgenommen haben, diesen Viebak...»

«Richtig. Aber heute mittag ist er wieder aus der U-Haft entlassen worden, kein ausreichender Tatverdacht mehr...»

Für Yaiza Teetzmann, Volker Vogeley und mich hatte es drei große Enttäuschungen gegeben. Bei der ersten Gegenüberstellung hatte ihn Fabricio Longare unter den sieben aufgereihten Männern nicht ausmachen können, und in der zweiten Runde war der Schmuckhändler, dem wir die Phantomzeichnung verdankten, ebenso ohne Treffer geblieben. Der dritte Flop war mit dem Stichwort «Dionysos» verbunden. Unter der bei ihm gefundenen Telefonnummer hatte sich nicht der Bordellbetrieb gemeldet, der «Club Dionysos», sondern ein griechisches Restaurant in Wilmersdorf. Außerdem hatte mir Roxana sozusagen an Eides Statt versichert, daß Viebak ihr Etablissement niemals zum Zwecke des Entsaftens betreten hatte.

«... und deshalb müssen Sie sich nun ein anderes Opfer suchen...» Ludger Tschupsch stand auf und warf die Dachluke so krachend zu, daß der Dreck aus den Dachsparren auf uns herabrieselte.

«Mord und Totschlag werden nun mal zu rund 95 Prozent aufgeklärt bei uns...»

Wütend riß er einige Kisten vom Regal herunter. «Los, machen wir weiter, vielleicht finden wir doch noch was.»

«Ich danke Ihnen für Ihre Kooperationsbereitschaft.»

«Das tu ich bestimmt nicht Ihretwegen!»

Richtig, denn solange er unter Mordverdacht stand, kam er an das Geld seiner Schwester nicht heran. Und mit dem wollte er sich selbständig machen, wahrscheinlich ein Ingenieurbüro eröffnen.

Der nächste Karton enthielt ihre Briefe, wahrscheinlich alle, die Luise Tschupsch ihr Leben lang erhalten hatte. Kempowski hätte sich gefreut. Ludger Tschupsch begann mit ihrer Sichtung, ich las vieles mit, was die Jahre 1940–1950 betraf. Da waren Karten, die ihre Verwandten jubelnd von ihren «Kraft durch Freude»-Reisen geschickt hatten und Feldpostbriefe, Berichte von Luftschutzkellern und Stabbrandbomben, von Flucht, Vertreibung, Vergewaltigung und Tod.

Plötzlich schrie Ludger Tschupsch. «Hier!»

Ich fuhr herum. Er hatte ein größeres Kuvert geöffnet, und was er da in den Händen hielt, war zweifellos ein Liebesbrief. Auf das Blatt war ein großes Herz gemalt und ein Vergißmeinnicht geklebt.

«Von Woerzke an Luise.» Er las die ersten Verse. «Meine Geliebte, meine Luise, es war ein köstliches Gestern; / Worte verklangen im Wort, Küsse verdrängten den Kuß. / Schmerzlich war's, zu scheiden am Abende, traurig die lange Nacht von gestern auf heut', die den Getrennten gebot. / Doch der Morgen kehret zurück…»

Aber nicht der nachempfundene junge Goethe interessierte mich, sondern das, was noch im vergilbten Umschlag gelegen hatte: eine abgeschnittene Locke, ein Büschel blonder Haare.

39. Szene
Schloßhotel Friedrichsheide

Seit 1985, seit Alec Jeffries herausgefunden hat, daß sich mit dem menschlichen Erbmaterial ein individuelles Strichmuster bilden läßt, der ‹genetische Fingerabdruck›, haben wir Kriminalisten eine viel größere Chance, Täter hinter Schloß und Riegel zu bringen. In jedem Tropfen Blut, Speichel oder Sperma, in jedem Haar und jedem Fetzen Haut ist das gesamte Erbmaterial eines Menschen gespeichert, in einem fadenförmigen Molekül fixiert. Das Zauberwort lautet DNA bzw. auf deutsch DNS = Desoxyribonucleinsäure.

Ich hatte eine Locke des frühen Waldemar v. Woerzke, nun brauchte ich nur noch den *genetic print* des Mannes, der im Schloßhotel Friedrichsheide abgestiegen war, um ihn als «falschen Waldemar» entlarvt zu haben. Nur zwei von 40 Milliarden Menschen wiesen denselben Strichcode auf. Abgesehen von eineiigen Zwillingen. Aber das war ja absolut sicher, daß Woerzke keinen Zwillings- noch sonstigen Bruder gehabt hatte.

Ich streifte also wie ein gerade angekommener Gast, der seine Zimmernummer suchte, durch die langen hohen Flure des ehemaligen Schlosses. Ganz astrein, sprich: legal, war es vielleicht nicht, was ich da durchzuführen gedachte, doch immerhin hatte ich dabei die Rückendeckung meines direkten Vorgesetzten. Seit ich ihn wegen seines Bordellbesuchs unter Druck setzen konnte, war Koppatz so kooperativ, daß es im Standardwerk «Mensch und Organisation» von Bosetzky & Heinrich allemal für eine Fallbeschreibung reichte: ‹Vorbildliches Führungsverhalten im Bereich der Polizei.› Oder besser zum Satz: ‹Nicht Begabung, Fleiß und Kompetenz bringen einen Menschen in der Hierarchie nach oben, sondern das Instrumentalisieren der Fehler und Verfehlungen von anderen für die eigenen Zwecke (Strategie: Menschen umarmen und zugleich erpressen).›

Was brauchte ich von Black/Woerzke/Wolmir…?

– Blut…

Sollte ich mich auf eine Schlägerei mit ihm einlassen, ihm eins auf die Nase geben und dann mit seinem Blut an meiner Hand ins Labor laufen? Oder warten, bis er Nasenbluten hatte und dann sehen, wie ich an sein Tempotaschentuch kam?

– Speichel…

Ich konnte mich ins Restaurant setzen und warten, bis er aufgestanden war und mir dann sein Glas ansehen. Das war eine Möglichkeit, das war recht realistisch. Aber wahrscheinlich wischte er sich den Mund ab, bevor er etwas trank, und es war zuwenig Spucke am Glas. Ich hätte mich vorher erkundigen sollen. Ich konnte ihm auch zurufen «Du adliger Arsch, du!» und hoffen, daß er mich dann anspucken würde. So ernst die Sache war, so albern wurde sie zugleich. Spiele der Erwachsenen, Muster WJEM nach Eric Berne: ‹Wir jagen einen Mörder›.

– Hautfetzen…

Ich konnte ihm einen Nagel in die Zimmertür schlagen und warten, bis er sich den Finger aufgerissen und ein Stückchen Haut hinterlassen hatte.

– Haare…

Ich konnte nach ihm zum Friseur gehen, noch besser war es aber, wenn ich mich ins Hotelzimmer schlich und auf seinem Kopfkissen suchte.

Das einfachste wäre natürlich gewesen, Black/Woerzke/Wolmir offiziell zu einer Blutentnahme zu bitten, aber nicht einmal Koppatz' wahnsinnig gute Beziehungen reichten da aus, das bei der vorliegenden Beweislage zügig auf den Weg zu bringen. Kein Staatsanwalt, kein Untersuchungsrichter wagte sich an diese Sache ran. Bei dem Staub, den das aufwirbeln würde, hatten alle Angst um ihre Karriere. Blieb also nur der quasi geheimdienstliche und ein wenig illegale Weg. Erst wenn der falsche Waldemar mit Hilfe der DNA-Analyse entlarvt war, machten alle alles mit. In diesem Fall, so war ich mit Koppatz verblieben, war aber nicht ich das ‹investigative Element›, sondern Heike in ihrer Berufsrolle als Journalistin, die Frau Hunholz eben.

Ich schlenderte also weiterhin durch die Gänge und pirschte mich immer näher an die Suite heran, die Black/Woerzke/Wolmir für sich und Joan gemietet hatte.

Daß er mit ihr in der Orangerie unten saß und sie gerade mit dem Frühstück begonnen hatten, war von mir natürlich vorher ausgekundschaftet worden. Weiter.

Als ich mich unverhofft umdrehte, sah ich einen Mann hinter einem Mauervorsprung verschwinden. War das mein Mörder? Hing Ludger Tschupsch doch mit Schwermers Mafia zusammen und hatte er seinen Leuten vom Fund der Woerzke-Locke berichtet? Nutzten sie ihre letzte Chance, um mich auszuschalten, bevor ich ihren großen Plan zunichte machte? Es ging um etliche Millionen – und wenn sie Luise Tschupsch getötet hatten, würden sie mit mir dasselbe tun.

... warten, bis ich in der Suite verschwunden war und dann...

Ich zögerte. War's die Sache wert? Nein. Sylvester sollte mehr von seinem Vater haben als später einmal die Zeitungsnotiz: ‹Kripobeamter im Schloßhotel Friedrichsheide erschossen aufgefunden›.

Andererseits, nein... Archaisches trieb mich, den Helden zu spielen.

Scheiße, das Zimmermädchen war gerade am Werkeln. Und wenn es irgendwo Blut, Haare, Speichel, abgerissene Pflaster, Spermaspuren und was auch immer gegeben haben sollte, dann war das jetzt total passé.

Doch ich hatte Glück im Unglück. Sie brachte gerade einen kleinen Mülleimer heraus, offensichtlich den aus dem Bad, stellte ihn ab und verschwand dann wieder. Mit zwei, drei Schritten war ich da und bückte mich.

Obenauf lag ein ausgelesenes, ziemlich zerfleddertes Buch. Ich zog es heraus. Louise Erdrich/Katrina Kenison, «Best American Short Stories» 1993. Schnell und fiebernd begann ich zu blättern. John Updike, Playing with Dynamite... Der Killer. Ich fuhr herum. Niemand zu sehen. Tom Jones, I Want to Live! Und ob. So eine Scheiße, nichts was sich... Lorrie Moore, Terrific Mother... Da: Blut! Ich riß die Seite heraus. Nein, nur Tomatensaft.

«Suchen Sie da was Bestimmtes?»

Ich wußte, wenn ich den Kopf nach oben nahm, dann fiel der Schuß. Aufgesetzter Schalldämpfer. Absolute Leere bei mir. Keine süßen Bilder, keine Erinnerung an das abgelaufene Leben.

«Nein. Ich hab den Mülleimer nur aus Versehen umgestoßen und wollte...»

«Nicht doch, das macht das Mädchen nachher selber.»

Der Zimmerkellner ging in die eine Richtung ab, ich in die andere. Einem Herzanfall so nahe, daß ich eine Demetrin hinunterschlucken mußte. Ich kauerte in der Ecke am Fahrstuhl und wartete, bis es mir ein wenig besser ging. Der kleine Mülleimer stand immer noch da, der herausgewühlte Abfall lag daneben. Jetzt erst merkte ich, daß ich die Short stories in meiner Panik mitgenommen hatte.

Ich warf das Buch auf den Teppich und suchte weiter. Volle Tempotaschentücher, eine leere Whiskyflasche, Erdnußschachteln und weiterer Mist. Leider kein Kaugummi. Das wäre sicherlich Speichel genug gewesen. Ganz unten eine klebrige lachsfarbene Masse... Mehr als eklig. Hatten die Schweine sich das Menü ins Zimmer bringen lassen und die Reste dann in den Mülleimer geschüttet.

Erst als ich genauer hinsah, merkte ich, welchen Schatz ich da gehoben hatte: einen vollen Präser.

40. Szene
Am Trödelgraben

Ein richtiger Berliner fühlte sich nur dann froh und glücklich, wenn es sonntags rausging ins Grüne. Nun war es zwar in diesem Januar alles andere als grün, und Heike hatte das trübe Licht der Welt oben bei Bremen erblickt, aber dennoch spazierten wir mit Kind und Kinderwagen nördlich von Friedrichsheide durchs märkische Land. Das Auto hatten wir nach einem üppigen Mahl auf dem Parkplatz des Schloßhotels stehenlassen.

Heike staunte über die gepflegten Wege, die die sintflutartigen Regenfälle der letzten Tage mühelos geschluckt hatten. «Ist das der ehemalige Schloßpark hier?»

«Scheint so, ja...» Wir überquerten ein Rinnsal, das gerade breit genug war, einen Torfkahn beziehungsweise ein Faltboot aufzunehmen. «Und das ist der Trödelgraben, der ein paar Kilometer weiter in die Havel mündet.»

«Und alles Woerzke-Land?»

«Ja... und nein. Denn Woerzke ist nicht Woerzke, und alles wird der Gemeinde Friedrichsheide zugesprochen werden.» Ich blieb mit Sylvesters Kinderwagen an einer Wurzel hängen. «Scheiße!»

Heike schrie auf und tat so, als sei das arme Kind aus dem Wagen gestürzt und ins Wasser gefallen.

«Um ein Haar wärst du umgekippt und das Kind hätte sich...»

Sie riß mir den Griff des Kinderwagens aus der Hand. Erst jetzt begann Sylvester zu krakeelen. Natürlich war es wieder meine Schuld.

Wir gingen schweigend am Trödelgraben entlang.

Der Sohn schrie derart penetrant, daß sich die Saatkrähen ringsum laut fluchend erhoben.

Ich zitierte Fontane. «‹Am Waldessaume träumt die Föhre, / Am Himmel weiße Wolken nur; / Es ist so still, daß ich sie *höre*, / Die tiefe Stille der Natur.›»

Da küßten wir uns, und prompt gab auch Sylvester wieder Ruhe.

«Dies solltest du zu Papier bringen», riet ich ihr. «Für einen Aufsatz in ‹Psychologie Heute› reicht es allemal, wenn nicht sogar für 'ne Doktorarbeit.»

«Und du nimmst diese Doktorarbeit, erschlägst damit eine Fliege, einen grün schimmernden Lokusbrummer, läßt dessen Blut untersuchen und stellst fest, daß es dasselbe genetische Muster ist wie bei Sven Viebak. Ergo ist er der Mörder von Luise Tschupsch, weil er – siehe Seelenwanderung – durch diese Stufe hindurch muß, um geläutert zu werden.»

Wir wußten, warum wir uns liebten.

Vor einem Kiefernwäldchen tauchte endlich das Blockhaus auf, dessentwillen wir nach Friedrichsheide rausgefahren waren. Es war Heikes großer Traum, seit sie es vor ein paar Wochen zum erstenmal gesehen hatte.

«Hier den Sommer verbringen, die Wochenenden. Von Tegel aus bin ich mit dem Wagen in 'ner knappen Stunde hier, und von Oranienburg brauchst du mit'm Rad zwanzig Minuten.»

Sie hatte recht, es war schon herrlich hier. Der Trödelgraben mußte an dieser Stelle einen Bogen machen, weil die letzte Eiszeit den Sand zu einem kleinen Hügel angehäuft hatte. Eine richtige Wurte oder Warft, auf der sich trefflich siedeln ließ. So jedenfalls der Ortsprospekt von Friedrichsheide. Zu DDR-Zeiten hatte hier eine Kühlschrankfabrik aus Wolkenstein/Erzgebirge eine kleine Erholungsstätte gehabt, aber die zehn Bungalows waren inzwischen fest in Westberliner Hand. Sie störten zwar einerseits die Idylle, andererseits war Heike froh, daß es sie gab, denn in diesen unsicheren Zeiten schlief man besser, wenn man wußte, daß nebenan andere Menschen waren. Aber von derselben Überlegung waren wohl auch schon die Germanen und die Slawen ausgegangen, als sie hier gesiedelt hatten. Die Welt war nicht veränderbar; nur der Glaube an ihre Veränderlichkeit änderte sich.

Heike sah mich an. «Steht unser Blockhaus nun noch auf Woerzkes Land oder nicht mehr?»

«Laut Karte ja, aber Zinna hat mir gesagt, daß die Gemeinde es vermieten würde.»

«Dann können wir ja nur hoffen, daß ihr bald das Ergebnis vom BKA bekommt, ob Woerzke nun wirklich Woerzke ist oder wer sonst.» Sie lachte. «Hoffentlich sind die nicht auch schon bestochen.»

«Der das da macht, das ist 'n alter Bekannter von mir... Absolut zuverlässig, absolut unbestechlich.»

«Hoffen wir, daß es wirklich der falsche Waldemar ist, denn der richtige würde uns dieses Kleinod sicher nicht vermieten, wenn er mitkriegt, was du da alles angestellt hast, um ihn...»

Sie hielt an, schwieg und lauschte.

Auch ich hatte Stimmen gehört, Kichern und Lachen. Das kam nicht aus den genormten Datschen des ehemaligen Erholungsheims, sondern wohl aus dem Blockhaus, das wir gerade angesteuert hatten.

«Scheiße, ham sie's doch schon vermietet!»

«Du hast doch die Anzeige erst Mittwoch im ‹Generalanzeiger› gelesen...?»

«Ja... Warte mal...» Ich ließ Heike am Kinderwagen stehen und ging vorsichtig auf das Blockhaus zu. Ein Auto stand nicht in der Nähe. Alle Läden waren zu. Die Tür lag auf der anderen Seite.

Wahrscheinlich war sie aufgebrochen worden. Herumstreunende Jugendliche. Das Übliche also. Ich zögerte. Was ging mich das an, war ich der Hilfssheriff hier? Andererseits war das mein Beruf, und es war sozusagen die herrschende Lehrmeinung, daß man Jugendlichen rechtzeitig die Grenzen klarzumachen hatte. Außerdem wollten wir das Ding hier mieten, und es war sicher weniger schön, wenn es vorher verwüstet wurde.

Also schlich ich mich heran und suchte in einem der Fensterläden nach einem Spalt, um einen Blick ins Innere zu werfen.

Das gelang auch. Drinnen brannte eine Petroleumlampe, hell genug, um alles deutlich zu erkennen.

Auf einer Ausziehcouch vögelten zwei Menschen. Er unten, sie oben. Da sie aufrecht auf ihm ritt, konnte ich ihre Gesichter deutlich erkennen.

Es waren Joan Woerzke und Wolfram Schwermer.

41. Szene
Mordkommission

Ich saß im Oranienburger Büro und arbeitete an meiner beruflichen Fort- und Weiterbildung. Das heißt, ich las im *Tagesspiegel*, den ich mir aus Berlin mitgebracht hatte. Zu Hause hielten mich Heike wie Sylvester zu sehr in Atem, als daß ich Zeit dazu gehabt hätte.

Die Hauptstadt hatte endlich wieder ein Verbrechen zu bieten, das ihrer Rolle als Metropole vollauf gerecht wurde:

Klavierlehrer gesteht Doppelmord: «Die Seele sollte weg vom Körper»

Zwei grausige Bluttaten sind aufgeklärt. Der am Freitag festgenommene 30jährige Klavierlehrer Bernhard R. gab nach mehreren Stunden zu, daß er die gleichaltrige Bauunternehmertochter Manuela Mokri am Dienstag erwürgt, ihren Kopf mit einem Messer abgetrennt und kilometerweit durch die Stadt getragen hat. R. gab auch zu, am Donnerstagvormittag seinen Nachbarn, den 40 Jahre alten Dieter Kauffmann, in dessen Wohnung mit einem Schraubenzieher in den Kopf gestochen und ermordet zu haben.

Er habe bei seinen Opfern die Seele vom Körper erlösen wollen, sagte er der Polizei. Der Mann soll früher in psychiatrischer Behandlung gewesen sein. Die Polizei läßt ihn derzeit untersuchen...

Das hätte ich liebend gern auch mit Sven Viebak getan. Ich war mir vom Gefühl her absolut sicher, daß er Luise Tschupsch erschossen hatte. Wenn er nun eine zweite Tat beging, dann gab es nicht nur die berühmte große Erregung in der Öffentlichkeit, sondern ich mußte mich auch zwangsläufig schuldig fühlen. Im Fall des Klavierlehrers hatte eine Frau von der ersten Tat gewußt, zunächst aber geschwiegen. Ich sah im Strafgesetzbuch nach. § 138 – Nichtanzeige geplanter Straftaten.

Wer von dem Vorhaben oder der Ausführung...
...eines Mordes, Totschlags oder Völkermordes (§§ 211, 212, 220 a)...
zu einer Zeit, zu der die Ausführung oder der Erfolg noch abgewendet werden kann, glaubhaft erfährt und es unterläßt, der Behörde oder dem Bedrohten rechtzeitig Anzeige zu machen, wird mit Freiheitsstrafe bis zu fünf Jahren oder mit Geldstrafe bestraft.

Nun, rechtlich wäre ich nicht zu belangen gewesen, denn ich hatte ja darauf gedrängt, ihn weiterhin in U-Haft zu belassen, und man hatte mir Sven Viebak geradezu entrissen. Dennoch würde ich der Schuldige sein, der Dussel.

Es klopfte. Koppatz kam herein, fiel in Yaiza Teetzmanns Drehsessel und stieß die Luft aus den Lungen.

«Gratuliere...»

Ich fuhr hoch. «Hat Sven Vieback seinen zweiten Mord begangen?»

«Nein, noch nicht...»

«Was dann?»

Er stöhnte auf. «Anruf vom BKA.»

«Wegen Woerzke?»

«Ja.»

Ich freute mich. Wenn er gestöhnt hatte, dann konnte das nur heißen, daß es noch mehr Arbeit geben würde. Und die gab es für uns, wenn Woerzke der falsche Waldemar war. «Und?»

«Die DNA-Analyse konnte eindeutiger nicht sein: Woerzke ist echt!»

42. Szene
Schloßhotel Friedrichsheide

Irgendwie hatte Waldemar v. Woerzke Wind davon bekommen, daß er von mir für den Falschen Waldemar II. gehalten worden war, und Koppatz hatte mich nach Friedrichsheide geschickt, um mit ihm zu reden. Wir standen in der Halle, wo ich ihn angesprochen hatte.

«Ich kann da nur immer wieder um Entschuldigung bitten, Herr v. Woerzke», sagte ich mit der gebotenen Zerknirschung. «Es tut mir leid... aber ich bin da irgendwie Opfer meiner Sucht geworden, in der märkischen Geschichte zu wühlen und nach Parallelen zu suchen.»

Er bestellte beim Ober zwei Whiskys. «Lassen Sie nur, ich find's ja eher amüsant. Das ist doch eine Geschichte, mit der man auf jeder Party glänzen kann.»

«Es wäre ja auch alles nicht passiert, wenn es nicht zur selben Zeit die Sache mit der Tschupsch gegeben hätte. Ihre Jugendliebe, ausgerechnet in dem Moment erschossen, wo Sie zurückgekommen sind.»

Woerzke schloß die Augen. «Diese Luise... Hat die Locke immer noch gehabt...»

«Sie kriegen den Rest vom BKA zurück.» Ich hatte ihm alles gebeichtet. Es klang irgendwie idiotisch. Ein bißchen erhabener konnte man sich das Leben schon wünschen.

«Ach, wissen Sie, junger Mann...»

«Ich bin gerade mal zehn Jahre jünger als Sie...»

«Trotzdem...» Er warf einen ebenso spöttischen wie theatralischen Blick nach oben an die Decke. «Wenn es einen himmlischen Herrgott geben würde und ich eine Bitte frei hätte, dann würde ich jetzt beten und sagen: Herr, dreh die Uhr noch mal zurück, laß es noch einmal 1946 sein und mich nach der Flucht aus dem Sonderlager nicht gleich weiterziehen nach Amerika, sondern vorher nach Luise suchen und sie finden, laß mich ausprobieren, wie das andere Leben sein würde.» Er ging zur Sitzecke und fiel schwer in einen der weichen Ledersessel. «Gibt es aber nicht, geht nicht... also bin ich zufrieden mit dem, was gekommen ist.»

Der Ober brachte die beiden Whiskys. Ich setzte mich über Eck neben ihn.

Woerzke hob sein Glas. «Ich hoffe, Sie glauben jetzt nicht, daß wir die BKA-Spezialisten bestochen hätten...?»

«Nein, ganz sicher nicht, Herr v. Woerzke.»

Wir tranken und schworen uns, von nun an Freunde zu sein.

«Was kann ich für dich tun, Hans-Jürgen...?»

Fast hätte ich mich umgesehen. Wer war Hans-Jürgen? Keiner nannte mich so. Als ich alles realisiert hatte, fragte ich ihn, wem das Blockhaus am Trödelgraben oben faktisch wirklich gehöre.

Schlagartig wurde er ein anderer, war nicht mehr der weltoffene Amerikaner, der große Strahlemann, sondern sah mich böse-lauernd an. «Willst du mich schon wieder ärgern...?»

«Nein, du, ich...» Ich begriff nicht, was diese Reaktion, diesen Sinneswandel bei ihm ausgelöst hatte, und flüchtete mich, um anzudeuten, wie harmlos ich war, ins Kordiale. «Nein, Waldemar, ich wollte dich nicht...»

«Warum redest du von diesem Haus da, fuck it!»

Ich erzählte ihm, daß Heike es zu ihrem Zweitwohnsitz erkoren hatte. «Nach der Art deiner fürstlichen Kollegen: Im Winter das Schloß in der Stadt, im Sommer die Residenz draußen im Grünen.»

«Ach so...» Er schien zunächst beruhigt, bekam aber plötzlich doch einen cholerischen Anfall. «Dieses Blockhaus: Ich laß es anstecken und niederbrennen. Das ist das Liebesnest von Joan und diesem Schwermer. Ich hasse dieses Schwein.»

Hatte er also mitbekommen, was da gelaufen war. «Weiß Joan, daß du es weißt?»

«Nein, aber sie wird es bald erfahren. Nichts wird sie erben, nichts. Sie hat mich verraten. Ich habe sie geliebt... und sie hurt mit allem rum, was den Schwanz hochkriegt. Ich wollte Wärme, Nähe, jemand, der den Rest des Lebens mit mir geht... und sie...? Sie führt mich an der Nase herum, sie ist nur der Lockvogel von diesem Schwermer, damit ich ihm alles verkaufe. Spottbillig alles. Sie liegt mir dauernd in den Ohren damit. Ich darf mit ihr vögeln, aber jede Nummer kostet in Wahrheit hunderttausend Mark.»

Ich sah ihn vor mir, wie er mich in Oranienburg durch das Sonderlager Nr. 7 geführt hatte. Bei einem solchen Leidensweg hatte er ein anderes Schicksal verdient gehabt.

«Das tut mir leid, alles...»

«Ich hätte nicht mithören sollen. Aber ich war in der Telefonzentrale unten, mir alles mal ansehen... und da haben sie noch solche Vorrichtung... aus den alten Stasi-Zeiten. Und da ist die Versuchung zu groß gewesen...»

Ich machte eine hilflose Geste. «Wenn es so kommen sollte, dann...»

Er ballte die rechte Hand zur Faust. «Auf diesen Gott scheiß ich, der so ungerecht ist! Die Woerzkes kommen alle aus der Kirche raus, aus unserer Gruft. Und Schwermer wird keine Geschäfte machen mit mir, nichts werd ich unterschreiben. Seine Kredite wird er nicht zurückzahlen können, Pleite wird er sein, aufhängen wird er sich. Nichts bekommt diese verdammte Havelland-Invest, ich schenke alles der Gemeinde. Alles für Friedrichsheide. Die Fabrik, das Land ringsum, alles. Nur ein Denkmal sollen sie mir setzen. Hier vor dem Schloßhotel. Nach meinem Tode. Das Schloßhotel behalt ich, und hier oben will ich wohnen. Da wo ich als Kind mein Zimmer hatte. Da will ich auch sterben. Alleine aber. Damit nicht wieder eine kommt und mich verrät.»

Er trank den Rest des Whiskys aus.

43. Szene
Wohnung Heike/Mannhardt

Ich lag im Bett und sah den ganzen Tag über Skirennen in ARD und ZDF und Basketball und Boxen im ‹Eurosport›-Kanal oder las Fontane-Romane. Klingelte das Telefon, dann nahm Heike ab und sagte, daß ich an einer schweren Viruserkrankung leiden würde und fast im Koma läge. «Er hat wahnsinnig hohes Fieber, so zwischen 37,8 und 38,1, und das eingeflogene Ärzteteam aus Washington tippt auf einen leichten Schnupfen, aber sein Hausarzt hat ihn bis nächsten Freitag krankgeschrieben. Sammelt mal schon für den Kranz.»

Aber was war mir nach den beiden großen Flops – Sven Viebak nicht zu fassen und Woerzke echt – denn anderes übriggeblieben, als eine Auszeit zu nehmen.

Hat ja doch alles keinen Zweck.

Ich bin doch nicht so 'n Idiot wie dieser Sisyphos.

Das Telefon klingelte. Der Apparat stand neben meinem Bett, und ich riß den Hörer schnellstmöglich hoch, um zu verhindern, daß Sylvester wach wurde und schrie. Es war Yaiza Teetzmann aus Oranienburg.

«Bist du't noch selba oda isset der automatische Anrufbeantworta...?»

«Bitte sprechen Sie nach dem Pfeifton. Sie haben für Ihre Mitteilungen eine Minute Zeit.»

Yaiza Teetzmann überbrachte mir die frohe Kunde, daß unsere wackeren Kollegen die Fahrerflucht im Falle Gerhard Uhlig aufgeklärt hätten. «... 'ne junge Frau aus Zehdenick... Hatte sich nur mal umjedreht, weil ihrm Kind uff'n Rücksitz die Puppe runtajefallen war.»

Eine Nachricht, die für mich nicht bedeutungsvoller war als die Mitteilung, daß Volker Vogeley nach Verlassen der Toilette vergessen hatte zu spülen. Woerzke war echt und Uhlig mit seiner Wolmir-Theorie nichts als ein vom Haß fehlgeleiteter Spinner.

Ich bedankte mich, wünschte den Oranienburgern gute Erholung von mir und wandte mich wieder «Ellernklipp» zu, dem fast unbekannten Krimi aus der Feder Meister Fontanes. Ellernklipp war kein Mensch, sondern eine Felswand, von der Baltzer Bocholt aus Eifersucht seinen Sohn Martin in die Tiefe stürzt. B. B. ist Heidereiter, ein gnadenloser starrer und autoritärer Aufsichtsbeamter für Wald und Flur, und verfällt Hilde, einem Waisenkind, das er bei sich aufgenommen hat. Als er entdeckt, daß Hilde und Martin sich lieben, kommt es zur Tat.

‹...ich will dir sagen, was du bist: ein Räuber, ein Dieb! Und ich will dir sagen, *wo* du bist: auf verbotener Fährte! Heraus mit der Sprache! Wo hast du sie? Sprich! Aber lüge nicht!›

‹Ich lüge nicht!›

‹Doch, doch! Lump, der du bist...› Und sie rangen miteinander, bis der Alte, der sonst der Stärkere war, auf den Kiennadeln ausglitt und hart am Abgrunde niederstürzte.

Martin erschrak und rief in bittendem Tone: ‹Vater!›

Aber der Alte schäumte: ‹Der Teufel ist dein Vater!› Und außer sich über die seinen Stolz demütigende Lage, darin er sich erblikken mußte, stieß er mit aller Gewalt gegen die Knie des Sohnes, daß dieser fiel, im Fallen sich überschlug und über einen der Steine hin in die Tiefe stürzte.

Baltzer starrte kalt und mitleidslos ihm nach...

Ich ließ das Buch wieder sinken und stellte mir vor, wie ich meinen eigenen Sohn hassen würde, wenn ich ihn mit Heike erwischte. Kein schönes Thema. Ich legte «Ellernklipp» wieder beiseite. Ein Thema, das mich ebenso beunruhigte wie das, was dauernd durch die Presse ging: die Geschichten, wo Frauen Männern den Penis abschnitten. Blieb die Flucht ins Fernsehen. Knopfdruck und das Logo von ENTER-EINS flammte auf. Der Großinquisitor in einer Wiederholung. Ich erinnerte mich noch gut an meinen lieben neuen Freund und neidete ihm weiterhin seine lusterfüllten Stunden im «Club Dionysos» in der Spessartstraße. Ich schloß die Augen und stellte mir vor, nackt und schon mit Präser auf Roxanas Bett zu liegen... Sie kommt herein. Ganz in Schwarz. Strümpfe, Gürtel, Strapse, Slip. Meine Hand fuhr unter die Decke. Es wurde Wirklichkeit und war viel schöner, als es in Wirklichkeit gewesen wäre. Bis ich aus dem Fenster sah und drüben Luise Tschupsch entdeckte. Plötzlich steht vor ihr ein Mann. Mit einer Pistole in der Hand. Der Großinquisitor. Er hält sie der Tschupsch vor den Mund und drückt dann ab.

Heike war zum Einkaufen ausgerückt und kam mit mieser Laune zurück.

«Vorm U-Bahn-Eingang hab ich Enrico getroffen...»

«... Caruso? Ist der nicht schon lange...?»

«Quatsch: Enrico Pritzkoleit, Yaizas Freund.»

«Kannst sie ja mal beide einladen zum Gegenbesuch.»

Sie kam näher zum Bett und baute sich leicht inquisitorisch am Fußende auf. «Aha. Yaiza Teetzmann hier in Tegel.»

Ich ahnte, um was es jetzt ging. «Wir waren doch auch in Gransee bei denen...»

Heike kam schnell zum Schmetterball. «Ihr seid gesehen worden... In Oranienburg, am Lehnitzsee unten...»

«Klar, als wir Sven Viebak festgenommen haben.»

«Beim Petting.»

«Sie hat sich 'n bißchen aufgewärmt bei mir.»

«Und jetzt liegst du im Bett, damit sie zum Krankenbesuch... Schön durchgefroren von draußen...»

«Sicher: Pedding im Wedding, Gevögel in Tegel.»

«Na, warte.»

Heike zog sich blitzschnell aus und schlüpfte zu mir unter die Decke.

Als wir wieder erwachten und darüber philosophierten, wie unsinnig das Wort Beischlaf eigentlich war, schlief man doch erst danach und nicht dabei, war der Großinquisitor noch immer in Aktion.

«Nimm doch den», sagte Heike.

Ich sah sie an. «Wozu? Ich hab doch dich. Und wenn schon Mann, dann bestimmt nicht den.»

«Quatsch! Ich meine, um deinen Viebak weichzuklopfen.»

«Wie?»

«Er soll den Viebak zu sich auf den ‹elektrischen Stuhl› holen. Das ist doch so 'ne Art Lügendetektor.»

Ich setzte mich auf. «Meinst du, der Viebak geht da hin?»

«Wenn 'ne halbe Million zu gewinnen ist. Die Brandenburgische Vereinsbank hat ihn schließlich rausgeschmissen, und er will sich irgendwie selbständig machen... als Finanzberater...»

«Woher weißten das?»

«Von Yaiza Teetzmann beziehungsweise Enrico.»

«Hat er dich auch gewärmt im U-Bahn-Eingang...?»

«Nicht nur das...»

«Das gibt Rache!»

Es war eine süße Rache und unterbrach unsere Diskussion für eine ganze Weile.

Als wir wieder bei Sinnen waren, blendete ENTER-EINS die Anschrift ein, unter der sich Kandidaten für den ‹elektrischen Stuhl› melden konnten.

44. Szene
Fernsehstudio

Jeden ersten Dienstag um 20 Uhr 15 gab es bei ENTER-EINS eine Sendung, die, so durchweg die Kulturkritik, ‹das Widerlichste darstellte, was sich private Anbieter hätten ausdenken können›. Die Intendanten und Sprecher von ARD und ZDF wie auch die Politiker aller Parteien kommentierten und attackierten sie pausenlos mit deckungsgleichen Worten und Wendungen: abscheulich, unchristlich, inhuman und zutiefst menschenverachtend, der größte Schandfleck in unserer Medienlandschaft, der letzte Beweis kulturellen Niedergangs, eine Schande für Deutschland.

Worum ging es bei ‹ENTER-EINS – Elektrischer Stuhl›? Kurz gesagt, um das, was der Titel des amerikanischen Originals am besten zum Ausdruck brachte, um die *psychological depletion.* Wobei, ich hatte nachgeschlagen, *depletion* mit (Ent-)Leerung, Entblößung und auch Erschöpfung zu übersetzen war. Im Deutschen, so hatte mir Heike erklärt, müßte man mit einem Buchtitel Horst-Eberhard Richters wohl «Flüchten oder Standhalten» sagen. Der ‹elektrische Stuhl› war nämlich eine Art Lügendetektor, auf dem die Kandidaten, mit etlichen Drähten beklebt, Platz zu nehmen hatten, um die ungemein aggressiven und verletzenden Fragen unseres Großinquisitors über sich ergehen zu lassen. Dessen Team hatte wochenlang zuvor recherchiert und im Privat- und Intimleben des Kandidaten herumgestöbert, so daß der nun mit allen möglichen Peinlichkeiten, Verfehlungen, Tabuverletzungen und Gesetzesverstößen konfrontiert werden konnte. Über seinem Kopf hing, in der Form eines Damoklesschwertes, ein Zeiger, der – von 1 bis 60 – das Maß seiner inneren Erregung angab. Er lief auf einen großen Kontaktstift zu, der da angebracht war, wo man sich bei einer Uhr die 12 zu denken hatte. Berührte der Zeiger diesen Kontakt – oder verlor der Kandidat vorher die Nerven, sprang auf und stürzte aus dem Studio –, dann hatte er verloren; das Spiel ebenso wie sein Gesicht. Hielt er aber stand, und dies über qualvolle dreißig Minuten hinweg, dann war er halber Millionär geworden, konnte den Scheck über 500000 DM nach Hause tragen. Die Bilanz nach zehn Sendungen war eindeutig genug, denn auf acht Verlierer, von denen einer nach Australien ausgewandert war und sich ein anderer selbst getötet hatte, kamen nur zwei Gewinner, von denen einer mein alter Spezi Wolfram Schwermer war. Doch die Kandidaten bewarben sich noch immer körbeweise, obwohl es sich langsam herumgesprochen hatte, daß ENTER-EINS mit Vorliebe solche Typen auswählte, die einigen Dreck am Stecken hatten, aber krampfhaft um die Aufrechterhaltung ihrer Biedermanns-Fassade bemüht waren. Auch drohte nach dem Selbstmordfall die Staatsanwaltschaft mit dem Verbot des ‹Elektrischen Stuhls›. Grund für viele Millionen, sich die heutige Sendung, die die letzte sein konnte, unbedingt noch anzusehen.

«ENTER-EINS – die Nummer 1 des Entertainments!» So tönte es immer wieder. Das Jingle war gräßlich.

Heike und ich waren – als ‹tragende Säulen› der heutigen Sendung – im Studio am Alexanderplatz freudig empfangen worden. Der Großinquisitor, noch im Straßenanzug, war unendlich lieb zu mir.

«Es hat mir einige Mühe gekostet, Ihren Tatverdächtigen als Kandidaten zu gewinnen... Aber für Sie tu ich halt alles.»

Mußte er auch. Denn noch immer stand er selber unter Mordverdacht, und Sven Viebaks Geständnis, abgelegt vor laufender Kamera, hätte auch ihm gewaltig geholfen. Einmal abgesehen davon, daß ich ihn wegen seiner Besuche bei Roxana und der zu befürchtenden Rache seiner Frau so ziemlich in der Hand hatte.

Ich sah ihn an. «Übertreiben wir mal nicht, was Sven Viebak betrifft. Den Ausschlag hat ja wohl mein Anruf in Oranienburg gegeben... Daß ich ganz bestimmte Schlüsse ziehen würde, wenn er nicht zu Ihnen in die Sendung käme.»

«Danke, ja.» Der allseits gefürchtete Henker wurde regelrecht ein kleiner Schleimi. Auch Heike gegenüber, die er regelrecht abzuküssen begann. «Herzlichen Dank auch für Ihr psychologisches Gutachten.»

Sie hatte sich bei der Vorbereitung der Sendung ein paar Mark hinzuverdient. Dadurch daß Sylvester auf die Welt gekommen war, zog sich ihr Psychologie-Studium ziemlich in die Länge, und in ihrer Funktion als Berlin-Berichterstatterin des *Brammer Tageblatts* und einiger norddeutscher Privatradios verdiente sie wahrlich nicht viel.

Es war ein Scheißgefühl, mit ENTER-EINS im selben Boot zu

sitzen, aber wir waren uns beide ganz, ganz sicher, daß Sven Viebak Luise Tschupsch erschossen hatte – und sich jederzeit ein zweites und ein drittes Opfer suchen konnte. Es waren also Menschenleben zu retten, und dieser Zweck heiligte das Mittel.

Heikes Diagnose war eindeutig genug: Neurose als Folge verfehlter Nestablösung. Er kennt seine bis ins Erwachsenenalter verinnerlicht fortbestehende infantile Abhängigkeit von seinem Nest, das heißt, von seiner Mutter – und haßt sie deswegen. Ihretwegen wird er nicht zum Mann, ihretwegen verspotten ihn die Frauen und meiden ihn. Sie quält ihn mit ihren leib- und lustfeindlichen Wertvorstellungen, obwohl er ganz verrückt nach Frauen ist. Aber er darf nicht, und er ist viel zu verklemmt, um ans Ziel zu kommen. Das schafft er erst, wenn seine Mutter nicht mehr da ist. Er möchte sie am liebsten umbringen. Aber das geht nicht, denn nach dem Tode seines Vaters hat sie sich für ihn aufgeopfert und ihn mit ihrer Liebe überschüttet, nicht wieder geheiratet, auf alles verzichtet. Nun soll auch er ihr zuliebe auf alles verzichten. Das kann er nicht länger. Aber er kann sie doch auch nicht einfach erschießen. Nein, sie nicht, aber stellvertretend für sie Luise Tschupsch. Er muß es, sonst wird es ihn zerreißen, völlig vernichten. Und er tut es. Er wird es immer wieder tun, wenn der Druck unerträglich geworden ist.

«Das ist schon überzeugend, was du da...» Ich nahm Heikes Hand.

Der Großinquisitor verschwand in seiner Garderobe, und auch mich führten sie zum Schminken. Danach wurde ich im Studio so plaziert, daß ich nachher schnell auf die kleine Bühne springen konnte.

Wir saßen schräg hinter der dritten Kamera. Sven Viebak hatten wir noch nicht zu Gesicht bekommen, auch seine Mutter nicht, die aber ebenfalls hier sein sollte.

Auf dem Boden neben mir lag ein lindgrüner Ablaufplan, und als ich ihn aufgenommen hatte, las ich, daß Sven Viebak heute abend der zweite war, der auf dem ‹elektrischen Stuhl› Platz nehmen sollte und wollte.

In Runde 1 hatte sich der Großinquisitor einen 25jährigen Diplom-Psychologen mit dem schönen Namen Ruben Jungverdorben vorgeknöpft, und obwohl die Hinrichtung laut Zeitplan eben erst begonnen haben konnte, war der Zeiger schon bis zur 16 vorgerückt.

Der Großinquisitor steckte jetzt in einem mittelalterlichen Scharfrichtergewand, bemühte sich gekonnt um einen erheblichen Sprachfehler, nuschelte nicht nur, sondern konnte zudem das Sch nicht so recht über die etwas sabbernden Lippen bringen, war ein richtiger Kotzbrocken, fett und schmierig, machtgeil und eitel, wunderbar gewählt als Typ.

Der erste Kandidat wirkte zart und schmächtig, hatte sein Nichts an Gesicht mit Bart und Intellektuellenbrille aufzuwerten versucht, wies aber gerade darauf hin, daß er ein zäher Bursche sei und schon zehn Marathonläufe unter vier Stunden absolviert hätte. Mit der halben Million, wenn er sie denn gewann, wollte er ein eigenes psychologisches Institut eröffnen.

«Zur Bekämpfung von Hämorrhoiden?» fragte der Großinquisitor.

«Nein, gegen Legasthenie und Sprachstörungen. Kommen Sie ruhig!»

Das Publikum schrie auf. Welch Mut, den Mächtigen derart zu reizen.

Der Großinquisitor schluckte zwar, schaffte es aber, gelassen zu bleiben. «Gut, Herr Jungverdorben, sehr gut sogar. Aber weiter... Sie heißen nicht deshalb Rubens, weil sie schon als Junge immer nackte Mädchen malten...»

«Nein, weil mein Vater jahrelang in Kolumbien gelebt hat, wo das ein gängiger Vorname ist. Ohne s am Ende...»

Der Großinquisitor sah auf seinen Spickzettel. «Und Ihr Nachname kommt daher, daß Sie sich als Zwölfjähriger einen kleinen Spiegel vorne auf die Schuhe geklebt haben, um damit in den Kaufhäusern den Frauen unter die Röcke sehen zu können...?»

Ruben Jungverdorben lachte nur. «Ja, sicher. Pubertäres, das man abhaken kann.»

«Mit Ihrer verdammten Akne im Gesicht, da haben Sie doch bestimmt nie 'ne Freundin gehabt...? Wer nimmt denn schon so 'n Streuselkuchen!» Der Großinquisitor prustete los, und die über zweihundert Zuschauer im Studio kamen langsam in Fahrt.

Ruben Jungverdorben konnte nicht verhindern, ein wenig rot zu werden, und der Zeiger über ihm glitt weiter, schon auf die 30 zu. «Ein bißchen schwierig war es schon...»

«Und als Sie die erste im Bett hatten und sich ausgezogen haben, da ist die schreiend davongelaufen. Weil Sie einen riesigen Kackfleck in Ihrer Unterhose hatten...»

Treffer! Das Publikum raste, und der Zeiger schnellte auf die Ziffer 46, so sehr sich Ruben Jungverdorben auch mühte, seine Emotionen unter Kontrolle zu halten. Die Meßfühler an den Innenseiten seiner Hände und in den Achselhöhlen, die seine Schweißabsonderungen registrierten, waren ebenso unbestechlich wie die Elektroden auf der Brust und an den Schläfen.

Der Kandidat biß die Zähne zusammen. «Schön, das war *die* Niederlage meines Lebens, aber ich habe viel gelernt daraus...»

«Daß es Klopapier gibt, was! Und Seife.»

«Daß ich Psychologie studieren muß, um...»

«... sich selber therapieren zu können!» höhnte der Großinquisitor.

Doch Ruben Jungverdorben hatte sich nun wieder voll im Griff. «... um meine Ich-Identität zu finden. Und heute habe ich eine Freundin, eine Partnerin, eine Lebensgefährtin, die nicht nur ihren Dr. med. gemacht hat, sondern auch mal ‹Miß Berlin› gewesen ist. Da hinten in der letzten Reihe...»

Die Regie ließ sich die Chance nicht entgehen, und die Kamera fing eine Frau ein, die wirklich faszinierend war.

Der Großinquisitor hatte das auf seinem Monitor verfolgen können und setzte an zum Schmetterball.

«Prima, Herr Jungverdorben. Ein volles Kompliment von ENTER-EINS! Zurück aber zur Psychologie... Ihre Diplomarbeit haben sie über die Koprophagie geschrieben. Wir sind ja nicht so gebildet wie Sie... Was ist denn das bitte?»

«Das Kotessen aus krankhafter Neigung...»

Der Großinquisitor nickte und zog ein Schwarzweißfoto aus seinem Scharfrichterrock. «Weiß denn Ihre wunderschöne Freundin da oben auf der Tribüne...» Er zeigte mit großer Geste hinauf. «... weiß die denn eigentlich... Ich hab ein Foto davon, hier, garantiert echt...» Er hielt es in die Kamera. «... daß Sie damals auch Selbstversuche unternommen haben...» Und dann sang er: «Küß mich, bitte, bitte, küß mich...»

Die junge Ärztin stürzte zur Tür. Das Publikum explodierte, kreischte, wieherte, wälzte sich in Lust, Vergnügen, Schadenfreude.

Der Zeiger über dem elektrischen Stuhl krachte gegen den Kontaktstift, Nebelschwaden und grelle Blitze wurden ausgelöst, und Ruben Jungverdorben sprang auf, fetzte sich die Drähte vom Leibe und lief seiner Freundin hinterher.

Noch zehn Sekunden anarchisches Lachen, dann kam der große Werbeblock.

«O Gott...!» Heike stöhnte auf. Erst jetzt wurde ihr so richtig klar, auf was wir uns da eingelassen hatten. Viele ihrer Freundinnen luden sie zu keiner Party mehr ein.

Der Großinquisitor hatte schnell begriffen, daß dieser Triumph, so schön er war, leicht den Gesamterfolg gefährden konnte, denn wenn schon der erste Kandidat den absoluten Höhepunkt des Abends gebracht hatte, waren die Leute schnell und insgesamt enttäuscht, wenn nun nichts Großes mehr kam, und drückten sich vielleicht, was das Schlimmste war, schon vor Ende seiner Sendung andere Kanäle ins Zimmer.

«Sven Viebak wird nicht kommen», sagte ich. «Das ist doch so unfaßbar schlimm hier, so peinlich hoch dreiundzwanzig, daß man sein Leben lang total sein Gesicht verloren hat.»

«...und dafür eine halbe Million Mark gewonnen. Und ist der Held für alle – bis auf die Handvoll Intellektuellen, die Rundfunkprogramme produzieren, wo die Einschaltquote unter 1000 Hörern liegt, 0,001 Prozent – statistisch nicht mehr erfaßbar.»

Ich stand auf. «Komm, wir gehen...!»

Heike drückte mich auf meinen Sitz zurück. «Denk daran: er ist ein Mörder. Und um weitere Verbrechen zu verhindern, ist mir sogar das hier recht.»

«Das ist doch selber 'n Verbrechen!»

«Komm, nun laß mal die Kirche im Dorf.»

Weiter ging's. Sven Viebak betrat die Arena – tatsächlich! – und wurde mit pathologischem Jubel begrüßt. Er wurde zum ‹elektrischen Stuhl› gebracht, mußte sich setzen, wurde angeschnallt und angeschlossen. Schließlich schwebte auch das Damoklesschwert hart über ihm.

Ein kurzer Werbeblock und erneut das Jingle.

«ENTER-EINS – die Nummer 1 des Entertainments!»

Dann kam der Großinquisitor und begann das Spiel.

«Sein oder Nichtsein nun für Sie...» Er fixierte sein Opfer, prüfte die Schärfe seines Beiles und blickte in die Kamera. «Da ist einer, Ihr Lieben, der erst für eine Bank gelebt hat und jetzt auf einer lebt. Hallo, *loser*!»

«Verlierer sind die, die mich verloren haben – als Mitarbeiter.»

Ich staunte, wie cool Viebak die Sache begann.

«Nun...» Es war offensichtlich, daß der Großinquisitor Schwierigkeiten hatte, wieder zu der Form zurückzufinden, die er bei Ruben Jungverdorben an den Tag gelegt hatte. «Herr Viebak, vorne Vieh, sehr interessant, Sie sollen eine Kollegin in Ihrer Bank wie ein Stück Vieh behandelt haben, so betatscht...»

«Das ist eine üble Verleumdung, nichts als Mobbing!» Sven Viebak tat zwar so, als würde er diesen Vorwurf nur lächerlich finden, doch der Zeiger über ihm kroch auf die 8. Bis er die Runde zum Kontaktstift zurückgelegt hatte, bis zur 60 also, war es aber noch ein weiter Weg.

«Das erste Mal mit der Polizei in Kontakt gekommen sind Sie ja schon als Zwölfjähriger. Das große Schulfest, der Erweiterungsbau, wo Sie auf der Straße für sammeln sollten. Da haben Sie dann zu Hause die Büchse aufgebrochen und über hundert Mark geklaut. Schäbig, was?»

«... 'ne Jugendsünde!»

«Eine schöne Vorbereitung auf eine Bankkarriere...» Der Großinquisitor ließ ihm keine Zeit zum Atemholen. «Draußen wartet eine der Bordsteinschwalben von der Oranienburger Straße. Die haben Sie mal im Mai um ihren – wie das so heißt – Dirnenlohn betrogen... Weil's Ihnen nicht gekommen ist...»

«Weil ich nicht deswegen mit ihr verhandelt habe, sondern im Auftrag meiner Bank wegen eines Kredits... Sie wollte aussteigen und ein Restaurant eröffnen.»

Ich fragte mich, warum wir das nicht selber herausgefunden hatten, Yaiza Teetzmann, Volker Vogeley und ich. Der Großinquisitor und sein Team schienen andere und bessere Zugangsmöglichkeiten zu Informationen wie dieser zu haben. Geldscheine wahrscheinlich.

«Das Restaurant ist ja dann auch eröffnet worden, Herr Viebak... Mit Ihrer selbstlosen Hilfe... Aber es geht da das Gerücht, daß man in dieser Küche in Bouletten und Klopsen das Fleisch totgefahrener Katzen und Hunde verwendet hat...» Der Großinquisitor holte eine Boulette aus seinem Gewand, riß die Klarsichtfolie herunter und hielt sie Viebak hin. «Wollen Sie mal...»

«Gerne...» Sven Viebak biß hinein, um die braune, breiige Masse sofort wieder in hohem Bogen auszuspucken.

Endlich johlte das Publikum.

«Da haben Sie was reingetan!» schrie Sven Viebak.

«Ich nicht, *Sie*!»

Der Großinquisitor starrte auf den Zeiger, doch der wollte sich nicht weiter abwärts neigen, blieb förmlich an der 15 kleben. Sein Blick ging schon hilfesuchend zu mir herüber, doch dann wollte er es noch einmal aus eigener Kraft versuchen.

«Waren Sie eigentlich zur Beerdigung?»

Sven Viebak guckte irritiert. «Zu welcher Beerdigung denn?»

«Na, der von Luise Tschupsch natürlich.»

«Wieso sollte ich da hin?»

«Um allen zu zeigen, daß Sie sie nicht erschossen haben. Viehisch sozusagen, Herr Viebak...»

«Ich war es nicht. Der Untersuchungsrichter hat mich wieder nach Hause geschickt.»

«Aber nur aus Mangel an Beweisen», lachte der Großinquisitor und tönte weiter im Werbespot-Sound. «Und der Richter hatte nicht diesen genial konstruierten Apparat zur Verfügung, an den Sie heute angeschlossen sind, unser Psycho-Elektronengehirn, das ja auch ein Lügendetektor ist, ein absolut unbestechlicher... ENTER-EINS-Elektrischer Stuhl – das ist wie das Jüngste Gericht!»

Der Zeiger über Sven Viebaks Kopf zuckte auf die 39, doch der Großinquisitor stellte beim Blättern in seinen Materialien fest, daß er sein Pulver damit schon verschossen hatte. Das war der Moment, mich heranzuwinken.

Ich sprang auf und schwang mich auf die Bühne, in diesem Augenblick im wahrsten Sinne des Wortes ‹außer mir›, hatte die Kontrolle über mein Handeln verloren. Ich flog dahin wie eine Rakete, bei der jeder Funkkontakt zur Erde unterbrochen war.

Der Großinquisitor legte den freien Arm um mich. «Ich habe hier einen Ersten Hauptkommissar der Berliner beziehungsweise der Oranienburger Kriminalpolizei im Studio, der unserm Kandidaten ganz gerne noch mal auf den Zahn fühlen möchte... Ein Mordverdacht... Die Herren kennen sich...»

Das dem so war, bewies der Zeiger, der sich sofort hinauf zur 45 bewegte, als Sven Viebak mich erkannte.

Die Kamera fuhr auf mich zu, jemand hielt mir ein grellgelbes Mikrofon vor den Mund. Ich winkte ab. «Das geht nicht, das ist völlig unmöglich, ihn an dieser Stelle zu verhören. Da sind x Gesetze und Vorschriften davor, gegen die ich nicht verstoßen will und darf.»

Das Publikum buhte und erregte sich.

«Foltern!» schrie einer aus den hinteren Reihen.

Ein anderer übertönte ihn noch. «Gleich lynchen!»

Die Regie nutzte den Augenblick für den nächsten Werbeblock.

Ich hatte das Gefühl, im Koma zu liegen, zumindest an Autismus zu leiden. Ich verstand nichts mehr von dem, was um mich herum passierte. Warum schrien diese Idioten da unten so schrecklich? Was wollte dieser Mann in der komischen Verkleidung von mir? Ich befand mich inmitten einer stabilen Seifenblase und schwebte langsam nach oben.

Nach der Werbung hatte der Großinquisitor alles wieder im Griff. Er baute sich neben Viebak auf. «Ich kann Ihnen auch selber sagen, was gewesen ist...» Und nun rekonstruierte er die Tat und trug dabei Heikes Thesen vom neurotischen Nesthocker vor. «So war es, mein Lieber: Das Muttersöhnchen Sven kann anders nicht von seiner Mutter loskommen, es muß Luise Tschupsch stellvertretend töten!»

Die Studiogäste trampelten und johlten.

«Gleich Starkstrom einschalten!» schrien mehrere.

«Mörder, Mörder, Mörder!» skandierten andere.

Sven Viebak hatte mit gesenktem Kopf dagesessen, und der Zeiger war auf die 56 vorgerückt. Nur noch eine Fingerbreite trennte ihn vom Anschlag, von jenem Kontakt, der das AUS bedeutete.

Der Großinquisitor rang die gefalteten Hände. «Gott, Sven Viebak, machen Sie doch Ihrer Qual ein Ende, und gestehen Sie die Tat!»

57, 58...

Der Großinquisitor stieß nach. «Ihr Alibi ist falsch, das wissen wir inzwischen. Wir wissen aber auch, durch wen und was Ihr Leben zerstört worden ist. Aber Sie können sich jetzt endgültig abnabeln von allem, wenn Sie uns die Wahrheit sagen... Es wird ein Akt der Befreiung werden. Nutzen Sie die Chance!»

Die Kamera fuhr noch dichter an Sven Viebak heran, und die vielen Millionen an den Bildschirmen sahen, wie immer größere Schweißperlen seine Stirn bedeckten, wie die vielen roten Äderchen das Weiße seiner Augen füllten, wie er um Beherrschung rang und sich die Lippen blutig biß.

«Das ist das Spannendste, was das deutsche Fernsehen Ihnen bieten kann!» rief der Großinquisitor. «Dank ENTER-EINS! Herzkranke aus dem Zimmer, sonst ist es aus mit euch!»

Ein schneller Schnitt auf den Zeiger über Sven Viebaks Kopf, das Damoklesschwert.

59...

Dann groß die Digitaluhr mit den roten Ziffern, die die Zeit angab, die Sven Viebak bereits auf dem ‹elektrischen Stuhl› ausgeharrt hatte.

29:42...

Noch 18 Sekunden, dann war er halber Millionär.

Doch wir wußten es alle, er schaffte es nicht.

Er öffnete den Mund.

«Ich...» Sven Viebak schluckte, «...war es...»

Die Leute im Studio stöhnten, applaudierten, sprangen auf, waren erlöst.

58, 57, 56... Der Zeiger glitt wieder nach unten.

«...*nicht*!» fügte Sven Viebak hinzu und schrie es immer wieder, bis die dreißig Minuten endgültig vorüber waren und der große Gong ertönte. «Ich war es nicht, ich bin kein Mörder!»

45. Szene
Massengräber des Speziallagers Nr. 7

Ich begriff es nicht. Plötzlich war ich in einem ganz anderen Kino, in einem ganz anderen Film. Eben noch Farce, Groteske, Satire, nun Realismus pur. Der Abschiedsbrief...

‹...Wo ist aber Ruhe? Nur dort, wo es keine Erinnerung gibt.› Diesen Satz von Maxim Gorki habe ich zuerst 1946 im Lager gehört, und er hat mich bewogen, sofort nach meiner Flucht in die USA zu gehen, ans andere Ende der Welt. Dies in der Hoffnung, der Erinnerung zu entkommen, der Erinnerung an den Schrecken dieses Lagers, der Erinnerung an den früheren Glanz meiner Familie, der Erinnerung an eine schreckliche Erkenntnis. Alles vergessen, ein neues Leben beginnen... Das war ein Irrtum, und es wird immer ein Irrtum bleiben, es zu versuchen. Rückkehr nach Oranienburg und Friedrichsheide, um nun hier endlich die so ersehnte innere Ruhe zu finden und umgekehrt zu vergessen, was in Amerika so alles gewesen ist – an Tod, Krankheit und Enttäuschungen – bzw. *nicht* gewesen ist – an Glück und Erfolg. Eine Kette des Scheiterns war alles. Als Fotograf, der durch die Bars gezogen ist, um Paare abzulichten, als Inhaber des Restaurants ‹Alt-Berlin›, als Autohändler, als Immobilienmakler. Zwei Ehen kaputt, ein Kind gestorben. Das ewige Nomadenleben. New York, Norfolk, Savannah, Casper, Rapid City und schließlich Bethlehem, das nachgebaute Erzgebirgsdorf als letzten Versuch, nach über vierzig Jahren doch noch richtig Fuß zu fassen in den Staaten. Eine elende Schmierenkomödie. Dann bist Du gekommen, JOAN, meine letzte große Hoffnung. Und nun hast Du mich auch enttäuscht, bist Du meine letzte große Enttäuschung. ‹Wo ist aber Ruhe? Nur dort, wo es keine Erinnerung gibt.› Und dieses Dort ist einzig und allein das Reich der Toten...

Soweit sein Brief, der mit einem Reißnagel am Stamme einer großen Kiefer angeheftet worden war.

Waldemar v. Woerzke selber hing am untersten Ast dieser Kiefer. Wenn der Wind, der von Osten in die Lichtung fiel, den Körper pendeln ließ, berührten seine Füße fast das Grabkreuz, das Luise Tschupsch vor wenigen Wochen in stillem Gedenken aufgesucht hatte. Ihr Rosenstrauß, von der Kälte ziemlich konserviert, lag noch immer da. *Von Deiner großen Liebe...*

46. Szene
Schloßhotel Friedrichsheide

Ich ging in der Halle auf und ab und hoffte, Joan Woerzke zu treffen. Es waren ein paar Routinefragen zu stellen. Außerdem... Ich hatte die halbe Nacht nicht schlafen können. Wenn Sven Viebak den wahrhaft unmenschlichen Härtetest bei ENTER-EINS bestanden hatte, schied er als Mörder von Luise Tschupsch wohl absolut aus. Und ließ man den großen Unbekannten draußen vor, so kam damit wieder Wolfram Schwermer ins Spiel. Schön, er hatte sie nicht eliminieren müssen, um zu verhindern, daß sie den falschen Waldemar entlarvte, aber vielleicht Joans wegen ...? Hatte er befürchten müssen, daß es zwischen ihr und Woerzke doch noch zum großen Happy-End gekommen wäre ...? Siehe die große Liebe auch nach fast fünfzig Jahren. Das hätte sicher alle seine großen Pläne zunichte gemacht.

Ja, das war das Szenarium: Schwermer steckt mit Joan unter einer Decke, und beide benutzen sie den ahnungslos-naiven Woerzke für ihre Zwecke. Und dann ... Kurz bevor Woerzke die Bühne betritt, bemerkt er, daß Luise Tschupsch ihn noch immer liebt, sieht das Grabkreuz und die Blumen, liest die anrührenden Worte. Und gerät in Panik. Er erschießt Luise Tschupsch unter der Eisenbahnbrücke und hofft, daß der Verdacht auf irgendeinen Psychopathen fallen wird, Sven Viebak beispielsweise, oder einen der Bordellbesucher aus der Spessartstraße. Sein Spiel scheint aufzugehen ... Alles scheint ihm zu gelingen. Er inszeniert das Liebesspiel mit Joan so geschickt, daß Woerzke sie erwischen muß. Der verkraftet es nicht, wie richtig berechnet, und erhängt sich im Schmachtenhagener Forst. Joan erbt alles, Schwermer und seine Hintermänner sind am Ziel.

So der Ablauf, wie ich ihn augenblicklich sah. Beweise hatte ich keine. Niemand hatte Beweise, daß es außer der Erde noch andere Planeten voller Leben im Weltraum gab, doch für die maßgebenden Astronomen war es sozusagen sonnenklar, daß es sie aller statistischen Wahrscheinlichkeit nach in Mengen geben mußte.

Was konnte ich machen? Nichts anderes als zu versuchen, Joan und Schwermer mehr und mehr zu verunsichern, nach Columbo-Manier immer wieder ganz naiv zu fragen, aber gegebenenfalls auch kräftig zu bluffen. Eine absurde Welt erforderte absurde Mittel, und ich war weiterhin bereit, dieser Linie zu folgen, obwohl sie mir im Falle ENTER-EINS nichts weiter gebracht hatte als schmerzliche Erkenntnisse.

Das Schloßhotel mauserte sich. Um die Fahrstühle herum hatten sie noch mehr märkische Aquarelle gehängt, Drucke zwar nur, aber wunderschön. Hans Scholz war mehrfach vertreten. ‹Die Enge am

Wolziger See›… ‹Kleine Feldstücke bei Prieros›… ‹Jungpferde am Kolberger Gestüt›…

Für Woerzke gab es keinen Ausritt mehr.

Joan kam die Treppe herunter, fürchterlich verweint. Ich ging auf sie zu und drückte ihre Hand.

«Mein herzliches Beileid…» Gott, sie verstand ja kein Deutsch. «My… condolence…»

Sie bedankte sich und sagte etwas, dessen Sinn ich nicht ganz erraten konnte. Ich wollte zum Ausdruck bringen, daß ich mich trotz allem freute, sie zu sehen, und hätte um ein Haar gesagt: I'm afraid to see you.

«You are looking very… bad.»

Wenn ich sie richtig verstand, dann hatte sie einen Nervenzusammenbruch erlitten und die Hilfe eines Notarztes in Anspruch nehmen müssen.

«What do you now are planning here? Is it your…» Absicht, Absicht, Absicht? «…attention, no, excuse me, intention to stay here or to go home?»

Sie antwortete, wenn ich das richtig verstand, daß sie nach Pennsylvania zurückgehen, aber vorher den ganzen Woerzke-Besitz an die Havelland-Invest verkaufen würde.

47. Szene
Kantine der ‹F. F. Runge-Chemie›

Heike fürchtete ernsthaft, daß ich mich langsam aber sicher wieder dem Punkte nähern würde, wo mir nur noch - wenn überhaupt - ein Psychiater helfen konnte. Daß ich mich nun auf Wolfram Schwermer eingeschossen hatte, war mehr als ‹passion and obsession›. Noch immer war ich jeden Morgen, jede Nacht in Gefahr, in ein Schwarzes Loch zu stürzen. Nicht mal Heike und Sylvester reichten aus, um mir die Angst davor zu nehmen, anderes mußte her: ich brauchte jemanden, den ich jagen, in den ich mich verbeißen konnte.

Die Belegschaft der F. F. Runge-Chemie war vollzählig versammelt. Vom grenzdebilen Hilfsarbeiter bis zur arroganten Frau Diplom-Chemikerin im weißen Kittel war alles vertreten, sympathische Typen wie Prachtexemplare des häßlichen Deutschen. Aber was maßte ich mir an, sie so zu beurteilen. Richte nicht, auf daß du nicht gerichtet wirst...

Wolfram Schwermer hatte seinen großen Auftritt. Standing ovations für ihn...

... für einen Doppelmörder?

Für mich war er ein solcher, hatte nicht nur Luise Tschupsch erschossen, sondern auch Woerzke erst betäubt und dann im Schmachtenhagener Forst an den Kiefernast gehängt. Was das betraf, da forschten die Forensiker noch. Ob er es allein getan hatte oder andere in seinem Auftrag, das war noch offen, an der Tatsache selber aber gab es kaum noch Zweifel für mich. Was war denn sein Alibi schon wert? Nichts, denn diese Morina war ihm doch hörig oder jedenfalls bereit, für Geld nicht nur das Eine zu tun, sondern alles andere auch. Da war sogar Koppatz einer Meinung mit mir, wenn er auch ansonsten alles tat, um Schwermer aus der Schußlinie zu nehmen. Weisung von oben. Nur keinen Investor vergraulen. Wie der König von Kreta den Minotaurus mit jungen Athenern gefüttert hatte, um ihn bei Laune zu halten, so waren sie in den neuen Bundesländern bereit, den Investoren alles zum Fraße vorzuwerfen. Woerzke und die Tschupsch waren ein guter Preis für ein paar hundert Arbeitsplätze. Wenn die Opfer Opfer brachten, schmerzte es die anderen am wenigsten.

«Ich stehe zu meiner Zusage», rief Schwermer, nachdem er sich wieder hingesetzt hatte. «Wir werden bis 1998 mindesten 20 Millionen Mark investieren und garantieren Ihnen allen, die Sie hier versammelt sind, Ihren Arbeitsplatz bei vollen westlichen Löhnen.»

Es wurde ein Wahnsinnsbeifall. Schwermer mußte sich wie ein Messias vorkommen.

«... und dieselbe Summe wenden wir noch einmal auf, um eine neue Firma zu errichten, hier auf dem alten Woerzke-Gelände, ein Unternehmen, das wir hier in Brandenburg wie anderswo ganz dringend brauchen: die ‹F. F. Runge-Bodensanierung›.»

Damit hatte er auch die Presse und die Linken ganz auf seiner Seite. Er war schon durch und durch ein Könner.

Und wie sollten wir, wie sollte ich den Leuten klarmachen, daß das Ganze nichts weiter war als eine grandiose Geldwäsche eines Mafia-Clans, der Caccia-Familie höchstwahrscheinlich. Aber wer sollte das denn eigentlich tun außer mir und einigen wenigen, die genauso blöd und weltfremd waren wie ich. Wenn das an sich ja gute System nur noch durch Verbrechen zu retten war, dann mußte man diese Verbrechen eben billigend hinnehmen, wenn nicht gar fördern. Das war die ganz besondere Ethik dieser Tage, ich wußte es und spürte auch genau, wie anachronistisch ich war.

In diesem Augenblick hatte Schwermer mich entdeckt.

48. Szene
Mordkommission

An diesem frühen Nachmittag war an geregeltes Arbeiten kaum mehr zu denken, denn alle wollten Yaiza Teetzmann zum Geburtstag gratulieren. Koppatz war nicht gerade begeistert davon, nahm es aber hin, weil sie ihm beim letzten Führungskräftelehrgang beigebracht hatten, daß solche ‹Wertschätzungs-Rituale› positive Folgen hätten. Meine Haltung zu solchen Feiern war zwiespältig. Einerseits stand man sich die Beine in den Bauch und bekam Kopfweh vom gnadenlosen small talk-Gedröhne wie vom billigen Sekt, andererseits traf man eine Menge Leute und erfuhr beim Klatsch und Tratsch mehr Dienstliches als bei den meisten offiziellen Sitzungen.

Das Geburtstagskind bedankte sich bei mir. Ich hatte ihr den Roman «Yaiza» von Alberto Vázques-Figueroa geschenkt. Volker Vogeley meinte, die erste Silbe des zweiten Nachnamens ließe erhoffen, daß unsere Yaiza voll auf ihre Kosten käme. Sein Geschenk bestand aus einem Lied mit dem Titel ‹Heißa, hoch lebe unsere Yaiza!›. Das klang sehr lieb und nett, doch als er zur Gitarre griff, stellte sich heraus, daß es ziemlich giftig war.

Ach, Yaiza, ach, Yaiza,
Dein Job wird immer scheißa,
denn die Strukturen,
die schaffen nicht nur Huren,
schaffen nicht nur Huren,
sondern früher oder später
wird jeder Mensch zum Täter,
wird jeder Mensch zum Täter.

Und die Kleinen lassen sie uns fassen,
in Massen, in immer größren Massen,
doch die Großen kriegst du nie,
und wir, wir sind das Alibi.

Volker Vogeley nahm den Beifall dankend entgegen. Koppatz nutzte die Gelegenheit, nicht nur Yaiza Teetzmann alles Gute zu wünschen, sondern auch auf die staatserhaltende Rolle der Polizei einzugehen.

«Wir müssen alle Kräfte mobilisieren, um das existenzbedrohende Übel der Kriminalität schnell und nachhaltig abzustellen – wenn nötig, mit martialischer Gewalt.»

Es war erfreulich zu hören, daß mir vielleicht alsbald die Bundeswehr zur Seite stand, wenn es galt, Sven Viebak oder Wolfram Schwermer ein Geständnis zu entlocken.

Neben Plingpling und Blabla gab es bei Yaiza Teetzmanns Feier auch einiges an Fachgesprächen. Mit dem Kollegen beispielsweise, der Woerzkes Leiche untersucht hatte und als der Fachmann galt, wenn es um die Frage ging: Tod durch Strangulation – Selbstmord oder Mord?

«Gott, Mannhardt, Sie wissen doch: meist sind Erdrosselte durch fremde Hand getötet worden. Dem Opfer werden bestimmte Medikamente verabreicht, oder es wird betrunken gemacht, dann erfolgt das Überwerfen des Strangwerkzeuges – es ist fast ein Kinderspiel.»

«Was spricht denn dafür, daß Woerzke nicht selber, sondern...?

«Zuerst die Fundortsituation, daß er da frei am Baum gehangen hat. Im allgemeinen finden wir Selbstmörder, die sich stranguliert haben, hockend, kniend, sitzend oder liegend vor.»

Mein Einwand dazu war klar. «Bei Woerzke ist es doch die tiefe Symbolik, daß er sich im Schmachtenhagener Forst erhängt hat: Es war damals ein Fehler, weiterleben zu wollen – jetzt korrigiere ich ihn. Zumal die Graphologen einhellig der Meinung sind, daß sein Abschiedsbrief absolut echt ist.»

«Und? Er kann ihn geschrieben haben, um mit seinem Gefühlsstau fertig zu werden, ohne wirklich den Suicid zu planen.»

«Damit wir uns nicht mißverstehen: meine These ist ja, daß sie ihn ermordet haben, nur... Koppatz und die Kollegen halten mich deshalb für einen Spinner. Weil am Fundort alles klargewesen ist. Keine Spuren anderer... Amtlich ist, daß er sich eine Art Hocker aus Kiefernästen gebastelt hat, da hinaufgeklettert ist und den Hocker dann mit einem Sprung zerbrochen hat.»

«Für Profis kein Problem, das so zu arrangieren.»

«Aber Sie haben keine Injektionsstellen, Unterblutungen an den Händen oder abgebrochene Fingernägel gefunden...?»

«Nein, nichts, was auf einen Kampf hinweist. Keine Verletzungen. Und an Medikamenten nur einiges an Diazepam, aber er hatte ja vom Arzt Tranquilizer verschrieben bekommen. Die Strangfurche stimmt mit dem Strangwerkzeug völlig überein. Bleibt die Trunkenheit. Blutalkoholgehalt 2,21 Promille.»

Wir hatten alles darangesetzt, die Stunden vor Woerzkes Tod genauestens zu rekonstruieren.

Von 9 Uhr 10 bis 10 Uhr 20 frühstückt er mit Joan im Schloßhotel Friedrichsheide. Dann geht er – allein – zum Bahnhof, um sich dort ein wenig umzusehen. Er liebt alles, was mit der Eisenbahn zusammenhängt. Gegen 11 Uhr trifft er Hermann Hackenow, der im Güterschuppen von Friedrichsheide übernachtet hat. An sich hatte er noch ein gewisses ‹Wohnrecht› im Schloßhotel, doch er hatte es nicht mehr nach Hause geschafft. Hackenow spricht ihn an und schafft es, daß ihm Woerzke ‹einen ausgibt›. Sie reden über die alten Zeiten und trinken eine ganze Menge. Dann bekommt Hackenow vom Wirt einen Teller Erbsensuppe spendiert, und Woerzke kann es nicht mitanhören, wie der Landstreicher schlürft. Er geht auf die Toilette – und kommt nicht mehr zurück. Insgesamt drei Leute aus Friedrichsheide sehen ihn am Bahndamm entlanggehen, Richtung Oranienburg. Da ist es etwa 12 Uhr 30. Sein Tod muß zwischen 15 Uhr und 15 Uhr 30 eingetreten sein. Um 15 Uhr 45 findet ihn eine Besuchergruppe, die im Anschluß an die Besichtigung des KZs Sachsenhausen trotz der hereinbrechenden Dunkelheit noch in den Schmachtenhagener Forst zu den Massengräbern des Speziallagers Nr. 7 gefahren ist. Es waren die einzigen Besucher an diesem Tag.

Meine These war klar: Der Caccia-Clan, zu dem ich auch Joan und Schwermer rechnete, hatte Woerzke aus dem Verkehr gezogen, um den Friedrichsheider Deal unter Dach und Fach zu bringen. Mindestens zwei *enforcer*, die nur zu diesem Zweck für einen

Tag nach Berlin bzw. Oranienburg und Friedrichsheide angereist waren, hatten ihn am Bahndamm abgefangen und in den Wald verschleppt. Wahrscheinlich hatten sie sich als Kumpel ausgegeben und gewartet, bis er eingeschlafen war, um ihm dann die Schlinge um den Hals zu legen. Der Alkohol, das Beruhigungsmittel – wahrscheinlich mußten sie bei ihm gar nicht mehr viel nachhelfen. Schwermer und Joan hatten natürlich die schönsten Alibis der Welt. Schwermer hatte in der fraglichen Zeit Verhandlungen in Potsdam geführt und mit maßgeblichen Vertretern des brandenburgischen Wirtschaftsministeriums und der Industrie- und Handelskammer zu Mittag gegessen, während Joan in Begleitung eines ENTEREINS-Fernsehteams umhergezogen war, um für die Reihe ‹schrill und thrill› die Szene nachzustellen, wo sie bei einer Flugstunde in Fehrbellin fast abgestürzt wäre. Zu schön das alles ... Und ich hätte um alles in der Welt wetten können, daß auch die Liebe zwischen ihnen nichts weiter war als ein abgekartertes Spiel, damit Woerzke das tat, was nützlich für sie war. Erst nach Deutschland zu kommen und dann seinen Abschiedsbrief zu schreiben.

«Genial», sagte der Kollege, nachdem er sich alles angehort hatte. «Und von der forensischen Medizin haben Schwermer und seine möglichen Auftraggeber nichts mehr zu befürchten, die Leiche gibt nichts her ...»

«Ein perfekter Mord ist eben ein perfekter Mord. Nimmt man den an Luise Tschupsch dazu, sind es sogar zwei perfekte Morde.»

Der Kollege hob sein Glas. «Trinken wir auf das, was nicht ganz so perfekt ist – auf uns!»

Ich sehnte mich danach, S-Bahn-Fahrer zu sein. 20.20 Oranienburg, 20.41 Frohnau, 21.01 Gesundbrunnen, 21.10 Friedrichstraße, 21.48 Wannsee. Die absolute Sicherheit, ans Ziel zu gelangen. Nichts war hier falsch zu machen, nichts war völlig unberechenbar. Was ich wollte, erreichte ich auch.

«Herr Mannhardt, Besuch für Sie.»

Ich fuhr herum. Es war Hannelore Viebak, Svens Mutter.

«Können wir mal einen Augenblick alleine ...?»

«Ja, kommen Sie bitte ...»

Ich hatte das mulmige Gefühl, in einen Operationssaal gebracht zu werden. Sie roch noch sehr nach Krankenhaus. An ihrer Seite schrumpfte ich zu Kindergartengröße zusammen. ‹Komm, Hans-

Jürgen, gib der Tante die Hand.› Gott, das Kind in mir rumorte wieder. Wortlos gingen wir den Flur hinunter. Ein anderes Bild stieg auf. Ich hatte das Gefühl, einer Prostituierten auf ihr Zimmer zu folgen. Sie trug hochhackige Stiefel und einen für diesen Winter viel zu kurzen Rock. Wie Luise Tschupsch... Kaum waren wir in Koppatz' Zimmer und ich hatte die Tür hinter mir geschlossen, legte sie los.

«Daß Sie meinen Sohn in diese ENTER-EINS-Sendung geschleppt haben...!» Damit ließ sie sich in Koppatz' Sessel fallen und schlug die Beine übereinander.

Ich starrte aus dem Fenster, um nicht pausenlos an das Eine zu denken. «Es war sein Wille, der Großinquisitor hat ihn kaum überreden müssen.»

«Mir hat er nichts davon erzählt.»

Ich fixierte ihre Augen. «Das ist doch ein Stück beachtenswerter Emanzipation von Ihnen...»

Sie steckte sich eine Zigarette an. «Ich hab die Aufzeichnung der Sendung gesehen...»

«Und...?»

«Sven muß dringend in psychiatrische Behandlung.»

«Das sagen Sie...?»

«Dieser Großinquisitor... ich hätte ihn umbringen können, aber seine Analyse... mir ist es wie Schuppen von den Augen gefallen. Ich bin wirklich schuld an allem.»

Ihre Souveränität imponierte mir, wie sie das so sagte, ohne jede Larmoyanz. «Ich kann Ihnen die Nummer des psychiatrischen Notdienstes geben...»

«Er wir nicht hingehen...» Sie drückte ihre Zigarette wieder aus. «Und es gibt nichts, was ihn hinbringen könnte... außer Sie sorgen dafür...»

«Ich? Wie denn?»

«Indem Sie ihn festnehmen... wegen des Mordes an Luise Tschupsch... daß er keine zweite Tat mehr begehen kann.»

Das paßte mir nun gar nicht ins Konzept. Ich war mir ja sicher, daß Schwermer und der Caccia-Clan die Tschupsch wie auch Woerzke ermordet hatten.

«Um ganz offen zu sein, Frau Viebak: mit unserer kriminalistischen Kunst sind wir schon lange am Ende. Ihr Sohn ist mit unseren

Erkenntnissen und unseren Mitteln nicht zu fassen. Das einzige, was da noch ginge, wäre sein Geständnis.»

«Ich weiß, daß er es getan hat.»

«Warum wollen Sie, daß er...?»

Sie stand auf. «Um eine zweite Tat zu verhindern, um ihm zu helfen, um ihn zu heilen...»

«Von seiner Mutter zu heilen?»

«Ja, auch von seiner Mutter. Nehmen Sie zu Protokoll, daß er eine zweite Waffe gehabt hat, daß das nicht die Tatwaffe gewesen ist, die man bei ihm gefunden hat.»

«Gut, aber...»

«Helfen Sie ihm, helfen Sie mir!»

49. Szene
Café «rost», Knesebeckstraße

Friedhelm Rott faßte sich an den Kopf. «Ich bin zwar Schauspieler und zu jeder Schandtat bereit ... aber nee, du...»

Ich bestellte ihm den dritten ‹Batida de Coco›. Danach war er süchtig. «Du hast aber nun mal 'ne unheimliche Ähnlichkeit mit meinem Waldemar von Woerzke.»

«Das ist doch hirnrissig. Wer fällt denn auf so was rein?»

«Sie ist Amerikanerin und ziemlich naiv.»

Friedhelm Rott wartete auf seine Kokosmilch mit Alkohol. «Wenn ihr wenigstens 'ne Kamera dabei hättet.»

«Wenn es klappt, fällt genügend PR für dich ab.»

«Und wenn es nicht klappt, bin ich 'ne Leiche.»

«Dann wiederholen sie wenigstens alle Filme mit dir.»

«Du...» Er sah mich prüfend an. «Wenn du das wirklich alles aufschreiben willst, laß es lieber: das liegt doch weit außerhalb des Trends. True crime, mein Lieber, ist derzeit angesagt, furztrockenes Nacherzählen der furztrockenen Wirklichkeit. Nicht mehr: der Kriminalroman als modernes Märchen. Nicht vital und spielerisch, sondern total verernstet – Hochliteratur, haha! Kein Schuß Phantasie, sondern nur der Schuß aus der Smith & Wesson. Realismus als Ersatz für schriftstellerische Potenz.»

«Entschuldige, ich *bin* Erster Kriminalhauptkommissar.»

«Als solcher läßt man mich nicht als Woerzke chargieren.»

«Ich hab sonst keine andere Chance...»

«Hirngespinste!»

«Woerzke mag sich ja noch selber aufgehängt haben, okay, aber die Tschupsch hat sich bestimmt nicht selber erschossen, zumal ohne Waffe... Zu finden war jedenfalls keine...»

«Ach...» Friedhelm Rott stöhnte in alter Schiller-Theater-Manier. «Indem er uns das Leben schenkt, will uns Gott doch nur verarschen. Was soll die ganze Farce!?»

Ich verfiel auch in eine Art Theatersprache, das steckte an. «Das Böse hält uns hier zum Narren, Wolfram Schwermer und sein Clan. Ernsthaft ist es nicht mehr zu besiegen, vielleicht mit gleichen Waffen.» Ich machte eine kleine Pause. «Außerdem darf ich dich daran erinnern, daß der Tatverdacht gegen dich selber auch noch nicht ganz ausgeräumt ist...»

«Ausgeträumt ist...» Friedhelm Rott bekam seinen ‹Batida› und schien an der Sache nun doch schon etwas mehr Gefallen zu finden. «Was soll ich denn nun eigentlich machen...?»

Ich erklärte es ihm in allen Einzelheiten.

Er nickte. «Und was versprichst du dir davon?»

«Daß sie in Panik gerät, Joan, daß sie die Nerven verliert und schreit: ‹Ich hab das alles nicht gewollt!› und die Namen derer nennt, die das alles inszeniert haben.»

50. Szene
Schloßhotel Friedrichsheide

High noon, zwölf Uhr mittags, Showdown in Friedrichsheide. Ich ging in der Halle auf und ab und wartete, daß Joan Woerzke endlich die Bühne betrat. Friedhelm Rott saß schon seit einer halben Stunde draußen im Wagen und langweilte sich. Aussteigen und sich die Beine vertreten durfte er nicht, denn ich wollte verhindern, daß ihn jemand erkannte und sie telefonisch informierte. Er sollte ihr im wahrsten Sinne des Wortes ins Gesicht stechen.

Im Schloßhotel ging es zu dieser Stunde so träge zu wie mitten in Mississippi oder Louisiana. Ich besah mir die restlichen Aquarelle. Immer wieder «Am Wolziger See». Hans Scholz schien ihn ganz besonders gemocht zu haben. Grüne Zungen schoben sich ins himmelblaue Wasser, Schilfhalme wuchsen ins Bild, schwarzbraune Rohrkolben hingen schwer an ihren Enden, Bummskeulen oder Schmackeduzien, früher als Lampenputzer genutzt. «Kühe am Kolberg», «Abend in Kolberg». Backsteinrote Menschennester im Wiesengrün, von Weiden geschützt, die Zäune aus rohen Balken zusammengezimmert. Tiefer Friede.

Gleich konnten Schüsse fallen. Wenn Joan am Durchdrehen war, wenn Schwermer die Nerven verlor. Die Dame an der Rezeption hatte mir gesagt, daß er bei ihr im Zimmer war. Während Woerzke in der Pathologie zersägt wurde, lagen sie in seinem Bett und waren dabei, sich einen abzurammeln. Leben war halt nichts als Seifenoper.

Wieder einmal kam der kleine Fahrstuhl nach unten, und ich schlüpfte schnell hinter eine korinthische Säule.

Diesmal war es Joan.

Ich gab Friedhelm Rott das verabredete Zeichen. Er stieg aus dem Auto, kam über den Parkplatz, erreichte die automatische Tür.

Herzrasen, Schweißausbruch, der Griff zur Waffe.

Joan stand mit dem Rücken zur Tür und verhandelte mit der Dame an der Rezeption. Sie war ja jetzt die Eigentümerin, die Chefin hier.

Friedhelm Rott trat in die Halle. Und er sah Woerzke wirklich zum Verwechseln ähnlich, hätte, so wie er sich auch in der Kleidung angeglichen hatte, grauer Flanell, buntes Tuch, ein Zwillingsbruder sein können.

«Hello, Joan, I'm back from the beyond.» Sein Auftritt war mehr als gekonnt. «In German: nicht totzukriegen!»

Joan fuhr herum, erstarrte und starrte ihn an.

Jetzt mußte sie...

...zusammenbrechen

...losstammeln

...ein Geständnis ablegen

‹...ich bin Schuld an allem, ich habe es zugelassen, daß Wolfram dich aufgehängt hat... Verzeihe mir... Nicht schießen! Du lebst ja noch... Bitte...!›

So oder so ähnlich hatte ich diese Szene vor Augen.

Doch es sollte alles ganz anders kommen.

Joan bekam geradezu einen Lachanfall, kreischte los und rief, so weit ich ihr Amerikanisch irgendwie verstehen konnte, daß dieses ein herrlicher Einfall dieses irren Polizisten sei, Wahnsinn, so richtig schön makaber, sie müsse gleich mal Wolfram holen. Damit lief sie die Treppe hinauf.

Friedhelm Rott zeigte mir einen Vogel, lief zu seinem Wagen hinaus und stieg ein, um nach Berlin zurückzufahren.

Mir blieb nichts, als mich auf die Toilette zu flüchten. Im Ohr nur Hohn und Spott.

Jeder blamiert sich halt so gut er kann.

Dümmer als die Polizei erlaubt.

Es rumorte in Magen und Darm, mein Organismus reagierte mit einem Durchfall, der recht schmerzhaft war. Ich nahm es als verdiente Strafe hin.

Nach dem Spülen mußte ich das Toilettenfenster öffnen. Dabei fiel mir ein Radfahrer auf, der sich, gegen Wind und Regen ankämpfend, dem Schloßhotel von hinten näherte. Der Vollbart, die gelbe Jacke... Irgendwo hatte ich den schon mal... Richtig. Hermann Hackenow, mein geliebter Stadt- und Landstreicher, nach dem wir immerhin schon mal per ORB gefahndet hatten. Die Welt war zwar total aus den Fugen geraten, daß der aber hier ein Zimmer haben wollte, das war dann doch... Richtig, Woerzke hatte ihm ja... Ich wusch mir die Hände und ging wieder in die Halle hinaus.

Hermann Hackenow stand an der Rezeption und verhandelte über seinen weiteren Zutritt. Ich verfolgte das Ganze aus sicherer Deckung heraus.

«Sie sind nicht angemeldet bei ihr...?»

«Nein, aber ich habe Frau v. Woerzke etwas sehr Wichtiges mitzuteilen.»

«Ich kann sie anrufen, daß sie nach unten kommt.»

«Ich möchte lieber mit ihr oben im Zimmer... Also nicht, was Sie denken, sondern...»

«Nach dem Tod von Herrn v. Woerzke ist Ihr Wohnrecht hier erloschen, Herr Hackenow. Frau v. Woerzke möchte nicht, daß Sie weiter hier...»

«Mir ist meine ‹Villa Erdloch› auch viel lieber als all euer Prunk, ich will auch gar nicht weiter hier... ich will sie nur kurz sprechen. Sagen Sie, es hat mit dem zu tun, was Waldemar mir als Erbschaft hinterlassen hat...»

«Sie ist nicht allein.»

«Dieser Schwermer ist mir egal.»

«Nun, gut...» Die Empfangsdame griff zum Telefon, erreichte Joan und bekam das Einverständnis, Hermann Hackenow nach oben zu schicken.

Da war ich nun doch auf das gespannt, was er mit Joan zu bekakeln hatte. Schließlich war er es, der Waldemar v. Woerzke zuletzt lebend gesehen hatte. Angeblich in der Bahnhofsgaststätte, wo sie zusammen ganz schön was getrunken hatten. Hermann Hackenow nahm den Lift, ich die hintere Treppe. Die Zimmernummer hatte ich von meinem ersten Besuch her noch im Kopf.

Als ich vor der Tür stand, war von drinnen nur dumpfes Gemurmel zu hören. Scheiße. Zu dickes Holz, zu gute Isolierung. Ein Zimmermädchen war nicht zu sehen und an den Generalschlüssel kam ich nicht so schnell heran. Vielleicht... Ich lief den Flur entlang... und hatte Glück. Die Leute vom Nachbarzimmer waren gerade abgereist, die Tür nur angelehnt. Ich schlüpfte hinein und sah, daß zum Durchlüften alles offenstand, auch die Tür zum Balkon. Schon stand ich drauf und beugte mich hinüber.

Hermann Hackenow gab sich nicht mal Mühe, besonders leise zu sprechen, und auch Joan und Wolfram Schwermer fühlten sich sicher und völlig unbelauscht. An Stasi-Wanzen glaubte keiner mehr.

«...Waldemar war ja ein alter Freund von mir», sagte Hermann Hackenow. «Und seinen Abschied vom Leben hat er ja auch mit mir zusammen gefeiert...»

«Hätten Sie ihn nicht daran hindern können?» Das war Schwermer.

Sein Zynismus kotzte mich an.

«Ich hätte doch nie gedacht, daß er das...»

Joan hakte ein und bat Schwermer, den Dolmetscher zu spielen. Er machte das perfekt. Umgekehrt auch, so daß ich mich nicht mehr mit Joans amerikanischem Slang abmühen mußte.

«Er hatte 'nen Knacks weg», sagte sie. «Vom Lager her. In Bethlehem ist er dauernd beim Psychiater gewesen, auch mal stationär in 'ner Therapie.»

«Hat er mir auch erzählt von...» Hermann Hackenow bat um einen Flachmann aus der kleinen Kühlschrankbar und bekam ihn auch, nahm einen tiefen Schluck. «So, nun zur Sache...»

«Welcher Sache?» fragte Schwermer.

«Daß ich euch was verkaufen will... Für eine ganze Menge Geld...»

Schwermer lachte. «Ihre gelbe Jacke?»

«Etwas, was euch viel Ärger ersparen kann...»

«Soll das 'ne Erpressung sein?»

«Nein, nur 'n fairer Handel, 'n Deal, wie die Leute heute sagen.»

Ich zermarterte mir, solange Schwermer diesen Dialog ziemlich wortwörtlich übersetzte, umsonst den Kopf und hatte nicht die geringste Idee, wovon Hermann Hackenow hier reden konnte.

Dann hörte ich es rascheln.

«Ich kann's nun mal nicht lassen», sagte Hermann Hackenow, «und hab Waldemar in der Bahnhofsgaststätte 'n paar Sachen aus der Jacke gezogen. Kleinigkeit. Und als ich mir das abends alles angesehen habe, waren das nicht nur 'n paar Geldscheine, Briefe und Rechnungen, sondern auch die beiden Seiten hier von seinem Abschiedsbrief. Steh'n interessante Sachen drin...»

Da konnte ich nicht mehr länger an mich halten. Ich schwang mich über die Barriere, die die Balkone voneinander trennte, und stürmte ins Nachbarzimmer.

«Kriminalpolizei! Dieses Dokument ist mir auf der Stelle auszuhändigen!»

Das war fürchterlich förmlich bis albern, aber es erreichte seinen Zweck: Joan und Schwermer verzichteten auf jeden Widerstand, und Hermann Hackenow gehorchte und reichte mir die beiden Blätter. Ich las laut vor, was da geschrieben stand, las Passagen aus dem zweiten Teil von Woerzkes Abschiedsbrief.

...nicht Du, JOAN, bist die Ursache, daß ich es endlich tue. Du bist höchstens der Auslöser, der letzte Anstoß. Alles ist ganz anders, Du weißt es nur nicht. ‹Wo ist aber Ruhe? Nur dort, wo es keine Erinnerung gibt.› Ich habe doppelt Grund, dieser Erinnerung zu entfliehen. Du hast von Luise gehört, Luise Tschupsch aus Friedrichsheide, meiner ersten großen Liebe. Ich habe für sie geschwärmt, ich habe sie vergöttert... bis dann Marianne kam, eine junge Schauspielerin aus den großen Ufa-Zeiten. Mein Vater kannte ihre Eltern, und als sie aus Ostpreußen flüchten mußten, kamen sie mit dem großen Treck zu uns nach Friedrichsheide. Als der Krieg zu Ende ging, blieben sie zunächst. Und alles kam dann so, wie es kommen mußte. Es ging alles so vonstatten wie in einem antiken Drama. Marianne und ich wurden ein Paar – und Luise konnte das nicht verwinden. Sie sann auf Rache und lief zu den sowjetischen Offizieren, um mich zu denunzieren. So kam ich ins Speziallager Nr. 7 des NKWD... Über diese Hölle muß ich wohl nichts weiter berichten. Was mich aufrecht hielt, war nur der Gedanke, mich nun meinerseits an Luise zu rächen. Doch als mir dann die Flucht gelang, war sie verschwunden, und es erschien mir wichtiger, das eigene Leben zu retten, das heißt, die sowjetische Besatzungszone und das unsichere Berlin so schnell wie möglich zu verlassen, bis ans andere Ende der Welt zu fliehen, bis nach Amerika. Daß ich dort gescheitert bin, weißt Du selber. Für mich gab es daran nur eine Schuldige: Luise Tschupsch. Sie war die wahre Ursache, der einzige Grund. Das Lager hat mich innerlich zerstört. Diesen Krebs in meiner Seele hat kein Psychiater heilen können. Du weißt, wie oft ich in der Klinik war. Die ganze Zeit über hat mich ein Bild verfolgt, eine Vorstellung: eine Pistole zu nehmen und Luise in den Mund zu schießen. Diesen Mund zu zerstören, der die Worte gesprochen hat, die meine psychische Hinrichtung waren. Meinen Körper habe ich retten können, meine Seele jedoch ist dort vernichtet worden, mein eigentliches Ich. Durch sie. Besessenheit, fixe Idee, Wahn, nenne es, wie Du willst, ich mußte es tun. Ohne Dein Wissen. Du dachtest, ich habe noch in Hannover zu tun, nein: ich war mit einem Mietwagen unter falschem Namen in Berlin. Zwei Tage vor unserer offiziellen Rückkehr, und ich habe nach Luise gesucht. Ihr Name stand im Telefonbuch, Spessartstraße. Ich habe geklingelt, und es hat keiner geöffnet. Ein Zettel hing an der Tür. ‹Bin bei Ingeborg in Oranienburg›. Da erinnerte ich mich an Ingeborg Bücknitz, mit der wir zusammen eingeschult worden sind, und ich habe mich in die S-Bahn gesetzt. Unter der Eisenbahnbrücke über den Oder-Havel-Kanal bin ich dann auf Luise gestoßen. Es gab nur einen kurzen Dialog, ein Gestammel, an das ich mich nicht mehr erinnern kann. Nur soviel weiß ich noch, daß ich es nicht tun wollte, nicht mehr nach so vielen Jahren, doch sie hatte kein Wort der Reue übrig, sagte nur: ‹Du hast mich doch verraten, du hast mich doch betrogen, du hast doch selber alles ausgelöst!› Da hab ich dann geschossen. Es war wie ein Reflex. Ich konnte nicht anders. Daß sie mich noch immer geliebt hat, daß der Blumenstrauß im Schmachtenhagener Forst von ihr war, das habe ich ja alles erst später erfahren... Mit ihrem Schlüssel war ich in ihrer Wohnung und habe einiges gestohlen. Um jeden Verdacht von mir abzulenken. Aber... Was bleibt mir jetzt, als meinem Leben ein Ende zu machen...

P. S. Ich möchte neben Luise begraben sein. Dir bleibt von meinem Erbe das Pflichtteil, alles andere soll mein Friedrichsheide erhalten und in eine Stiftung einbringen, die sich um diejenigen kümmert, die in Lagern wie ich gelitten haben.

Friedrichsheide, den 1. 2. 1994 Waldemar v. Woerzke